講談社文庫

箱根の坂 (下)

司馬遼太郎

講談社

目次

江戸城
川越城
上杉定正
鉢形城
上杉顕定
富士
YUT.MUR 84.
岡崎城
三浦氏
小田原城
大森氏頼
興国寺城
早雲
駿府館
今川氏親
新井城
三浦義同
伊豆
北条氏

箱根の坂 (下)

伊豆の山

駿河《するが》に帰った早雲は、まず駿府《すんぷ》の館《やかた》に伺候して今川氏親《うじちか》に拝謁《はいえつ》し、京でのみやげ話を披露《ひろう》した。

「加賀一国は、坊主と百姓の持ちたる国に相成り候」

ということについては濃厚に話した。氏親も守護である以上、加賀の富樫《とがし》政親の運命におちる基礎的な要素はある。

「惣《そう》」

ということについても、話した。

駿河の農村は、畿内《きない》のような先進地とはちがい、百姓どもが村単位に一枚岩になってしまうというところまでは行っておらず、一村を幾人もの地頭が分配支配しているところも多い。しかし惣ができる一歩手前の村も多く、そういう村では国人《こくじん》・地侍《じざむらい》の元気がいい。国人が結束したればこそ、偽《ぎ》守護《しゅご》ともいうべき今川新五郎範満《のりみつ》が誅殺《ちゅうさつ》されたのである。この誅殺も、加賀における富樫政親の誅殺と、本質においてはかわらないともいえる。

「あれで（誅殺で）駿河は古き世が去ったのでございます。お屋形様においてあたらしい駿河の世がきたといえます」

「わしも、守護ではないか」

となれば、古き世の代表である。

「お屋形様は国人どもに擁《よう》された守護でありますゆえ、加賀の富樫や御国の新五郎範満どのとはちがいます。国人・地侍は百姓どもの寄親《よりおや》でございます。その国人どもに擁されたるお屋形様は、大寄親でございましょう。ご自分は守護というよりも百姓どもの大寄親であると思召《おぼしめ》されたれば、駿河一国はご安泰であると存じます」

「どうすればよいのだ」

「なによりも年貢《ねんぐ》でござる」

安くすればよい。富樫は米の穫《と》れ高を十とすれば七も八も持って行った。いま加賀の惣という惣は、一向宗の寺に五をおさめるだけである。その寺も、惣単位に建てた自分たちの寺であるために、いわば共同体（惣）のために米を持ち寄っているようなもので、たれもがなっとくしている。

「そのご気分をお持ちあそばせばよいかと存じまする」

「わしに一向宗の坊主になれというのか」

「まことにご気分は左様に。一向坊主は、百姓の暮らしのすみずみまで面倒を見ております。お屋形様も、そのおつもりで式目《しきもく》などをおつくりあそばせばよろしゅうございましょう」

「当国に一向宗は入《い》れぬぞ」

と、氏親はその点、聡《さと》い。

「一向宗よりも、おなじ法義の時宗《じしゅう》をお勧《すす》めあそばせばよいかと存じまする」

時宗は本来遊行《ゆぎょう》で、寺をつくって定住しない。従って現世に力をもたない。

駿河の東辺《とうへん》の興国寺城に帰ったときは、秋もなかばを過ぎ、沼の田で早稲《わせ》を刈る姿も見られた。

早雲は、村々をまわった。決して馬を用いない。徒歩でゆき、供《とも》もひとりつれているだけで、とても地頭などという大そうな身分には見えない。

たれもが、早雲を慕っていた。なにしろ、十の穫《と》れ高のうち、早雲は四をとるだけである。四公六民などという安い税率は、どの国にもない。「百姓の持ちたる国」になってしまった加賀でさえ、五公五民なのである。

ついでながら、早雲のこの方針はかれの死後もひきつがれた。小田原北条氏の税の安さと農民への撫育《ぶいく》のあつさはながい封建制を通じ、ついに北条氏におよぶ大名はなかった。

ただ、

――興国寺城は、あれでやってゆけるのか。

と、他領の領主たちはみな疑問におもっていた。

早雲は、やれようがやれまいが、四公六民ばかりはつらぬかねばならないと思っていた。

このために、城主であるかれとその家族のくらしの質は、小農程度にとどめた。家臣たちも薄《はく》禄《ろく》であった。ただかれらに開墾をすすめ、その穫れ高は無税にした。

——興国寺城の侍は、老臣《おとな》も鍬《くわ》をとり、縄をない、小百姓とかわらない。

といわれた。

農民に対し、きびしい面もあった。税を法外な安さでおさえつづけるためには、税のがれのための隠し田があってはならない。また田の質と規模を厳格に調査して台帳をつくっておく。そのことが、税の公平を期するための基礎条件であった。

このためには、検地《けんち》をした。検地は後世、秀吉がはじめたものとされる（太閤検地）が、それ以前から地方々々で多少はおこなわれていた。おそらく早雲が最初であったろう。このことは、百姓をじかに把握するというかれの思想のあらわれでもあった。

今川氏親《うじちか》もまた検地をはじめている。早雲のまねであったといっていい。

早雲の領地の特異なもののひとつは、すでにふれたように隣国の伊豆の重税をのがれて流入してきた百姓たちが、あちこちに小村をつくって開墾している風景だった。

早雲は、こういう村もまわった。この百姓たちは早雲にとって大切な人々であったが、しかし流入早々は米も穫れず、無税の上に銭を貸しつけたりもしているために城主にとって投資であるにすぎない。ただ、初期の流入者の多くはすでに美田を仕上げていて、興国寺城の財政のために多少の役に立っていた。

かれらは過酷な重税をのがれてきたひとたちだけに、興国寺領を極楽のように思っていた。領主をよろこぶこれらの気分もまた早雲にとってえがたい財産であった。

早雲は、

――伊豆《いず》をとろう。

と、平然と、しかし胸中を余人に明かすことなくおもいつづけていた。乱世といっても、他人《ひと》の国をとる者はいない。時代の常識にくるまれているひとびとがもし早雲の内心を知れば仰天するのにちがいない。無法、乱暴、奸悪《かんあく》という語感を越えた物ぐるいの沙汰《さた》であった。

「戦国」

という。戦国時代ともいわれる。そういう時代は、まだはじまっていないのである。

戦国というのは、群雄が割拠《かっきょ》し、領地をふやすべくたがいに攻伐しあっている世をいう。時代区分に定説はないが、京都を灰燼《かいじん》にした応仁・文明ノ乱がやがて地方にひろがってゆき、乱が常態になった時代をいい、およそ百年つづく。織田信長が、盲腸のようにのこった足利将軍家をつぶし、近江の湖畔に安土《あづち》城を築き、まだ各地に大勢力は残っているものの、天下に号令する気勢だけを示したときをもって終了したともいえる。

織田信長は、早雲にとって後世の人である。

戦国は、信長の存在そのものが定義である。尾張におけるかれの家は、元来卑《ひく》かった。早雲の時代の尾張の守護職は、斯波《しば》氏である。

斯波は、足利氏の一族でも筆頭というべき存在で、代々、武衛殿《ぶえいどの》とよばれた。あるいは、京の屋敷の所在地をとって、勘解由小路殿《かげゆのこうじどの》ともよばれた。

公卿《くげ》同然に昇殿《しょうでん》をゆるされ、最盛期は七、八ヵ国の守護をかねた。北陸の若狭《わかさ》、越前、越中、能登、佐渡に、中仙道の信濃《しなの》、それに東海地方の尾張、遠江《とおとうみ》である。

国々の政治は守護代《しゅごだい》にまかせ、当主とその一族は京にあっていわば遊楽していた。守護代はたとえば越前は朝倉氏、尾張は織田氏といったぐあいである。守護代というのは気はしのきく才人が選ばれ、その国々での在郷の者ではなかった。それらが国々に居つくと、土地の国人《こくじん》たちと一つになった。

織田氏の祖は越前丹生郡織田庄の田舎神社の神主であったが、見込まれて尾張の守護代になり、その末裔《まつえい》は一国にひろがった。信長の織田家は、さらにその傍流であり、地下《じげ》（国人）にひとしかった。こういう階層の出身である信長が尾張の国主になり、さらには衰弱しきっていたとはいえ武権の象徴である室町将軍家の息の根をとめたところに、戦国という社会の本質がうかがえる。

戦国とは、百姓をじかに支配しない守護が消え、代って大名とよばれる者が、農村を直接支配した時代ともいえる。

早雲が伊豆を想った時期は、その意味で戦国の世とは言いがたかった。

——伊豆をとらねば、どうにもならぬ。

と、早雲は正気《しょうき》で考えていた。

かれは、たかが駿東《すんとう》における十二郷の小領主である。伊豆一国を巨牛にたとえれば、蠅《はえ》いっぴきに似たようなものだが、力関係はともかく、伊豆をとらねば興国寺の経済力がもたなかった。

——あれで、よく興国寺城の出納《すいとう》がなりたつものだ。

と、駿河《するが》の他の地頭《じとう》たちがあやぶむほど、民への租税が安い。早雲も四公六民という安さをつらぬこうとし、それなくしては駿河における自分の存在もない、というまでに固執している。が、実際はなりたたなかった。

商売で薄利をなりたたせるには多売を必要とするように、村の数をふやせばよく、十二郷でうまくゆかなくても百郷ならうまくゆくというものであった。

（ふやせばよい）

早雲の伊豆を想う場合の思考にはそれしかなかった。他人の国をとるといううしろめたさなどはない。

あるべきはずもない。

そもそも早雲のように農村をじかににぎる領主と、守護の領土意識とは、原理から異っている。守護の場合、将軍から「国」をもらう。それも、一国単位で、二国、三国ときに五、六国以上も、ごっそりともらう。いったい領主というべきなのか。

領主とはむろん言いがたい。幕府という大公儀《おおこうぎ》の諸国における分店のようなもので、幕府が日本国の領主でないように、権威と租税徴収権と訴訟裁定権をもつだけの超領主的な存在なのである。平安期における公家《くげ》の荘園《しょうえん》支配のかたちとやや似ているだろうか。

あるいは、守護にとってその「国」は領土でなく、

「版図《はんと》（縄張り）」

とでも言えるかもしれない。これはわしの国だ、といっても、その縄張りのなかには実質的な大小の領主や田地持ちがぎっしりといる。

「守護」

などというのは、その国の大小の領主・田地持ち——国人《こくじん》・地侍《じざむらい》——からみれば、重税をかけてくるだけの存在として、本然的《ほんねん》な敵であるといえる。

早雲の意識では、伊豆におけるそういう国人と連繫《れんけい》して守護という共通の敵を追い出そうとしているだけのことで、守護の国を盗もうとするわけではない。守護自身が、稲の虫と同然、農民の敵なのである。

といって、早雲は今川氏の客将として駿河でそれをやるわけにはいかない。駿河今川家の害になる東隣の伊豆をとることは、両国の百姓の側からみても、今川家の防衛からみても、善なのである。

国名については語源の推量などあまり意味をなさないのだが、伊豆の国のイヅの詮索《せんさく》は魅力的である。

南へ突き出ている半島そのものが一国をなしている。半島のほとんどは山脈《やまなみ》で、海に山脚《さんきゃく》を浸《ひた》しつつ、駿河《するが》湾という大湾入を東から抱いている。それだけでも湾内に帆をかけて漁《いさり》をする海人《あま》たちからみれば神秘的であり、海中から山々が湧《わ》き出《い》でているようにもみえる。出ヅ、というのが伊豆の語源だという。この説は、駿河湾からみた印象にちがいない。

駿河湾には、気味わるいほど深い海溝があって、地軸にむかって落ちこんでいる。かとおもえば、合《あい》の瀬とか沖の瀬とかといった浅堆《あさせ》がある。浅堆には、魚類があつまる。海人たちは、沖合の浅堆《せんたい》に地名をつけている。それらの浅堆をあわせた名称が、

「石花海《せのうみ》」

である。せのうみに、サバ、アジ、イワシなどがあつまってくる。海人も、ここに舟をやる。天候がかわりやすいために、海人たちは、急変の前のさまざまな徴候を、古代以来、見つめてきた。北の天を限《かぎ》っている富士の笠雲《かさぐも》もそうである。また東を限っている伊豆の山々の雲や山の色の変化についても、過敏だったにちがいない。沖の海人にとって、伊豆の山々は、

「厳《いず》（イヅ・イツ）」

であったであろう。イツとは、神秘的で激しい力がある、という意味である。山々は、雲などさまざまな「気」を、息でもするように吐きだしている。そのように力づよい息のことも、イツという。

伊豆は、太古から浦々が栄えていた。

内陸は、とりえがすくない。富士火山帯がそのまま山のかたちをなし、余勢は海に入る。半島のつけ根に箱根大山塊が盛りあがり、半島の中央には天城《あまぎ》の連山がわだかまり、半島の西には達磨《だるま》山《やま》、南には長九郎山、婆娑羅《ばさら》山《やま》などが、たがいにもつれあってひしめき、平地はすくない。半島のほぼ中央の天城山脈に発する狩野《かの》川の流域がおもな耕作地だが、地味は痩《や》せている。

このため、伊豆では強力な国人《こくじん》やゆたかな地侍《じざむらい》が発生しにくかった。

ただ、この国の侍どもは、かつて歴史を旋回させた。

狩野川の下流にある韮山《にらやま》平野に北条《ほうじょう》というところがあって、源平時代のころ、時政《ときまさ》という者が住み、おそらく祖父ぐらいの代から付近を農地化していた。そのあたりの蛭《ひる》ケ小島という低湿地に源頼朝がながされてきて、北条氏と通じた。頼朝は北条氏の力を基礎として兵をあげ、ついに関東の諸勢力をあつめる勢いになり、鎌倉幕府をつくるもとをつくった。このあたりのふしぎさも、伊豆は厳《いつ》であるという印象が濃い。

伊豆の国という存在は、歴史的でありすぎる。源平のころ、伊豆の土豪の北条氏が源頼朝をたすけて挙兵し、やがてその勢いを関東一円におよぼしたのは、奇蹟《きせき》のようであった。鎌倉幕府が成立すると、伊豆はもとの静かさにもどった。

伊豆は、関東八州のうちではない。

東海十五ヵ国のうちに入っている。関東に対しては、伊豆は北方の頭上を箱根大山塊でおさえられているために、いわば物蔭《ものかげ》になっている。平家に対してひそかに挙兵した頼朝や時政は、伊豆が箱根のむこうの物蔭であったからこそ、挙兵のためのさまざまな下工作《したこうさく》ができたのにちがいない。

早雲のころの伊豆も、農業生産については頼朝のころとさほどにかわらない。このため、諸国で頭をもたげている国人《こくじん》・地侍《じざむらい》層も、伊豆ではかぼそい力しかもっていなかった。

一郡を十人、廿人宛分持《にじゅうづつわけもち》にし、下々の侍共《ども》は手作《てづくり》し、形義《ぎやうぎ》風俗、侍共見分《みわけ》がたく、しかとした大将一人もなし。（『北条五代記』）

というのが、伊豆一国のありさまであった。

伊豆には、鎌倉のころ、狩野《かの》、工藤《くどう》、伊東、宇佐美、河津などという名族がいたが、それぞれ初期武家政治のときに栄達して他に移ったり、家系に混乱があったりして、いまは百姓同然の小《こ》侍《ざむらい》が各地にいるだけだ、という。

ただ、伊豆にすぎたものがいる。

「公方《くぼう》」

である。このことはすでにふれた。

かつて関東の公方には、足利成氏《しげうじ》がいたが、この人物のために関八州ははなはだ乱れた。関東の武士たちは、この地の平和のために現将軍家の濃い血縁の人を公方にむかえたいと京にたのんだ。将軍義政はそのたのみをきき、実弟で出家して天竜寺の香厳院《こうごんいん》に住む僧を還俗《げんぞく》させて関東に派遣した。京都にいたころは、

「香厳院殿《どの》」

とよばれていたが、還俗して左馬頭《さまのかみ》政知《まさとも》と名乗り、東《あずま》にくだった。ただ、もとの関東公方の足利成氏の勢威はつよく、足利政知は伊豆にとどまって関東に入れないまま、公方を称した。これ

が、韮山《にらやま》平野の堀越《ほりごえ》に御所をもつ伊豆公方《くぼう》、もしくは堀越公方とよばれる存在になった。

伊豆公方は、公方とはいえ伊豆一国ににらみがきく程度で、ごく地方的な権力でしかない。足利政知は三十年前に伊豆に足をとどめて以来、

――いつかは、関東を。

と、機を待ちこがれつつ、ついに為すことなく老い、その勢威もよほど衰えたものになっている。伊豆が関東を制するという幸運は、頼朝と北条氏とにおこった奇蹟だけで、足利政知にはその運がめぐって来なかった。

――伊豆を得たい。

とおもう早雲にとって、韮山《にらやま》平野の堀越にすわりこんでいる伊豆公方の存在が、壁になっている。伊豆公方など、ほとんど軍事力といえるほどの力をもたないながら、地もとから、

「御所」

と呼ばれ、神社仏閣と似たような尊敬を受けていた。わざわざ神社仏閣を毀《こぼ》ってひとびとに嫌われる者がいないように、伊豆公方も、そういう土俗感情の上に載って存在しつづけている。

むろん、その存在は地元の迷惑ではあった。伊豆一国の守護職は、関東管領《かんりょう》であるところの山《やまの》内《うち》上杉氏の顕定《あきさだ》で、伊豆には在国していない。伊豆以外に所領や城をもち、宿敵であるいまひとりの関東管領扇谷《おうぎがやつ》上杉氏の定正と連年たたかっている。その戦費の調達が、国人《こくじん》・地侍《じざむらい》・百姓に対する租税を法外に重くしていた。

その上、伊豆の百姓は伊豆公方を養ってゆかねばならない。公方といい、守護というのは、一国の寄生虫のようなものであった。

「なんの政治もしない」

早雲は、かつて京にあるとき、将軍義政に対してもそう思い、義政の弟の義視《よしみ》の申次衆《もうしつぎしゅう》になったとき、あるいはこの人の時代がくれば世が変るか、とおもったが、結局は義視も同質のひとだった。その後、この世の支配機構のすべてが義政的であると気づいた。関東公方、伊豆公方、関東管領、諸国の守護。……すべて百姓の血を吸いっぱなしで、それの生命や財産、田畑の保護をしてやろうとはしない。かれらは支配とはそういうものだと思いこんでいて、早雲のような考え方がこの地上にあるとはおもってもいないのである。

とりわけ、伊豆の国人・地侍・百姓は苦しかった。かれらが、隣接する駿河《するが》東部の興国寺領に逃亡してくるのは、むりはなかった。

――早雲どの御領内にきて、身が軽くなった。

と、かれらはいう。朝も早く起き、以前にまして働いても身が痛まず、苦にもならない。四公六民の軽い租税であるため、余分《あまりぶん》が残せるということで、働くことに楽しみができたのである。かれらは、伊豆に親族などを残してきている。当然、往来もあり、伊豆の事情は早雲にも聞かせる。

「いずれ、親族の者も、楽になるだろう」

と、早雲は言ってやる。ただ、その言葉が、伊豆一国をとってしまうということと同義語だということは明かさない。明かしても、たれも信じないだろう。駿河《するが》の痩《や》せ地頭が、伊豆一国をとるなどということが、あらゆる意味において常識として考えられないのである。

(待つのだ)

と、早雲は、考えている。堀越の伊豆公方は、そのうちみずから朽《く》ちるのではないか。

すでにふれたように、早雲が伊豆に固執しているのは、伊豆をとらねば、駿河興国寺領の十二郷におけるかれの低廉《ていれん》な租税政策が保てないためであった。

いま、早雲の財政は窮迫している。かれ自身の窮乏についてはむしろ気分よく耐《た》えているが、しかし一歩すすめて足軽を組織できるほどの財力はない。

足軽は、みずからの知行地《ちぎょうち》をもたないひとびとである。領主に給米でやとわれる。早雲は十分な蔵米《くらまい》をもたないために、足軽隊を組織できない。

早雲はかつて太田道灌《どうかん》に接し、またひそかに廻国《かいこく》して道灌の江戸城もみた。道灌が足軽隊を正規軍に組み入れ、さらにはその用法に熟練していたことは、かれをはげしく刺激した。

(足軽を戦闘者に仕立てれば、百貫の領地が二百貫になる)

と、おもった。

ふつう、鎌倉・室町体制における守護や地頭の軍事力は、名簿《みょうぶ》が象徴している。守護が旗をあげれば、地頭が駈《か》けつけてきて、名簿に名を記入する。地頭が触《ふ》れを出せば、傘下《さんか》の国人《こくじん》・地侍《じざむらい》が、破れ鎧《よろい》のひもを結びつつ駈けつけてきて、地頭の名簿に名を書く。これで、一軍・一隊ができるのである。

つまりは、侍ばかりであった。

むろん、地頭・国人・地侍も、手飼いの下人《げにん》をつれている。豊かな国人は、十人、二十人とつれており、貧しい地侍でも、作男《さくおとこ》の気のきいた者を二、三人はつれているのだが、かれらはあくまでもその主人の戦闘補助者であって、大将たる者にとっての戦闘部隊ではない。

足軽は、集団で進退する。応仁ノ乱で、わくように出てきた足軽を、道灌は一定の戦略のもとに組織化した。道灌の豊かな領地からとれた蔵米がそれを可能にした。

早雲はその余裕を得るためにも伊豆をとろうとしている。ただし、伊豆は物成りがすくなく、どれほど余剰の蔵米を積めるのか、早雲はなお心もとない。

それを一挙に可能にするのは、金《きん》であった。

伊豆の駿河湾ぞいの土肥《とい》は、山が海岸にせまり、東方の山から細流がながれていて、その水流の周辺にわずかながら耕地がある。その細流に、砂金《さきん》が出る。ときに海岸の砂にもまじっている。ふつうは洗いとって砂から金をえりわけるのだが、ときに、指でつまめるほどの大粒なものも拾える。

伊豆は金の産地であることが、この時代に認識されはじめていた。金を得れば、侍だけの軍事力でなく、足軽の軍事力を併設できるだろう。

古代、日本列島の地殻は黄金にめぐまれていたが、しかしひとびとはさほどにそれを珍重しなかった。

古墳時代の出土品のなかに金や金鍍金《きんめっき》されたものがあるが、それらは朝鮮半島からの輸入に負《お》うところが多かったであろう。このことは、金についての鈍感さによる。金を持っているからといって、人を多く傭《やと》えたり、物をたくさん購《あがな》えたりするわけではなかった。

よく知られるように、日本で金が産出した公式記録は、信じがたいほどのことだが、八世紀になってからである。七四九年、陸奥国《むつのくに》から金を貢《こう》してきた。上下大いにさわいだ。奈良に大仏を鋳造した聖武天皇が、大仏の宝前《ほうぜん》に告げた勅にも、

わが国は天地開闢《かいびゃく》このかた、黄金については他国からきて、この国には無いものだとおもっていた。

とある。他国というのは、主として朝鮮をさす。『日本書紀』神代上に「韓郷《からくに》の嶋《しま》には金《こがね》・銀《しろがね》有り」と書かれているように、八世紀まで「この地にはなきものと念《おも》へるに」というふうにすごしてきた。

上代日本語においても、金というヤマトコトバは古くから存在したものでないにおいをもっている。黄金《こがね》という。コガネはクガネから変化したという。黄《き》は、黄《く》ともいうからだというが、あるいはコンガネからの変化かもしれない。当時、日本に入っていた中国音《おん》は呉音《ごおん》だった。呉音では金はコンである。そのように、わざわざ合成して言葉にされたコトバができるほどに、当時の

日本では金は経済をうごかす金属ではなかった。

上代日本が金を欲していたのは、律令《りつりよう》国家が造寺造仏をするためだった。上等の仏像には銅に金鍍金して金銅仏《こんどうぶつ》に仕立てねば「異国の神はきらきらし」というふうにならず、そのようにせねば律令国家の権威を民百姓に示せなかったのである。

金が、鍍金用金属以外の価値をもちはじめたのは、十二世紀の源平時代ぐらいからであった。平家政権の平清盛が、日本国最初の貿易主義の政治家で、さかんに対宋《そう》貿易をおこなった。決済商品として、金が必要になった。当時、奥州平泉《ひらいずみ》の藤原氏がにわかに繁栄したのは、北上川の砂金の採取権をもっていたためで、この砂金が清盛の貿易につかわれ、宋に流れた。

室町期は、貿易の時代である。大いに金を必要としたため、国内でも金をもってたとえば米が買えるようになった。とはいっても、遠国《おんごく》の農民にいきなり金の粒をわたして米を買うというほどには経済は成熟しておらず、多少の操作は要る。

いずれにしても早雲は、

――伊豆の土肥《とい》の金《きん》で米を買い、足軽隊をつくろう。

とおもいつづけている。

金は、駿河《するが》においても産する。

西駿河の中央の山々を北から流れて駿府《すんぷ》平野をうるおす安倍川の上流に梅ケ島《うめがしま》という地がある。まわりは、すべて山である。十枚峠や苅安《かりやす》峠を越えれば、甲斐《かい》（南巨摩《こま》郡）になる。

その安倍川上流の渓流で、砂金がとれる。

先代の義忠のころは、土地のうわさだけで、採金をするまでにはいたらなかった。

早雲は、今川氏親《うじちか》に、

——梅ケ島の川砂を洗えば金が採れます。人を入れてさかんにお採りあそばしますように。

と、言上した。

梅ケ島はひらけた駿河には似合わぬ僻地《へきち》で、山民は古代農法のひとつである焼畑《やきばた》をし、ソバやヒエを植え、あるいは茶を栽培して暮らしていた。かれらにとって、生活物資を得るには遠い駿府平野へゆくより、山越えで甲斐にゆくほうが早く、交換物資として茶をもってゆく。ときに金の粒などをもって峠をこえる。

——駿河の梅ケ島には、金が採れる。

ということは、甲斐のほうがよく知っていた。

さらに余談をのべる。金を採ったり掘ったりすることは、のち甲斐の大名武田家の得意のしごとになる。ただし、この時期、有名な武田信玄《しんげん》（かれは金鉱を押えて財源とした）は地上に存在せず、その父信虎《のぶとら》でさえまだうまれていない。まことに早雲は、薄墨《うすずみ》色の中世の薄明のなかにいたのである。

余談をさらにいえば、武田信玄一代は、多くの金掘衆《かなぼりしゅう》をひきい、山から金の鉱石を掘りだす大親方という側面があった。信玄の時代になると、砂金をあてにせず、砂金のもとであるところの山を掘り、金鉱石から製錬した。これを山金《やまきん》といった。山金を掘ることも製錬することも、甲州人が日本第一であり、その技術は甲州流とよばれ、諸国から畏敬《いけい》された。

ただ、中世末期に、

「金」

というものに目をつけ、これを財源とした点では、早雲や今川氏親のほうが早かったかもしれない。

おそらく氏親か、その子のころかと思われるが、日本最初の金貨である小判まで駿河で鋳造された。駿河小判などといわれて伝世されているが、どうやら後世の物好きの偽造であるという見方がつよい。ともかくも後世偽造されるほどに、世間では駿河といえば黄金の印象をもった。

ともかくも、早雲が、この時代、

——伊豆には金《きん》がある。

と目をつけたのは、あたらしい経済思想といえる。

「金」

というのは、日本国にあっては、貴重なものとされていつつも、それでもっていきなり貨幣として通用するまでに至っていない。

この時代、日本は貨幣経済の勃興《ぼっこう》期であったが、しかし未熟な段階であることは蔽《おお》えない。

そもそも貨幣経済といえるほどに活発な経済は、室町時代以前の日本に存在しなかった。

貨幣は、存在した。遠く八世紀の律令《りつりょう》時代に、唐のまねをして銭《ぜに》をつくった。しかし商品生産のほとんど見られない社会に貨幣の必要はなく、以前どおり一般では物物交換をおこなってきた。奈良朝の政府は銭こそ文明であるとかんちがいし、その流通をすすめるために、銭をたくさん貯《たくわ》えた者には位階をあたえたりした。

銭の鋳造は、奈良朝で二種類、平安朝で九種類のものが鋳《い》られた。銭が文明だとすれば、要するに見せかけだけの文明だった。そのうち鋳銭の銅成分がわるくなり、平安後期になると、公式な支払いまで絹《きぬ》や布《ぬの》で決済された。絹は疋《ひき》（長さの単位）をもってかぞえられる。

「金何疋《なんびき》」

ということばが、いまでも儀式などで通用するが、この名残りである。

ところが、平安末期から早雲の時代までさかんに宋《そう》銭や明《みん》銭が入った。宋人や明人が決済する銭には、古い時代の唐銭も入っていた。

室町期になって商品経済が初期的な活況をみせはじめたが、一般に通用していたのは日本の銭ではなく、中国の銭であった。

室町時代は、あってなきような政治よりも、経済のほうが津波《つなみ》の進行のように先行した。政治不在は、室町幕府が造幣《ぞうへい》すらしなかったことでもわかる。貨幣をつくるのは、どの国でも中央政権である。その政権がたよりなかったために、国内で外国銭が流通した。いいかえれば、造幣局は中国にあった。

「貨幣」

といえば、銅銭であった。金は、日本人の感覚では貨幣でなく、中国への主要輸出品であった。中国からの主要輸入品は、銅銭である。金を以って銭に代えていたことになる。

早雲が、かりに伊豆で金を得たとしても、それを駿河《するが》の大商人であるところの小川《こがわ》の長者法栄《ほうえい》のような人物のもとにもって行って、銭と交換せねばならない。


——伊豆の公方《くぼう》は、やがて朽ちるだろう。


と、早雲はそれを待つつもりでいる。

伊豆・堀越《ほりごえ》公方の足利政知《まさとも》が死ぬのを待つのである。足利政知は早雲より三つ年下で、もし年齢の順に死ぬとすれば、早雲のほうがさきであった。

（わしがさきに死ねばわしの分《ぶん》が尽きただけのこと）

と、あきらめている。


——老少《ろうしよう》は不定《ふじよう》だ。


と、早雲は考えていた。老少不定というのは仏教からきたことばだが、この時代の哲学的な慣用句になっている。老《ろう》も少《しよう》も定めというものがない——若者が遅くまで生き、老いた者が早く死ぬとはかぎらぬ——ということである。

このようにして、早雲の上を、時がすぎつづけた。

延徳元年、五十八歳のとき、妻の真葛《まくず》が次子を産んだ。のちに氏時《うじとき》とよばれる人物である。

このときも、駿府《すんぷ》の北川殿《どの》のもとから祝いの品々がとどいた。

早雲はその返礼のために駿府へゆき、十九歳の氏親《うじちか》に拝謁《はいえつ》し、ついで北川殿の機嫌をうかがおうとした。意外にも、北川殿は軽い病いのために病室にいた。

早雲は医師《くすし》から病状をきいたが、食がすすまぬだけでべつにわるいところはなさそうだということであった。

病室に入ると、ひどくやつれている。ときに四十三である。さほどに容貌《ようぼう》の衰えはめだたなかったが、声にむかしのような弾《はず》みがなく、声量も細くなっていた。

「元気をお出しくだされ」

と、むなしいことばながら、はげましてみた。

仰臥している北川殿に、笑顔はなかった。

「丸子《まりこ》のころが、ずっとよかった」

と、彼女はいった。

「あの窮迫のころが?」

早雲は、問いかえした。駿府を新五郎範満にとられ、母子ともども丸子谷に身をかくしてあすをも知れぬ身でいたときのほうが、毎日に緊張があった、という。いま氏親に嫁をむかえ、早雲らの努力で駿河《するが》一国に平和がよみがえり、すべてが安泰で、あらゆることがうまく行っている。北川殿の人生にとって、もはや出る幕はない。

「ひとがひとしくのぞむ安泰とはこういうことでありましたか」

北川殿はいった。

さらに語をついで、

「こういうことを得るために、小川《こがわ》や丸子に身をかくし、仮館《かりやかた》のまわりに堀をうがち、逆茂木《さかもぎ》を植え、刺客の影におびえたり、朝比奈《あさひな》にのがれたりしたのかと思うと……」

と、かつてぐちをいったことがないだけに、早雲の心を暗くした。

早雲は、遠い駿東《すんとう》の地にいながら、しばしば駿府《すんぷ》にゆき、北川殿《どの》を見舞った。

「食《しょく》がすすまぬ」

と、北川殿はたえずいった。このため、新鮮な魚介のほかに、夏は氷室《ひむろ》の氷、山もも、秋は橘《たちばな》の実、あけび、山ぶどう、冬は肉のたっぷりした干柿《ほしがき》などを持って行った。

「宗瑞《そうずい》どのは、やまがつ（きこりなど）か」

と、北川殿はからかった。北川殿のもとには、見舞いのために珍物をとどける者が多く、黒砂糖や明の点心《てんじん》など、都の貴族でも目を見はるような品々もあった。逆に病人のほうが早雲をもてなして茶をたて、到来物の菓子を出したりした。早雲は、菓子には手を出さず、茶も一服だけのむ。

「宗瑞どのの一服茶」

といって、北川殿はわらった。

早雲が平素茶をのまず、その家来にも喫茶の贅沢《ぜいたく》を禁じていることを北川殿はよく知っている。早雲も家来たちも、鍋底《なべぞこ》のめしのこげをこそげて、それへ湯をそそいでのむ。都でも堺や博多でも茶の湯とよばれるサロン化した喫茶の風《ふう》がはやっていて、貴族や有徳人《うとくじん》（金持）でそれをたしなまぬ者はない。

「宗瑞どのは、地頭《じとう》ではないか」

と、北川殿はからかう。

さらにいえば、駿河《するが》は茶どころなのである。

茶の木の栽培には、適地がすくない。

茶は、鎌倉のころ、栄西という禅僧が宋からもたらしたといわれる。ただし駿河の場合は栄西ではなく、この国の出身である弁円《べんえん》（聖一《しょういつ》国師）という僧が、宋から種子をもちかえり、安倍郡の足窪《あしくぼ》という地にまいて育てたという。

早雲も、領内で茶の栽培をすすめている。製茶して、小川《こがわ》の長者法栄《ほうえい》に売るのである。法栄はそれを都へ売る。

「駿府でも鳴りひびくような評判じゃ、宗瑞どののご領内は、租税《ねんぐ》がやすいそうな」

「やすうござる」

「だから、地頭殿が茶ものめぬのであろう」

と、北川殿はからかう。

あまりからかわれると、腹が立つ。

「むかし、京にいるころは、ひとにふるまわれてのんでおりました。一生の贅沢には、分《ぶん》があるそうじゃ。わが分は、京にいるころに尽き申した」

というと、北川殿は真顔《まがお》になり、わがために駿河にくだりはしたものの、宗瑞どのにとって仕合せであったかどうか、といったりした。彼女は早雲をそのようにとらえている。京で「つくりの鞍《くら》」をつくり、ときに連歌の席や茶の湯に招《よ》ばれてたのしく送る生涯が、早雲に似つかわしかったかとつい悔《くや》まれてしまう。

早雲、六十歳。

その三月のはじめ、駿府《すんぷ》から急報があって、不幸をしらせた。北川殿《どの》が、夜、伽《とぎ》の侍女を相手に、宇治田原の田植歌のおかしさを笑いながら語っていて、そのあと眠い、とつぶやき、枕《まくら》をなおさせて左から右へ寝返ったときには、もう、幽界に入ったという。四十をいくつも越えていない。

早雲は駿府にむかって馬をやりながら、涙があふれてならなかった。

女は、あるいは三つの人格をもつのか、とおもった。

千萱《ちがや》という名の娘時代の彼女には、夜ひそかに虚空《こくう》の神々の国に昇っているのではないかとおもえるほどに、光るような英気と、珍妙な高貴さがあった。

宇治田原から京につれてきたころ、たれにきいた話か、山の自然薯《じねんじよ》が渓《たに》に降りて鰻《うなぎ》になるのか、と真顔《まがお》できいた。

「たれにきいた」

「村では、みな、そう言っていた」

と、いう。新九郎とよばれていた早雲は、当初、この小娘をまともに相手にする気にはなれず、皆がいっているなら本当だろう、といいかげんに返事をした。

「なぜ?」

千萱がきいた。

「どちらも採《と》りにくいものだからだ」

「ひとをばかにして」

と、青く火のともるような目でにらみすえた。

今川義忠が通うころには、唇許《くちもと》が熟れたくだもののように匂うようになって、女には容易にうろたえぬ新九郎でさえ、触れたくなる衝動にたえかねた。

駿河《するが》では、不幸だった。義忠が死んで、ほとんど孤立無援のまま遺児の竜王《たつおう》丸を掻抱《かいだ》いていたころは、これがあの千萱かとおもうほどのたしかさで政情を見、ひとの善悪を見た。竜王丸をぶじ成人させるというただ一つの目的に生きた。彼女がもし別の女性であったら、竜王丸は殺されていたかもしれなかった。

早雲の涙は、彼女が千萱であったころを想うたびにこみあげてくる。まわりから、落ちついて賢い尼御前といわれた北川殿は、じつは千萱がむりをして化けていただけであったろう。すくなくとも北川殿には、千萱にもどりたいという衝動が、つねにあった。さらにいえば、運命の平凡さについて、返らぬことながら、こがれつづけていたようであった。

もし、京の鞍《くら》つくりの新九郎の妻であったとしたらどうであろう。生涯、生地《きじ》のままで暮らせたのではないか。むろん、伊勢家の義《ぎ》として兄妹になっている以上、果たせぬことではあったが。

北川殿《どの》の葬儀は、駿府《すんぷ》の郊外の寺でとりおこなわれた。葬儀がおわり、僧たちが去り、あと片づけの人夫がひとしきり騒ぎ働いていたが、それも潮が退くように去ったあと、早雲はひとり木立の切株《きりかぶ》にすわって、動くこともできないでいる。

梢《こずえ》の上が、青く抜けて、湖心のようにしずまっていた。

あれが太虚《そら》であるとはとてもおもえず、人の世がみなうそでまぼろしであることのあざといばかりの証拠というものではないか。そのあかしに、千萱《ちがや》がいないのである。すでにこの地上にいなくて、松も仏寺も地面も他のすべてがいま目の前にある。あるというほうが妖《あや》しく、虚仮《こけ》で、まぼろしなのではないか。

木洩日《こもれび》が、苔《こけ》の上に置いた足の上に落ち、蟻《あり》がいっぴき足指の上にのぼってきた。葬儀の法によって、足は素足である。あたらしいわら草履をうがっている。

(さびしい)

と、おもった。腸が溶けてしまったような頼りなさは、早雲がかつて覚えのないほどの感覚だった。

早雲は、千萱によばれて駿河《するが》にきた。氏親《うじちか》を保護するためであったが、早雲がやったことは、千萱が当初期待したようには、手ぎわのあざやかなものではなかった。柿《かき》の木を苗から育てるように、時間をかけ、八割方、時の力を借りて、こんにちの駿河における無事をつくりあげた。

（事は、おわった）

事とは、千萱から付託されたことである。依頼者は死に、早雲だけがここにいる。

「私が、いますよ」

早雲の心の中のつぶやきを聴いていたかのように、背後から肩に手を置いた者がいる。

おどろいてふりかえると、二十歳の氏親《うじちか》であった。喪服のままでいた。かれはいったん境内を去ったはずだが、早雲のことが気になったのか、ひっかえしてきたらしい。

「おじ御《ご》。はかなげでござるな」

意味不明のことをいった。氏親には、そうとしか言いようのないほど、早雲の姿が心もとなげに見えた。老いているということではなく、逆に童《わらべ》じみたはかなさがある、というのである。

「母上があの太虚の光に化《な》られたとはいえ、それがしがかわっておじ御を加護《かご》し奉りましょう」

「加護」

早雲は、おどろいた。加護とは神仏が人を保護するということだ。言葉のつかい方をまちがっているのか、それとも守護は下々《しもじも》にとって神仏であるというのか。それにしても、早雲は氏親を保護してきたつもりだったのに、氏親の感覚では逆であったのか。早雲は、おもしろいと思った。

「御屋形様」

と、早雲は切株を氏親にゆずって、自分は苔《こけ》の上にひざまずいた。

仰ぐと、童顔こそうせず、頬《ほお》もくびすじもまだなま白いながら、体軀《たいく》は大きく、眉《まゆ》が清げで、従五位下《じゅごいのげ》今川治部大輔《じぶだゆう》源《みなもとの》氏親らしく堂々としている。

「御屋形様は、ただいまそれがしを加護するとおおせられましたな」

「申した」

「以前の新九郎、いまの宗瑞《そうずい》こそ御屋形様をお守《も》りし奉っているとこんにちまで思うて参りましたのに」

「そうか」

邪心のない顔で、早雲を見た。

「おじ御《ご》はそうか。わしは、おじ御を忠義なる者と思うてきた」

（それが、うまれつきの人の主《あるじ》というものだ）

早雲は、うれしくなった。早雲は竜王丸《たつおう》の六歳のとき駿河《するが》に下向《げこう》し、ひなをまもる親鳥のように保護してきた。ところが氏親の感覚では、早雲に世話になったとはおもわず、早雲こそ忠義者である、と思ってきたという。生来の大将とはそうあらねば、人の上に立てないであろう。一つ間違えばそういう感覚こそ室町初期以来の諸名家を衰亡させてきたともいえるが、氏親のようにうまれつき同情心のゆたかな人物である場合、むしろそのように高々《たかだか》と思うことはかえって衆の心を魅《ひ》きつけることにもなろう。

「母上も、生前、宗瑞どのを加護あそばされた」

（千萱《ちがや》が？　わしを加護？）

早雲は、こころよい可笑味《おかしみ》を覚えた。氏親がそう思っている以上、それでよいではないか。

「こんどは、わしが加護する」

と、くりかえした。

早雲は、先刻までの悲しみに、愉悦が、ないまざった。

「おじ御、駿府《すんぷ》にきて執事にならぬか」

「御屋形様は、お若うございます。さしたる広さでもなき駿河など、お一人で切り盛りあそばしませ。執事など置かるることは、無益なばかりか、百害のもとでござる」

「では、そちにどのように酬《むく》いればよいか」

早雲は、地頭である。守護に対する立場は、客分といってよく、早雲ならずとも地頭は守護に対しある程度自由に発言できる。

「いざというとき、二百、三百の御人数《おにんずう》をお貸しくださいますれば、ありがたきしあわせに存じ奉りまする」

「いとやすし」

氏親は、早雲の手をとった。手をとるのは、上の者が下の者に示す最大の敬愛のしぐさとされている。

修善寺の湯

人が死ぬ。

世にいう無常などということばの空《むな》しさなまぬるさ、死という言葉にはるかにおよばぬ、と早雲は思うようになっている。

（無常というのはまだまだ楽《がく》の音《ね》で、楽しくもある。死は琴《こと》の糸が切れるのだ。音も絶える。音が絶えて、なお無常などというう
たをうたっていられようか）

早雲は、すでに六十である。容貌《ようぼう》に老いはない。気分のなかに少年の音色《ねいろ》を多量にのこしている。さらにいえば、自分自身については死はすこしもおそろしくなく、老いについての感傷もない。

ただ、ひとの訃報《ふほう》がしきりである。

北川殿《どの》のように、早雲にとって愛以上の存在であった者が死ぬとは、なにごとであろうか。さらには、去年は京で、一代気ままで送った将軍義政が死んだ。ことしの一月には自分がかつて仕えた足利義視《よしみ》が死んだという報らせを、小川《こがわ》の長者法栄《ほうえい》が手紙でもたらしてくれた。

（わが世とはなにか）

と、思う。わが世とは、妻子、肉親縁者、主従、友人知己《ちき》でできあがっている。それらがつぎつぎに死んで、わが身一つが取りのこされるというのは、わが世が去ってゆくということだ。

（老いとは、世が去ってゆくことをいうのか）

と、思うのだが、早雲自身に実感はない。四十五歳で駿河《するが》に下向《げこう》して、あらたな友ができ、主従ができた。ひとが二十前で世に出るとすれば、二十五年というけたはずれの晩稲《おくて》である。さらには、五十五歳ではじめて妻をめとり、その年のうちに一子《いっし》をなした。十六、七で妻をめとる者の多いなかで、花が咲き実をつけることの遅さはどうであろう。

このため、早雲の「世」は若く、自然、心に老いのかげはない。このため、ひとの死の多いためにあすはわが身というふうには、早雲自身思うことがなく、ただただ、そのひとにもはや会えぬかと哀しむのみである。

そこへ意外な訃報がもたらされた。

「伊豆の堀越《ほりごえ》の公方《くぼう》（足利政知《まさとも》）がおなくなり遊ばしましてござりまする」

という報は、悲しみではなかった。

（伊豆は、無主《むしゅ》になる）

という驚きである。政知は、虚名とはいえ関東公方である。小国の伊豆一国のぬしなどではないが、なりゆきから、それに近い存在であった。

伊豆の足利政知の死については、駿府《すんぷ》からのいわば公式な報らせもあった。

しかし諜報《ちょうほう》では、

「殺されだ」

と、いう。政知の長男は茶々丸《ちゃちゃまる》という。もう十八、九という齢だが、幼名でよばれているというのが、異様である。茶々丸が異常なのか、伊豆の足利家の家政が異常なのか、早雲はほぼ見当をつけているにせよ、くわしくはわからない。

（容易ならぬ）

と、早雲はおもった。

当節を乱世というが、それは古い階級の内部でおこっていることだと早雲はおもっている。すべて所有権・相続権をめぐるあらそいで、叔父が甥《おい》を殺したり、その逆がおこなわれたり、また、いとこ同士が殺しあったりする。それらは見倦《みあ》き聞きあきていたが、しかし子が父を殺すというのは、このたび伊豆でおこったことがはじめてである。

堀越の
公方《くぼう》の鞍《くら》には冬は無し
あら、めでたや
春の草は黄金《こがね》にて
夏の草は白き金《かね》
秋には常世《とこよ》の青き貝

と、一時、伊豆でうたわれた。

かつて、伊豆の公方足利政知が、興国寺城の早雲のもとに使いをよこして、

「伊勢流のつくりの鞍《くら》を所望したい」

と、望んできた。しかも、その鞍をかざる模様の下絵までみずから描いてきたのには、早雲もおどろいた。竹の編みかごに春、夏、秋の草花を盛りあげたもので、うたのとおり金銀と貝の指定までついていた。常世の貝とは南シナ海でとれる夜光貝のことで、この貝を螺鈿《らでん》にしてすりこむのだが、材料は堺に注文せねばならず、注文してもすぐ手に入るものでなく、従って値段は金銀より高くなる。

むろん、鞍は献上せよ、というのである。早雲にそれらの材料をととのえる金はなく、困《こう》じはてていると、小川《こがわ》の長者法栄《ほうえい》が、

――わたくしが献上しましょう。

といって、費用を見てくれた。早雲は鞍の木工部分をつくり、あとは京の塗師《ぬし》のもとに出した。できばえはみごとなもので、さすが、関東公方の御鞍だという評判が高かった。

弑逆《しいぎゃく》が事実なら、長子茶々丸がその鞍の上に尻《しり》をすえる身になりたいばかりに父を殺したことになる。

「ことしは、何年《なにどし》であったか」

と、早雲はふりかえった。

真《ま》葛《くず》が、そこにいる。

「亥年《いどし》でございますのに」

おめずらしいこと、と真葛が声をたてて笑った。早雲の記憶が霞《かす》むというのは、まずないことなのである。

「やはり、お齢《とし》が」

「齢？」

そういえば、わが身が六十であったか。

「しかし、むかしからわしは、こうだった。歳月ということににぶくできている。……真葛は、何の齢だ」

「御身《おみ》さまの内方《うちかた》の」

自分の妻の齢も、まだお憶えくださりませぬのか、といってから、

「どうぞ、お当てくださいませ」

じつは酉《とり》どしなのだが、とりとめもなく夫に戯《ざ》れてみた。

「そなたは鶺鴒《せきれい》の齢に相違ない」

「せきれいは、十二支にございますか」

「あろうがなかろうが、真葛の齢は鶺鴒だ」

鶺鴒は羽色が黒と白それに黄のまじった美しい小鳥で、河原をすばやく飛び、かならず雌雄一《ひと》

番《つがい》でいる。日本国の創世説話に、人間に――当時は神だが――男女の道を教えたのはこの小鳥だということになっていた。

「せきれい。……」

真葛は、気に入ってしまった。

早雲は、縁の端にいる。庭というほどのものはなく、日蔭《ひかげ》になった塀の内側の湿った土にどくだみの小さな草むらがあるだけである。

「伊豆の御所《ごしょ》（堀越《ほりごえ》の公方《くぼう》足利政知《まさとも》）が他界あそばされた」

「えっ」

京育ちの真葛がおどろいたのは、名も顔も知らぬ足利政知の死ではなく、伊豆にも御所があるのかということだった。御所といえば、都では将軍の御所、院の御所、それにみかどの御所ということになるのだが。……

「あるのだ。公方が在《いま》す。その公方が、亡くなられた。ひとがなくなると、むかしのことがおもいだされるのだが、わしがその御所に謁《えつ》を賜《たも》うたのはいつの秋であったかをおもいだしている。だからことしは何どしかときいたのだ」

「おもいだされましたか」

「おもいださぬ」

「内方のとしさえ定かにおわさぬ君でございますゆえ」

「いやな思い出だ」

「謁を賜うたときのことでございますか」

「正しくは、謁ではあるまい。裏門から入り、渡り廊下の下の地《じ》につくばわされておった。渡り廊下のむこうは厠《かわや》である。厠へ渡られるついでに、ふとそこに人がつくばうている、という形式《かたち》であった。そこで、お声を賜うた」

「なんと」

「伊勢の鞍《くら》つくりか、と」

もっとも、そのあとは濡《ぬ》れ縁まであげてもらいはした。

堀越公方《くぼう》である足利政知《まさとも》は座敷にいて、縁ちかくまでゆるゆると歩いてきて、

「和光同塵《わこうどうじん》とはこのことだ」

と、恩に着せた。

この公方の兄の八代将軍義政は天下の政治どころか、家政すらかえりみずに、おのれの趣味生活に没入した。

それだけに——といっていいが——義政は、一種の思想家であった。天下第一等の身分ながら、つねにいやしい庭つくりの阿弥《あみ》たちとまじわり、かれらを座敷にあげて対座した。江戸期までの封建制時代を通じ、義政のような破格な封建君主はいない。

義政は、その座敷に「和光同塵」という四文字の扁額《へんがく》をかかげていたという。

——奇抜な。

と、当時、いわれた。義政はそういう点でも、公家《くげ》や管領《かんりょう》、あるいはその夫人の富子などから眉《まゆ》をひそめられていた。

といって、そのことが義政の平等《びょうどう》主義をあらわすのかといえば、なおよくわからない。和光の「光」とは、君主である自分のことなのである。おなじ和光同塵でも、その言葉の原典である『老子』ではすぐれた光とは学徳ということになる。『老子』におけるこの四字の意味は、すぐれた学徳をふかくつつんで世俗とまじわるということである。

このことばが、中国仏教に借用された。その場合「光」は仏菩薩《ぶつぼさつ》になった。

――仏菩薩が光をかくして衆生《しゅじょう》にまじわること。

という意味につかわれた。

「塵《ちり》」は、衆生のことである。

ところが、義政の場合、「光」は将軍ということになってしまう。仏菩薩におのれを比する神経は、相当なものといわねばならない。将軍としての威光や尊貴という「光」を和《やわら》げるというのが、和光である。同塵の「塵」とは、身分いやしき阿弥たちのことで、いい面《つら》の皮だとかれらは思わないにせよ、似たような気持をもった者もいたかもしれない。

しかしながら義政は、ふしぎな徳ももっていた。とくに芸術の愛護者で、身は低くても才華のみあるというひとびとを敬愛した。敬愛されたひとびとは、むろん義政を「光」と見、自分の身分など「塵」だと素直に思ったかもしれない。

その義政の口癖を、およそ人《にん》のちがうこの政知が借りることはない。しかし政知にすれば、

「京の公方と同格の公方だ」という意識があったのであろう。ただ、早雲は地頭である。地頭は、形式上、京の将軍の家人《けにん》になる。家人が「塵」であるということは、義政も言っていない。この場合、政知は早雲を鞍《くら》つくりの職人とみたのであろうか。

堀越公方《ほりごえくぼう》足利政知《まさとも》が、初の見得《みえ》をゆるした早雲に対し、発した最初のことばは、

「鞍のはなしをせい」

ということであった。その上、第二段目で早雲を縁《えん》にまであげたにせよ、最初は渡り廊下の下の地面にすわらせていた。早雲は一所《いっしょ》のあるじである。さらには、身分は地頭である。地頭は一国の守護よりも小《しょう》であるとはいえ、ともどもに京の将軍家の家人《けにん》で、その身分は地面にすわるべきものではない。そういう作法の家元である伊勢家の流れを早雲が汲《く》むだけに、この処置は骨身《ほねみ》にしみた。人の心はいかなる貧窮にも堪えられるものだが、侮蔑《ぶべつ》には堪えがたくできている。

その上、公方が地頭に対していう最初のことばというのは、君子《くんし》が君子にいうことばであるべきである。たとえば、

――興国寺領の物成りはどうか。

とか、

――子はぶじに育っているか。

とか、といったふうであるべきであるのに、鞍のはなしをせい、というのはなにごとであろう。

たしかに、伊勢家は「つくりの鞍」という鞍つくりの秘伝を相続する家で、この点は室町時代というこの世のおもしろさといえる。伊勢家は微弱といえども、将軍家の執事の家で、とくに儀典をつかさどり、さらには代々の将軍の男子は伊勢家の本家があずかって育てる伝統になっている。武家貴族でも、非力《ひりき》ながら名家といえるだろう。

その家が鞍をつくるなど、日本国が手本にしつづけてきた中国にあってはありえないことである。また中国に対して「小中華《しょうちゅうか》」として模範的な儒教体制をもつ朝鮮では、物を作ったり、遊芸をしたり、身を労《ろう》して何ごとかをする階級は賤視《せんし》される。貴族・官僚、士大夫《したいふ》などという支配階級が、伊勢家のように、人の尻《しり》をのせる鞍をつくるなどときけば、日本国を文明の外《そと》の野蛮国と見るだろう。

日本は、その点、右の両国とはちがっている。

なにしろ、十二世紀、源平のころ、貴族の頂点にあった後白河《ごしらかわ》上皇が、遊芸人や巫女《みこ》のたぐいを院の御所にあつめ、今様《いまよう》（流行歌・民謡）をうたわせ、それを記録して『梁塵秘抄《りょうじんひしょう》』を編んだという国柄なのである。

しかしながら、それでも都の伊勢家の末流であり、さらには十二ヵ村の地頭をつかまえて、余技である鞍のことをきき、単なる鞍つくりであるかのように遇したのは、政知の浅薄さというほかない。

早雲は、このことを意に介《かい》すまいとみずからいましめた。どうせ駿河《するが》に牢人《ろうにん》の身で流れてきて、そのことで駿河の御家門衆からずいぶん傷つけられた。みずからを鈍感にすることには馴《な》れていた。

早雲が伊豆堀越《ほりごえ》の足利政知《まさとも》にはじめて謁《えつ》したのは、しめった風が吹き、鰯雲《いわしぐも》が空をみごとに模様付けている日だった。

「ひと雨来そうでございますな」

早雲は、縁《えん》から軒《のき》ごしに空を見あげていった。

面倒な話題をそらして、無難なはなしにもどすには、天気のことをいうのがいちばんいい。

「さぞ石花海《せのうみ》（駿河《するが》湾の浅瀬）の鯛《たい》やあわびどもは深みに籠《こも》りはじめていることでござりましょう」

「そちは、酒でも食べくろうておるのか」

足利政知は意外な反応を示した。この男はつねにそうで、どこか上あごの歯と下あごの歯が食いちがっている。

「鯛やあわびがいそいで籠りはじめていることまで、そちにわかるのか」

「これは、あいさつでございます」

「ばかなやつだ。人のあいさつは人の事にかぎったるものじゃ。鯛やあわびのことまで言うことはあるまい」

「まことに……」

と、平伏していればいいのに、早雲は政知のこういう感覚にはついいらだち、大人げもなくさからってしまう。

「駿河も、当国の伊豆も、おおかたが浜辺でございます。浜辺で漁《いさり》をして暮らす者どもは、このような日にはそのように互いにあいさつをします」

「措《お》け。海人《あま》ごとき者のあいさつを、御所に上《のぼ》ってきてわしにすることはあるまい」

きゃっと笑う者がいた。政知の御台所《みだいどころ》がいつのまにか公方《くぼう》の背後にすわってこのやりとりをきいていたのである。

この御台所は、政知の後添いである。

公家《くげ》の武者小路《むしゃのこうじ》家からきた。武者小路家は藤原北家閑院《かんいん》流で、本家は三条西家である。京の武者小路に屋敷があったがためにそのようによばれており、家格は大納言までは昇《のぼ》れる。公家としては中ぐらいとはいえ、対外的には日本国王とされている将軍家を、どこか、東夷《あずまえびす》として彼女は軽侮している。将軍義政における夫人富子（公家の日野家の出）とかわらない。

「きゃっ」

と叫んだ女の声が、御台所の笑いであることが早雲にわかるまでに一ト拍子かかった。早雲は、平伏した。

「あたら京育ちの新九郎とやらも、駿河にくだれば海人のあいさつをするのかや」

「それがしは、海人の寄親《よりおや》でござりまする。山がつの寄親でもあり、野良《のら》の者の寄親でもござりまする」

「やくたいもない。……」

吐きすてるように言ったのは、男の声ではなく、女の声であった。早雲にはその意味がわからなかったが、自分がかつて仕えた足利義視《よしみ》にも、その嫂《あによめ》の富子にも共通していた一種の毒のようなものといっていい。

早雲が足利政知《まさとも》に謁《えつ》した建物の前には、枯山水《かれさんすい》の庭がある。政知が二十三歳まで僧をしていた天竜寺の香厳院《こうごんいん》の庭を模したものだが、伊豆では京のような杉苔《すぎごけ》がつかない。早雲は、庭には興味がなかった。ただ、このどこか似て非なる枯山水をみて、

(伊豆は、伊豆に適《あ》う庭があるはずではないか。何でも京のまねをすればいいというのは、一種の馬鹿《ばか》だ)

と、おもった。

この建物は、南にむいている。すわっている板敷の板は陽に温められて気持がいい。ただ、座敷が暗い。足利政知の顔はよく見えるのだが、御台所《みだいどころ》の顔は、白く茫《ぼ》っとしたものが宙にうかんでいるだけで、目鼻立ちまではよく見えない。貧相なお人だ、と思ったのは、におってくる彼女の精神像だろう。声、物言い、態度、すべてが、痩《や》せてたけだけしい昆虫のような感じがする。

「宗瑞《そうずい》どの」

と、彼女は早雲の名をよんだ。よく考えてみると、夫の政知は早雲の名すらよばなかった。

「衣紋《えもん》を繕《つくろ》いなされ」

言われて、早雲は胸もとをみた。べつに装束《しょうぞく》にみだれはなく、ひだも切るように折目《おりめ》がついて

いる。が、かたちだけ烏帽子《えぼし》をなおし、襟《えり》をととのえた。

やがて腐った瓜《うり》のように顔のぶよついた古侍《ふるざむらい》がひとり縁《えん》のむこうからやってきて、こちへ来《こ》よ、という。その横柄《おうへい》さは尋常ではなく、早雲も腹にすえかねて無視した。

「おことは、お耳が遠いのかな?」

腐った瓜が、早雲の耳もとでささやいた。ことばに京なまりがあるから、都の者にちがいない。

「まず、お名を名乗られよ」

早雲が、いった。それが尋常の作法である。

「尾州《びしゅう》じゃ」

といったから、ああ吉田尾張守兼盛のことか、と思った。御台所の武者小路《むしゃのこうじ》氏が、京からくだるときにつれてきた侍である。京の社家《しゃけ》吉田氏の一族で、身分は官人の端《はし》くれである。成りあがって従五位下《じゅごいのげ》の官位をもらって執事をつとめている男だった。

早雲が、いわばむりやりに案内されたのは書院であった。

(なんというばかなことを)

人を愚弄《ぐろう》するのに、こんな方法があるだろうか。最初は渡り廊下の下の地《じ》にすわらされた。相手が公方《くぼう》だから、この作法は、早雲をもって今川家の郎党(私的な家来)あしらいをしたといえる。次いで、濡《ぬ》れ縁《えん》へ上げた。これは、早雲を地頭(京の公方の形式上の御家人《ごけにん》)として遇したことになる。

さらに書院へ通すとなると、地頭職《じとうしき》たる早雲をさらに尊重して正規に謁見するという形式になる。すでに伊豆の堀越《ほりごえ》公方足利政知《まさとも》は早雲に言葉をかけているのだ。あらためて儀式ばった書院で謁見するなど、どういう礼であろう。短時間のあいだに早雲への処遇を三段階にひきあげてみせて、いわばなぶろうとしているのだろうか。

（なぶられるわけはない）

何の思いあたることもないのである。

目の前に、上段《じょうだん》の間《ま》がある。貴人はここにすわる。その上段の間の下の右端に、執事の席がある。先刻の吉田尾張守兼盛が、青ぶくれて目ばかり卑しく光らせてすわっている。

（こんなやつが、堀越の御所に巣《す》食《く》うているのか）

と、早雲はおもった。吉田の社家《しゃけ》の末流など京では庶民にすぎない。それが、つてを求め、御《み》台所《だいどころ》に取り入り、官位をもらい、伊豆では貴人のごとくして国人《こくじん》や地侍《じざむらい》どもを塵《ちり》のようにあつかっているのである。

（堀越御所の評判がわるいはずだ）

やがて上段の間にあらわれたのは、元服をすぎたばかりの少年であった。御台所につきそわれて、中央にすわった。

（この方が、義遐《よしはる》さまではあるまいか）

「あれなるは」

と、吉田尾張守が言上《ごんじょう》した。

「伊勢新九郎でござりまする。髪をおろしましたるがゆえに、宗瑞《そうずい》とも称しおりまする」

言いおわって、

「宗瑞」

と、よばわった。

「面《おもて》をあげませい」

早雲はばかばかしかったが、作法どおりにした。

「宗瑞」

尾張守は、もう一度、軋《きし》み声をあげた。

「宗瑞、数ならぬ身にてお目見得《めみえ》を頂戴《ちょうだい》したること、ありがたき仕合わせと存じ奉って、かつ生《しょう》生世々《じょうせぜ》、ご奉公の心に変りなきことを申しあげよ」

(ご奉公。……この見も知らぬこどもを主人とせよというのか。堀越御所の面妖《めんよう》さよ)

と思った。

「見る」

というのは、ただの身体的な動詞にすぎない。

しかし、見る・見られる、あるいは見入られる、ということには、特殊な未開以来の神秘感情の系列もまじっている。蛇に見られた、化性《けしょう》のような猫に見られた、あるいは死霊《しりょう》に見られた、などということからくる怖れは、祟《たた》られるという感情と入りまじっている。

古代のある時期までは、神も死霊も、生ける者に祟りをなし、害を与える存在であった。それらは、生ける者を見、かつ祟る。ただ、精神史の発達とともに、神も死霊も、生ける者がそれらをまつることによって善をなすようになった。

原始感情は、世の発達とともにまったく消えてしまうものではなく、どこかに残り、早雲が生きている時代のひとびとも、神仏に非礼をすることを極度におそれた。とくに非礼をした自分が神仏から「見られる」ことをおそろしがった。

反面、神仏を供養《くよう》してよく自分を見てもらうことは、善果を得ることであった。

このような原始感情の上に、貴人の神聖というものは載《の》っている。この日本国が未開のころ、諸地方の国造《くにのみやつこ》など土豪は、その隷下《れいか》のひとびとにとっておそるべき上《かみ》であった。上と神は同義語に近く、かれらから見られて祟られることを怖れた。

が、室町のこの時代は、下の者が上の者を選ぶという精神が、草木の芽吹くように出てきた。下が寄親《よりおや》となる上をえらび、それをもって「頼《たの》うだる人」とする。人間関係だけでなく、神仏までが頼むに足るかどうかで信仰がきめられた。人間中心の時代になったといっていい。

逆に上の者としては、下の者の一生をひきうけ、諸事、頼もしげでなければならない。上が頼もしげであればこそ、下もその頼うだる人のために命をも捨てるのである。

「見る」という要素も変ってきた。下から拝謁《はいえつ》を乞《こ》い、お目見得《めみえ》してもらえば、主従の関係が成立するのである。上が、下を見る。見た以上は寄子《よりこ》（寄騎《よりき》）になったといっていい。早雲は、いわばはめられた。おとなふたりに介添えされた少年貴族に見られてしまったのである。

「宗瑞《そうずい》、こなたは嫡々《ちゃくちゃく》におわしまするぞ」

と、吉田尾張守が金気《かなけ》くさい声でいった。

武者小路《むしゃのこうじ》の腹になる次男義遐《よしはる》にお目見得してしまった。

この堀越公方《ほりごえくぼう》の足利家には、早く母をうしなった長子茶々丸《ちゃちゃまる》が居るということを早雲も知っている。茶々丸はすでに成年に達しているはずだが、いまなお童名で通称されているというのは、一家から疎《うと》んぜられているのにちがいない。

退出した早雲は、門のそばの小屋を借り、装束を着かえた。袴《はかま》を着かえるとき、ふと思いなおして革袴にした。

このことが、早雲に幸いした。

門は楼門になっていて、楼上に楯《たて》がならべられている。

この楯を見て、足利家はなににおびえてたれに備えているのか、とふしぎな思いがしたが、ともかくも門をくぐって、濠《ほり》の橋の橋板を踏み、半ばまできたとき、背後から飛んできた矢が股《もも》の裏に突き立った。

矢は革袴をつらぬいたが、そこで勢いが尽き、股の裏をわずかに傷つけただけだった。それよりも、二ノ矢を防がねばならなかった。矢は、門の楼上から射られたことは、楯のかげに人影が動いていることでも知られた。

従者は一人しかいない。又蔵という領内の地侍《じざむらい》の長男で、威勢のいい若者だった。

「ここはそれがしが防ぎます」

と、早雲の前に立ったとき、右肩を射られた。早雲は逃げなかった。逃げれば背後を射られてしまう。

いっそひきかえして門にとびこめばよい。楼上の敵にとって、楼門の下の者を射るのはむずかしかろう、とおもった。

濠の外には、はやくも異変に気づいた近在の者が、五、六人、おそろしげにこちらを見ていた。人に見られている以上、逃げ出すようなまねもできない。

早雲は、又蔵をかかえて楼門の下に入った。梯子《はしご》の下から楼上の気配をうかがうと、人数は一人であるようだった。

「私は、駿河《するが》の興国寺城の宗瑞《そうずい》という者である。たれからも意《い》趣《しゅ》をうける覚えはないが、めあてはこの宗瑞か、それとも人《にん》を違《たが》えたか」

とよばわりつつも、又蔵の手当をした。幸い、弓勢《ゆんぜい》がにぶく、深傷《ふかで》ではなく、貝殻骨《かいがらぼね》でとまっている。

(相手は、おどしのために手心を加えたか、それともよほど武勇の心得のない者か)

早雲は、新九郎のむかし、医を学んでいたから、金創《きんそう》の手当が速かった。矢を抜き、懐中の金創薬をたっぷりぬって、血を止めるための包帯をした。包帯には、さきほどの拝謁《はいえつ》のときにきていた装束をひき裂いた。早雲は貴人に拝謁するときの装束はこの一着しかなかったが、ひるみもなくやぶった。手も衣装も血だらけになった。

「それとも、公方《くぼう》のお指図《さしず》か」

「公方?」

はじめて楼上から声が降ってきた。

「公方とは、身《み》のことぞ」

「楼上の君子《くんし》」

早雲は、相手へよばわった。

「さきほどわしは公方に謁を賜《たも》うたばかりじゃ。この御所には公方がお二人おわすのか」

このとき、初老の武士が駈《か》けつけてきて、早雲に一揖《いちゆう》し、梯子《はしご》の下に立ち、楼上をふりあおいだ。

「茶々丸《ちゃちゃ》様」

と、しずかに呼びかけた。

「ご無用なことをなされますな」

楼上は、しずまっている。

「こなたは、駿河のお人でござる。茶々丸様にかかわりのあるお人ではござりませぬ」

「その者は義遐《よしはる》に目見得《めみえ》したではないか。目見得した以上は義遐の被官《ひかん》になったも同然だ」

（おや。――）

と、早雲はおもった。楼上の者が、この堀越公方《ほりごえくぼう》足利家の長男茶々丸であるとすれば、その行動は奇矯《ききょう》でも知能は尋常以上といわねばならない。

「しかもそれなる宗瑞《そうずい》」

と、楼上の声はいった。

「駿河の今川氏親《うじちか》にとって伯父にあたるとか。さればこの伊豆にきたのは、おのれの一存ではなく、氏親の意をうけたる代官としてきたのであろう。それが、なにゆえに長子であるわしをないがしろにして義遐に謁《えっ》したのか。ご当代（足利政知《まさとも》）亡きあとは、駿河の今川は義遐の下知《げち》に従う所存と見えたわ」

「見えましたか」

早雲は、苦笑せざるをえない。

「笑うたな」

梯子の先端あたりに、顔がひょうたんのようにぶらさがっている。色白であごが小さく、口が裂けたように大きい。

「宗瑞、なぜ下座《げざ》せぬ。下座せよ」

茶々丸がいったが、早雲は即座に、

「あなた様はおそらく尊貴なるお人でございましょう。しかし、どなた様であるのか存じ上げもせぬのに下座はできませぬ」

「伊豆の足利家の嫡《ちゃく》々《ちゃく》茶々丸であるわ」

「茶々丸様という証拠はいかに」

「証拠は、この顔よ」

「それがしは、そのお顔はひょうたんであるかと存じておりました。さすが堀越の御所だけあって、ひょうたんまでが物を言うかと思うて、感じ入っていたところでござりまする」

というなり、梯子《はしご》を駈けのぼって茶々丸の顔をつかみ、ひきずりおろそうとした。

「堀越のひょうたんは、物を言うのみか、矢を射かけて人を害《そこな》うのでござるか」

早雲は、伊豆堀越の足利家の相続問題に介入しようとは思わないが、おのれと従者を傷つけた復讐《ふくしゅう》だけは武士としてしておかねばならぬ。けじめをつけねば、後日《ごじつ》、人に後指《うしろゆび》をさされることになる。


この楼門の異変に、駈《か》けつけた武士は早雲の無礼をとがめるべきか、茶々丸の横暴をたしなめるべきか、手もつけられぬ体《てい》でいた。

武士は、関戸《せきど》播磨守《はりまのかみ》吉信《よしのぶ》という。早雲は関戸の物言いの伊豆なまりをきいて、

(これは、伊豆の地《じ》の人だ)

と、おもった。

関戸は、伊豆の堀之内の人である。現在は下田市になる。その館《やかた》は稲生《いのう》沢《ざわ》川の右岸にあって、

所領は小さいが、地頭職《じとうしき》の身分だった。かれは茶々丸の傅人《めのと》で、うまれたときに屋敷にひきとって養育し、長じて御所に奉公し、茶々丸付きになった。

傅人の制は、公家《くげ》にもあるが、とくに武家にあっては重要な風《ふう》といっていい。貴人に男子がうまれると、家臣のうちの頼もしげな者にあずけられる。その子は傅人を父とも思い、傅人の子(傅人子《めのとご》)を兄弟ともおもって育つ。その子が長ずれば、傅人や傅人子は重く用いられたりするが、それ以上に傅人・傅人子の忠誠心のふかさというものは、しばしば感動的な事件を生む。

「宗瑞《そうずい》どの、ともあれ、おひかえくだされ」

関戸は言い、自分は茶々丸様の傅人播磨守吉信と申す、と名乗った。

名乗られてはじめて儀礼が生ずる。早雲は梯子をおりて、立礼し、名を名乗った。

早雲は、問うた。あれなる楼上のお人は茶々丸であるとみずからおおせあるのみで、礼を用いられぬ、礼を用いざれば茶々丸どのなどこの世に存《そん》しませぬ、礼とは、しかるべき場所をしつらえ、左右に家来を侍《はべ》らせ、その家来の導きによって、早雲なら早雲が拝謁《はいえつ》しまする、そういう礼の手続きと装置があってはじめて茶々丸が足利家の長子たる茶々丸になるのでござる、といった。

「でなくて、いきなり矢を射かけられ、それがしの身にも矢が立ち、郎党にいたってはかような体でござる。仕掛けられて逃げるは武士にとって末代までの名折れにござれば、とっておさえて首掻《か》き切り、堀の中へでも打ちすてようと思うておりました」

「これは、雑言《ぞうごん》」

関戸播磨守は、迷惑の体であった。

「これを雑言と申されるか。武士の進退は、平時も合戦にあっても礼によります。礼なく仕掛けたる者が、茶々丸様であろうはずがござるまい」

早雲は、質樸《しつぼく》な播磨守を苦しめようとしているのではなく、この場を、あとくされなく、しかも早々に退散できる口実や道理をのべているのである。

「いずれ、まことの茶々丸様に拝謁できますよう、播磨守どのにおいてお取りはからいくださいますように」

といって、又蔵を抱きおこして退散した。いずれにせよ、堀越《ほりごえ》の足利家はたいへんな家だとおもった。


早雲は、詳報を得たかった。

「わし自身が、伊豆にゆく」

と、大道寺太郎らにいった。伊豆でおこっていることは、子が父を殺し、みずから主権者になったという稀代《きたい》の異常事態なのである。この異変に、伊豆の国人《こくじん》・地侍《じざむらい》はどう思っているのか、精密に見聞するにはなまなかな者の耳目《じもく》ではどうにもならない。

「――それは」

大道寺太郎が、おもわず早雲のひざをつかんでしまった。

「なりませぬ。茶々丸《ちゃちゃ》どのは、殿にうらみがあるはず、たとえなくとも、殿が茶々丸どのから矢を射かけられたということで、それを根に持っておわすにちがいない、という疑念を茶々丸どのはお持ち遊ばしておりましょう。殿がおひとりで内偵に来られたということが顕われれば、何としても殿を亡きものにし奉るにちがいありませぬ」

「いや、わしがゆく」

早雲は、この伊豆の内偵こそ生涯の一大事だとおもっている。足利家などという民百姓にとっての妖しげな魔性《ましよう》の殿舎をたたきこわすには、いまを措《お》いて機会があろうか。

この話を大道寺太郎とかわしていたのは、足利政知《まさとも》の死についての異聞が入った夜のことで、部屋の燭台《しよくだい》の灯《あか》りが、油が尽きて暗くなりはじめていた。ひとと対話するのに三基は燭台が要るのに、興国寺城ではそういう贅沢《ぜいたく》をしないために、大道寺太郎も、泡を食ってものをいうときには、早雲のひざをつかまざるをえなかったのである。いまこの人に死なれては、興国寺の一統は自衰せざるをえないだろう。

事の多い日だった。その話合いの部屋に、山中小次郎がゆるしをえて入ってきて、

門前ニ貴人アリ。

という意味のことを小声でいった。早雲がききかえすと、亡き足利政知の第二子義遐《よしはる》が、僧形《そうぎよう》に身を変えて頼ってきている、という。

(義遐どのは、危難をまぬがれたのか)

意外に思いつつ、

「御人体《ごにんたい》にまちがいないな」

早雲がいったのは、狼狽《ろうばい》している証拠だった。足利義遐の顔を知っている者は自分以外にないのに念を押すのは愚というものだろう。

「門を開けて差しあげよ。ただし門の内外をあかるくせよ」

たれかが、詐略《さりゃく》を構え、門外に伏兵をうずめて開門させようとしているのかもしれないとおもったのである。

それほどに用心をしたのだが、やってきたのは頭をまるめて子供のような顔になってしまっている義遐だった。従者もいない。身一つで急場をのがれたということは、疲れはてたその様子でもあきらかだった。

早雲はいそぎ衣服を着かえ、旅の僧の姿の足利義遐《よしはる》を上座に招《しょう》じ、さがって平伏した。

「まろは、地獄からぬけ出てきた。……」

と、義遐は、ひどく幼い舌まわしでつぶやいた。

「地獄とは伊豆のことでござるか」

「伊豆ではない。……」

あのうつくしい山河が地獄であろうはずがない。父や母は京の人なれどもこの義遐にとってはふるさとであった、地獄と申すは堀越《ほりこし》御所のことである、といった。少年ながら、気丈な言い方だった。しかしながら、早雲の気になるのは、義遐がつかう一人称である。

「まろ」

という。麿《まろ》などという一人称は上代ではちがったつかわれかたをしたそうだが、早雲の時代では公家《くげ》社会のことばになっている。

珍妙なことは、北陸などの一向《いっこう》宗の寺院で、僧が自分のことを「まろ」といっているそうだ。本来、民衆の宗教であるはずなのに、その宗旨の寺院が、どの宗旨の寺々より貴族化し、村落における公家のようにふるまっているらしい。

（度《ど》しがたいことだ）

早雲の一向宗ぎらいは、そこにもあった。薄化粧している僧もいるともきいた。それはともかく「まろ」とは公家か、公家のまねをする者たちの一人称であり、このことば一つが、国々の武士や農民をへだてている。

（いやなことばをつかうではないか）

おそらく母親の武者小路《むしゃのこうじ》氏が、義遐を公家ふうに育てようとしたのであろう。

と、義遐のことば使いが、水涸《みずが》れの水車のようにゆるやかになった。

「母者《ははじゃ》は、な」

「まろをな、珠《たま》のようにな、慈《いつく》しみ給うた」

（そのことが、伊豆足利家の家政の紊《みだ》れになったのだ。このまろ殿はそのことにまだ気づいておられぬのか）

「そのためにな、兄にておわす御人《おひと》（茶々丸《ちゃちゃ》）をな、牢《ろう》に閉じておしまいなされた」

「茶々丸どのを牢に」

それは、知らなかった。

「何の罪咎《つみとが》あって」

おもわず早雲の語気が荒くなった。早雲は茶々丸には好意をもっていないが、しかし人をそのようにいじめる奴輩《やつばら》には血がのぼるほどに腹が立つ。

「狂人じゃ、と申されてな」

「まろ殿も」

と、早雲は変則な語法をつかった。

「茶々丸どのが狂人におわすとお思いでござりまするか」

ここが、義遐の人物を見る上でかんじんなところである。義遐はだまってかぶりを振った。早雲はほっとした。

（この少年は、ばかではない）

と、早雲はおもいつつ、

「茶々丸どのが、日頃《ひごろ》、どのような挙動であったか、お話しくだされ」

「宗瑞《そうずい》、そなたも身に矢傷をうけたであろう」

「……あれは」

早雲は、あまりのことにうらみとしては残っていなかった。ただあの茶々丸とは何だろうと、その後、茶々丸について知ろうとした。しかし堀越《ほりごえ》御所は雲の上で、洩《も》れてくる話はほとんどなかった。

「茶々丸どのには、あのたぐいの所業《しょぎょう》が多かった」

いちいちきくと、些末《さまつ》なことばかりである。早雲以外にも、外部から拝謁《はいえつ》にきた者が、小刀《ちいさがたな》でもって追っかけられた者もいる。主として、外部からきた者に対しておどす。おどされた者にとっては迷惑しごくだったが、茶々丸にすれば、内部で自分が置かれている窮状を、そんなかたちで外部に訴えたいという気持があったのにちがいない。

訴え方が常軌を逸しているのは、茶々丸のひよわい資質による。よほど、弱い。

「母者《ははじゃ》は、このまろを世嗣《よつぎ》にしようとして、父上にうるさくせまっていた。父も、その気になり、兄をないがしろにした」

「ばかなことだ」

早雲は、つい感情的になった。この男が、ひとと対座していて、相手の話の腰を折り、感情的な言葉を投げるようなことはかつてなかった。足利政知《まさとも》には、目も心もないのか。たとえわが子であれ、ひとを窮地に追いつめればかならず狼心《ろうしん》をおこすというのはきまりきったことだ。早雲がむかし、将軍の世嗣である義視《よしみ》につかえたが、嫂《あによめ》の日野富子は自分の生んだ義尚を立てようとし、そのことが応仁ノ乱の一因にもなった。

「足利家というのは」

と、早雲はわざと敬称をつかわずにいった。

「みなそうだ」

政知夫妻は、茶々丸を牢《ろう》に入れて番人をたてた。

ある夜、茶々丸は何者かに小刀を差し入れてもらい、番人を牢に近づけ、一突きに刺し殺して牢をやぶった。

茶々丸は、狼《おおかみ》になった。

父政知と義母武者小路《むしゃのこうじ》氏の寝室を襲って両人の息が絶えるまで刺し、

「これで、公方《くぼう》になったぞ」

と、叫んだ。さらにかたわらに眠っていた幼童潤《じゅん》丸の細首を掻《か》ききり、血の海から這《は》うように出てきて、御所のうちの者どもをあつめ、

「殺さねば、殺された」

と、いった。声を発する者もなかった。この夜、義遐《よしはる》はこの狂態を知り、身一つで逃げた。

(聞くだに、心が腐ってくるような。……)

早雲は、おもった。

「それが足利の」

と、よびすてにした。

「家というものだ。諸国の守護の家々もそうだ。この世に巣食《すく》う魔物とは、足利の御家としかお

もえぬ」

　義遐は、早雲の青ざめた表情と語気におびえた。

「人々の血を吸う。それだけの家ではないか。血を吸いながら人々から尊貴だと思われ、足利一族も、そのあさましい所業をあさましいともおもわず、骨肉《こつにく》相争って世嗣《よつぎ》のとりあいをし、たがいに殺しあい、ときには軍勢をかり催して民の家を焼き、田畑を踏みあらす。ついには、父母をもころす者が出てきた。ひとえに、ひとえにその魔性《ましょう》の家を嗣《つ》がんがためだ。それほど結構な家か。この世でもっとも汚れた恥ずべき家ではないか。乞食《こつじき》をみよ、人の胸にすがって食《しょく》を乞《こ》う。よきものではないか。傀儡《くぐつ》師をみよ、芸をして食を得る、たれに憚《はばか》ることがある。足利家は乞食、傀儡師に恥じよ、恥じよ、恥じねば、一人のこらず地獄に墜ちよ」

　早雲は両眼が血走って、こぶしがふるえている。京の伊勢屋敷の片隅にいて足利家の内幕を見つづけてきたときからの鬱積《うっせき》である。いま、せきを切った水のように奔《はし》りだした。

「口惜《くちお》しさよ」

　と、叫ぶようにいった。

「わが若きころの日日は無駄になった。時の京の公方《くぼう》（義政）の弟君義視《よしみ》どのは世嗣におなり遊ばせしとき、天に棲《す》む若者であるかのように初々《ういうい》しく、わしをひきよせられて、いまわしが申せしことどもを憂え給い、唐《から》の孔子か孟子の再来であるかのように人の世を救う道を談《だん》じ給うた。その義視どのでさえ、のちには足利の風《ふう》に染まり、別人になり、血を吸う管《くだ》をうばいあった。義視！　あれは人か」

殺された伊豆の公方足利政知《まさとも》は義政の実弟だから、義政も義視も、この義遐《よしはる》にとってはおじになる。早雲はそれらを罵倒《ばとう》している。

「若君」

と、義遐に対し、礼譲ある態度をとりもどした。

「あなた様も不甲斐《ふがい》なし。御父・御母を殺されていながら、なぜその場で仇討《あだうち》をせぬ。それが武士というものではありませぬか。それとも、公家《くげ》におわすか」

「私は、京にのぼる」

と、義遐はいった。

「僧になる。この姿は、人の目を昏《くらま》さんがためのものではない。あのようにおそろしい家から離れられるなら、たとえ虫になってもよい。宗瑞《そうずい》、そなたは、わしを救うてくれぬのか」

（出家……？）

するというのか、と早雲はおもったが、まだこどもではないか、一家の惨事に動顛《どうてん》してそういっているのだろう、とおもってだまっているうちに、義遐は唇をひきつらせた。哭《な》くのか、と思ったが、気がくるったように雄弁になった。

「まろは、こどもではないぞ」

「出家なさるとは。……」

早雲は、逆にことばをうしなった。

「まろは、自分を捨てたかった」

早くから伊豆の堀越《ほりごえ》御所を脱走して出家したかったのだ、という。母が兄をしりぞけて自分を世嗣《よつぎ》にしようとしていることがおそろしくもあり、あざとくも思え、自分さえ居なくなればと思った。そこへこの事件がおこった。とっさに逃げ、興国寺領に入ってから山寺を見つけて頭を剃《そ》ってもらい、衣類をあたえて法衣をもらった。

「京にのぼり、香厳院《こうごんいん》に入る」

京の嵯峨《さが》の天竜寺のなかのその一院に、父の政知《まさとも》も還俗《げんぞく》するまでいた。いきなりとびこんでも粗略にはすまいと思う、と義遐はいった。

「……ご心底」

よくわかりましてござりまする、とまではいわず、早雲は腑《ふ》におちた表情だけをしてうなずき、この夜、湯をつかわせて寝かせた。

深夜ながら、駿府《すんぷ》まで急使を仕立てた。すべて、駿府の今川氏親《うじちか》にまかせねばならぬ。自分の身分では伊豆足利家の遺子を京に送ることは憚《はばか》られる。

義遐には、のちの運命がある。

かれは今川氏親の家来にともなわれて、足利家の管領《かんりょう》細川政元にその身を託した。

幕府には、一部異論をなす者もいた。茶々《ちゃちゃ》丸を討滅してこの義遐を伊豆公方《くぼう》にすべきではないかという論だが、もともと伊豆公方というのは無用の機関で、その必要はあるまい、という意見が多数を占め、義遐は僧になり、希望どおり香厳院に住《じゅう》した。

かれが京にのぼったのは延徳三年（一四九一）で、当時、将軍は第十代義稙《よしたね》だった。義稙は諸大名への統御が下手な上に無用に武断的であったために近江で戦乱がおこり、ついに義稙自身が反乱軍に追いつめられて寺の厨子《ずし》に身をかくし、捜索した軍兵から襟《えり》がみをつかまれるような醜態を演じた。

このため、管領細川政元は香厳院にいる義遐をひきだしてきて還俗させ、義澄《よしずみ》と改名して第十一代将軍の座につかせた。数奇《すうき》というのは、この人物のことだろう。

在位十四年で、前将軍義稙を擁した周防《すおう》の大内氏の軍勢に追われて地位をうしない、四方に潜行するうちに病死した。

伊豆へゆく。

早雲は想像力のゆたかな男だ。身はまだ興国寺城にあっても、あたまのなかではすでに伊豆に向かっていた。

じつはかれの興国寺城が所在する根古屋《ねごや》は、こんにちでは沼津市になっている。沼津はまだ駿《する》河《が》だが、駿府にゆくよりも、伊豆の三島《みしま》にゆくほうが近い。駿府へは二十里、伊豆の三島へは、間道を通れば四里とすこしである。

箱根山塊のうちの外輪山の西のふもとにあり、三島は、伊豆半島ぜんたいでいうと、北部の内陸にある平野である。往古国府が置かれ、伊豆一《いち》ノ宮として三島大社もある。まわりの野はひろく、街道も発達しているため要害にはわるい。武家の世になってからは、それよりも南に奥《おく》まった韮山《にらやま》平野のほうが政治の中心地になった。源平のすえ、流人《るにん》の源頼朝を擁した北条氏の根拠地もここであり、堀越《ほりごえ》御所もそこにある。

ともかくも、ゆくことはやさしい。しかし、時期が時期だけに足利茶々丸《ちゃちゃまる》が警戒しているだろうから、潜行することに神経をつかう。

（海路、ゆこう）

と、早雲はきめていた。伊豆は大きな島のように海上にうかんでいるため、船でゆくのがいい。

早雲は、義遐《よしはる》が逃げてきた夜が明けると、浜辺に出てとも、づなを解かせた。背後に、富士が藍《あい》一色に染めあげたように、みごとだった。帆をあげて船がすべりだすと、早雲は荒莚《あらむしろ》の上にねそべり、水主《かこ》が沖で用いるぼろのつづれをひきかぶって臥《ね》た。

昨夜は寝不足だった。寝不足は、思慮をみじかくする。

早雲の姿は、托鉢《たくはつ》の僧である。供の山中《やまなか》小次郎はふつうの侍装束だった。ほかに若党がひとりという一行だった。

（なんと、おねむりあそばされた）

早雲は、浜にうちあげられた海藻のような正体なさで眠りこんでしまっている。眠る前、ほんのわずかな時間、小次郎に自分の考えをのべた。

「他日、わしは、海から伊豆へ来る。堀越御所をくつがえす」

小次郎にとっておどろくべきことで、はじめて耳にする早雲の本心である。

「そちは、百人ばかりの人数をひきいて浦にあがり、前駈《さきが》けするのだ。一挙に御所を。さらには茶々丸《ちゃちゃ》どのを。後詰《ごづめ》は、わしがつれてゆく」

この小さな旅は、その実地視察ということになる。

「あっというまに片付けるのだ」

「いつでござるか」

いつ伊豆を衝《つ》くか。

「わからん。早いほうがよい」

早雲は、いった。茶々丸の親殺しの血刀がかわかぬまにだ、という。伊豆のひとびとは茶々丸の血なまぐさい没義道《もぎどう》のために衝撃をうけているはずであった。その衝撃が冷えぬまに急襲すれば、早雲の行為は天誅《てんちゅう》になり、たれも容認し、ひとによっては拍手もする。ぐずぐずしていれば茶々丸の権力がかたまってしまい、そういう男といえども伊豆の公方様《くぼう》という印象の存在になってしまう。公方を討つとなれば、倫理的に指弾《しだん》はまぬがれない。

「いつ」

と、山中小次郎はくりかえしきいた。

「天地人《てんちじん》を見てきめるのだ」

いま伊豆へ行って地を見、人の情《じょう》を見、さらには船団で急襲するために天候を見る。

そこまで言って、早雲は眠ったのである。

やがて船は、両側を山地で保護された入江の入口に入り、帆をおろして櫓《ろ》をこぎはじめた。この入江は、江の浦という。地勢としては伊豆半島だが、国としては駿河国《するがのくに》の東端になる。

早雲は、砂浜に降りて、まわりを見まわした。ここから東方、ほんの一里半で堀越《ほりごえ》御所に達する。

「立ちどまるな」

と、早雲は小次郎に注意した。なにやら検分《けんぶん》する様子だったというわさが立ってはまずい。

早雲は、東方の堀越御所を避け、古奈という地をへて南へ、つまり狩野川をさかのぼった。伊豆は出湯《いでゆ》の多い国で、この古奈（小名・小那）にも湯が出る。ざっと見たところ、田は十余町、畑は二十余町といったせまい土地である。

「陽のあるうちに修善寺《しゅぜんじ》の湯へゆこう」

と、道をいそいだ。

が、途中で夜道になった。幸い星月夜である上に小次郎が夜目《よめ》につよいために不自由はなかった。

修善寺には、その地名とおなじ呼び名の寺があって、古刹《こさつ》を誇っている。もともと真言《しんごん》宗だったのだが、鎌倉のころに臨済《りんざい》宗にあらためられ、歴世、名僧が住《じゅう》した。ただ室町の世になってやや衰え、現在は臨済宗の僧が住せず、かりに曹洞《そうとう》宗の僧が、正規の晋《しん》山《ざん》式をせぬままであずかっている。禅宗には臨済・曹洞の両宗があって、臨済は武士に帰依《きえ》され、道元《どうげん》が創《はじ》めた曹洞は主として庶民の世界にひろがっていた。

「ここには、わしのおじがいる」

と、早雲が石段をのぼっているときにいった。小次郎がはじめてきくことであった。

「隆渓《りゅうけい》という人だ」

隆渓は曹洞宗の禅僧で、ただしくは隆渓繁紹という。その師は崇芝性岱《そうししょうたい》といい、道元からの法統をうけついでいた。その法嗣《ほうし》である隆渓は京の伊勢氏の出で、たまたまここ五年、修禅寺に仮《か》住《じゅう》していたのである。

山中小次郎は、石段をのぼりながら、早雲の手まわしの周到さにおどろいている。

(この修禅寺《しゅぜんじ》にくるつもりだったのか)

地名としての修善寺ではなく、寺としての修禅寺である。しかも、そこにおじがいるという。

(おじ君《ぎみ》は、りゅうけいという名におわしたな)

隆渓。

石段をのぼりきると、樹間の一堂宇に灯が洩《も》れているのを見た。里は眠っているのに、寺は夜ふかしをしているのか。夜ふかしは禅寺の禁ずるところときいたが……とおもううち、榾火《ほたび》をかざしてやってきた小僧がいて、両人をその堂宇に案内した。

(わが殿は、すでに隆渓どのに今夜来ることを報らせておられたのだ)

小次郎はあきれる思いがした。

観音扉《かんのんとびら》がひらかれて堂内に入ると、そこは床《ゆか》をあげた座敷ではなく、地面同様である。磚《せん》が敷きつめられて、イスと卓子が置かれている。

（明《みん》の国にまぎれこんだような……）

小次郎は、この堂の異国の様式におどろいた。堂は、どうやら住居らしく、寺に似合わずに小さいのである。それに、暗くてわかりにくいが、仏像のたぐいは置かれておらず、奥に寝台があるらしい。

壁に、肖像画がかかっている。

「どなたの頂相《ちんぞう》（禅宗の僧の肖像のこと）か」

早雲がきくと、小僧は行儀よくうつむいて（息が早雲にかかるのをおそれるように）、

「一山一寧《いっさんいちねい》禅師でございます」

と、こたえた。

一山一寧（一二四七～一三一七）という数奇《すうき》な人であった。

宋《そう》の台州臨海県の人で、はじめ天台学を学んだが、いたずらに教義や辞句の解釈のみであることにいやけがさし、浙江省寧波《ニンポー》の東の育王《いくおう》山にのぼって禅を学んだ。

その間、南宋がほろび、元《げん》の時代になった。

その間、元の皇帝フビライ（世祖）による日本への二度の侵攻があり、二度とも失敗した。日本でいう元寇《げんこう》である。ときに、鎌倉幕府の執権は北条時宗であった。

その後、時宗のあとの貞時の時代、元にあってはフビライのあとの成宗の時代の正安一年（一二九九）、成宗は日本に対して修好しようと思い、一山一寧を使者とした。一山一寧はやむなく国書をたずさえ、日本商船に乗ってきたが、貞時はこれを間諜《かんちょう》と見、とらえてこの修禅寺に禁錮《きんこ》

した。のち一山一寧の徳誠を知って鎌倉の建長寺をあたえ、さらに円覚寺をあたえて優遇したが、その禁錮時代、一山一寧が中国からつれてきた三人の弟子とともに住んでいたのが、この住居である。

(ここで、密議をするとは……)

山中小次郎は、肚《はら》の中でくびをかしげている。

僧隆渓《りゅうけい》が入ってきた。

小次郎は早雲のおじときいたため、よほどの老人を想像していたが、入ってきたときの動作の軽さ、物言いのあかるさなど、意外に若い。あとできくと、早雲とはわずか一歳の齢上であるという。容貌《ようぼう》は似ていた。とくに切れ長のよく光る目は、もう一人早雲がいるかと思えるほどであった。

二人の配置は、この小さな堂内の中央にあって、卓子をへだて、いずれもイスに腰をおろしている。小次郎は離れて観音扉《かんのんとびら》の内側にイスをもらって腰をおろした。万一、外から闖入《ちんにゅう》してくる者に対する警戒のためである。

(さて、謀議がはじまる)

と、小次郎は期待したが、どういうわけか、早雲と隆渓の話は、この深夜、ことさらこの小堂宇にとじこもってせねばならないようなものではなかった。小次郎は、早雲という男がこのとしになってもつかみきれない。

「この寺は、禅でござるな」

早雲が、いう。

「左様、禅」

隆渓がこたえる。

「臨済禅《りんざいぜん》でござるな」

「わしが宗《しゅう》たる曹洞禅《そうとうぜん》ではない」

隆渓が、曹洞禅の人であることはすでにふれた。おなじ宋《そう》の新仏教でも、日本へは臨済宗が早く入り、曹洞宗はおそく入った。

「臨済禅は、宋国ではいざ知らず、日本国にあってはまことに華美な宗旨でござるな。鎌倉の五《ご》山《ざん》、京の五山……」

鎌倉五山は、建長寺をはじめとして、円覚、寿福、浄智、浄妙の五大寺である。臨済禅は鎌倉幕府の国教《こっきょう》（ただし武士のみで庶民はふくまない）というべく、寺も、民衆から離れた官寺であった。

京の五山のほうが、むしろ鎌倉方式の模倣である。足利時代になり、武家（幕府）が京におかれたことで京五山が整備され、足利三代将軍義満の代になって、南禅寺を五山の上として別扱いにし、天竜、相国《しょうこく》、建仁、東福、万寿《まんじゅ》の五ヵ寺を京五山とした。

臨済宗はこのように幕府や守護たちから手あつく保護された。幕府は五山の僧に外交や文化の顧問たらしめ、武家時代におけるあらたなる貴族仏教になった。東西五山は国立大学の面をももち、天下の俊秀があつまり、その教授たちは大なり小なり政治の府に出入りするとともに、俗をふくめて詩文のサロンをつくった。五山文学とよばれているのがそれである。

民衆は、まったくといっていいほど、臨済宗には関係がなかった。この当時の臨済禅の僧たちの眼中にも、民衆はない。

民衆を相手にするという面は、後発《こうはつ》の曹洞《そうとう》宗がうけもった。


山中小次郎は、あとになって、わかった。

「伊豆一国を支配したあと、民のしつけはよろしく曹洞宗でねがいたい」

と、早雲は隆渓《りゅうけい》にたのんでいるのである。

信じられることだろうか。

早雲はまだ軍事行動を起《お》こしもせず、まして伊豆一国をとったわけでもない。

早雲は、しきりに、

「曹洞禅をばおひろめねがいたく、おねがい申しあげます」

と、隆渓にいう。

曹洞宗とは、ふしぎな宗旨である。宗祖道元《どうげん》はその著『正法眼蔵《しょうぼうげんぞう》』においてもわかるように、きわめて晦渋《かいじゅう》な表現をもって禅宗の哲理を説いたのだが、そのむずかしい宗旨が、武士や知識階級へはゆかず、民衆のほうにむかったことは奇妙というほかない。

道元は、権力者がきらいであった。鎌倉幕府の使者がきたとき、その使者がすわっていた場所の土までけがれたとして捨てさせたほどである。

道元の本拠地は、越前永平寺である。その第三世を継いだ義介《ぎかい》（徹通義介）はあまりにも目さきがきき、経営主義的でもあった。そのため、道元は生前、心をゆるさず、法嗣《ほうし》権も与えなかった。

義介の門人の瑩山《けいざん》（瑩山紹瑾《じょうきん》）も、いわばやり手だった。道元がもっとも

きらった祈禱《きとう》や儀式などもとり入れ、民衆教化にのりだした。

ひとつは、臨済禅が将軍や守護の保護をうけて寺々に寺領があるのに対し、曹洞宗は宗祖道元

が権力者ぎらいであったために地所に経済的基盤がおけなかった。活路は、民衆の中に入るしか

なく、この方法で蓮如《れんにょ》の一向宗《いっこう》（本願寺）が爆発的にのびたということもあり、民衆主義はいわ

ば時代の勢いでもあった。

民衆禅としての曹洞宗の効用《こうよう》は、清規《しんぎ》（行儀作法）にやかましいことであった。人間が社会を

組む場合、行儀作法さえよければ半ば世間に波風《なみかぜ》が立つことがふせげるといっていい。宗瑞《そうずい》は自

分自身は臨済禅を学んだが、曹洞禅を知るにおよび、それが民政に役立つことを知った。

「自分は、伊豆の税《ねんぐ》は公《こう》が四、民が六というふうにかならずするつもりです。おじ上に、曹洞の

寺をふやして民に教えてもらいたい」

と、早雲はいった。（ついでながらこんにち曹洞宗の末寺が全日本で一万四千、西本願寺の一

万余にくらべるとはるかに大きく、民衆宗教といっていい。）

湯は、河原にも湧《わ》いている。

朝、小次郎は早雲の供をし、たがいに樹の枝に衣服をかけて、瀬に入り、湯につかった。入湯の仲間が、五、六人いた。いずれも生きているのがふしぎなほどに老いさらばえている。

「おいくつになりますか」

ときくと、三人が四十代、あとは五十そこそこという齢でその老《ふ》けようは尋常でない。みな、病気だという。

この齢なら、なお田畑で働ける。朝から湯治《とうじ》などは贅沢《ぜいたく》なのだが、医者にかかれないためにこの湯にきているという。

かれらの湯の入り方が、変っていた。湯につかって呼吸を十《とお》ばかりするともう岩場にあがり、ぼろをまとって、老いた鳥のようにしゃがんでいる。ながく湯につかれるほどの体力がないのである。

早雲は医術に心得があるために、かれらの相談に乗ってやった。若党にもたせた薬箱をあけて、薬もあたえた。

「つまるところ、食べることが薬だ」

早雲が言ったが、みなだまっている。よくきくと、穫れた米や麦はみな公方《くぼう》にとられてしまい、稗《ひえ》や粟《あわ》、あるいは山野の草根《そうこん》を食べているという。

「米を、食わぬのか」

「米は、駿河《するが》の興国寺領という処へゆけば食えるという話でございますが、逃散《ちょうさん》は御法度《ごはっと》でございます。村に残した親類縁者が当人のかわりに殺されます」

「興国寺という処は、物成りのよいところか」

「なんの、物成りは伊豆のこのあたりのほうがよろしゅうございます。ただ興国寺領では、十のうち六つは百姓のものという夢のような土地でございます」

「国人衆《こくじん》が、公方《くぼう》に談合すればよいではないか」

「伊豆は、国人衆と申しても百姓の毛のはえたようなものにて、力はございませぬ」

「伊豆の守護は、何様《なにさま》におわす」

「はて、守護」

みなその言葉が解《げ》せぬようであった。

やがて、意味がわかった。ここでは、守護のことを鎌倉様という。伊豆の形式上の守護である山内《やまのうち》上杉氏がかつて鎌倉に館《やかた》があったためにそうよばれているのであろう。山内上杉氏は、伊豆の堀越《ほりごえ》公方をはばかって伊豆から租税をまきあげないが、軍役《ぐんえき》があるごとに国人を通じて徴《ちょう》してくるから、伊豆の百姓は二重に租税をとられている。

伊豆の国人や地侍《じざむらい》も、あわれなものであるらしい。公方に租税を徴せられ、山内上杉氏からは、軍役ごとに陣触《じんぶ》れがあり、戦闘員としてかりだされてゆく。

いま関東の各地で、山内上杉氏は扇谷《おうぎがやつ》上杉氏と戦っていて、伊豆一国の国人・地侍はそのために出はらってしまっている。

この夕、早雲は隆渓《りゆうけい》から足利茶々丸《ちやちや》の評判についてきいた。

「百姓は評判などをしない」

と、隆渓はいった。百姓は働くことに追われて、堀越の御所のなかで親殺しがあったことなど、遠い雷を聞くようなものだ、とかくのことを論じているひまがあれば山に入って自然薯《じねんじよ》を掘り、川に簗《やな》をかけて雑魚《ざこ》をとらねば餓《う》えてしまう。……

「国人《こくじん》・地侍《じざむらい》の評判はいかがか」

若い当主は関東へ軍役《ぐんえき》に出ていて、留守を年寄りがまもっている。かれらはただ驚くのみだ、と隆渓はいった。

「伊豆はなさけなや、という者もいた。一人でも二人でも京に口のきけるほどの力の者がいれば、茶々丸どのを廃して京から足利の連枝《れんし》おひとりに伊豆にくだってもらい、よき堀越御所として頂《いただ》くものを——とその者はいうておったが」

「根の底を掘りさげて考える者はおりませぬか」

と、早雲はいった。

「たとえば御所などは伊豆に無用のものだ、というふうに」

伊豆堀越に御所をかまえる公方《くぼう》は、かつて関東の古河《こが》公方と争うべく下向《げこう》し、関東が強勢なためにやむなく途中の伊豆に腰をおろしただけで、伊豆の衆が招《よ》んだわけでもなく、伊豆の統治のために公方が必要なわけでもない。

「戦国でいえば」

と、早雲はいった。早雲がいう戦国とは中国の紀元前の戦国時代のことで、日本史のそれではない。日本史の戦国時代とはのちの世でいうようになった呼称で、早雲のころの日本語にはなかった。

もっとも、皮肉なことだが、日本史の戦国時代の口火《くちび》を切るようになったのは北条早雲という男なのである。

「戦国でいえば」

と、くりかえした。

「伊豆の公方など、王でもない。侯でもなく、伯でもない。いわば、貴族の姿をとったまぼろしでござるな」

「そのとおりだ」

隆渓の語気が、にわかに荒くなった。

「公方は百姓のためになにをなさったか。何もなさらなんだ。蜘蛛《くも》が虫をとらえて吸うように、ただ搾《しぼ》るのみ。そのような王も侯も、そなたのいう唐土《とうど》の戦国にはいなかった。いても、すぐさま没落した。親御《おやご》（足利政知《まさとも》）の蜘蛛どのが汁を吸いつづけることすら恥ずべき醜《しこ》の所業《わざ》であるのに、子の茶々丸が親を殺し、親が吸っていた血を自分も吸う。あれどもは、人か」

――あれどもは、人か。

と、伊豆足利家のひとびとをののしった隆渓《りゅうけい》は、初期曹洞《そうとう》宗の禅徒らしい激越な気分をもっている。

宗祖道元《どうげん》は、正真正銘《しょうしんしょうめい》の公家《くげ》貴族の出であった。

この点、民衆宗教として相ならぶ一向《いっこう》宗が、

――わが宗の祖親鸞《しんらん》は、公家の日野家の出である。

と、となえているのと似ているが、真偽はわからない。

親鸞の貴族出身説は、説であるにすぎず、曾孫《そうそん》にあたる覚如《かくによ》が『御伝鈔《ごでんしょう》』ではじめて言いだしたもので、当の親鸞はいっさい自分の出身については語らなかった。ただ親鸞は若いころ叡山の堂衆だったことはたしかだった。堂衆には貴族出身の者はいないか、いてもまれであることもたしかである。

さらに確かなことは、民衆のなかに入るには、むしろ貴族的にふるまったほうがいいと蓮如《れんによ》の本願寺（一向宗）が判断したらしいことである。このため、各地の一向宗の寺には、その土地の名家の次男、三男を住職にするという方針を蓮如はとった。

これに対し、曹洞宗は、民衆に布教するという点では一向宗を真似つつも、民衆のなかにある貴種信仰を利用することはしなかった。ただ民衆がもつ祈禱《きとう》、まじないといった低い土俗信仰と習合することで教勢をひろげたが、しかし隆渓のような初期の僧には、道元のもつ病的なほどの権力者ぎらいの体質の伝承が濃厚にある上に、民衆を食いものにする貴種たちへの憎しみもつよかった。

「天下は天下の天下なり」

と、『六韜《りくとう》』のなかの一句をひき、

「茶々丸など、これを殺すほか、方法はない」

と、仏者にあるまじきことをいった。すでに茶々丸は両親と末弟を殺している、と隆渓はいう。そのただ一つの動機は、伊豆一国の百姓たちの血を自分の独りじめで吸いたいというだけのことだ、古今、これほどの悪党が居ようか、ともいった。

「しかし、茶々丸どのを害《がい》し奉ることは、足利氏に弓を引くことになります」

「新九郎」

隆渓は、おいを通称でよんだ。

「幸い、伊勢家は平氏《へいし》である。天下の権を源平両氏でまわり持ちするという説が世にある以上、平氏の代表たるそこもとが源氏（足利氏）を討つのに、義に照らしての不当はあるまい」

伊豆での早雲の最後の予定は、

——もう一度、堀越《ほりごえ》の御所を見よう。

というものであった。

その日、早朝からむし暑かった。かれは狩野川をつたって韮山《にらやま》平野をめざした。

修善寺では、多くのはなしをきいた。そのなかに、駿河《するが》にまできこえて来なかった話もあった。

以下のことである。

韮山平野の東の一角に韮山という山麓《さんろく》の村があって、そこに小さな館があり、外山《とやま》五郎三郎という者が住み、付近を領していた。

京から伊豆に先代の足利政知《まさとも》がやってきて堀越に御所をつくったとき、外山は御所に近いということもあって伺候し、御用をつとめているうちに政知の気に入られ、

「豊前守《ぶぜんのかみ》」

という官名を称することをゆるされた。べつに一粒の米ももらえるわけではなかったが、伊豆の土着武士にとってはこのように栄爵《えいしゃく》がもらえて他の武士とはちがう晴《はれ》の名を得ることがよろこびであった。

——伊豆が都になった。

という者もいた。官爵をもらうには都にのぼって貴族の御用をつとめねばならないのに、伊豆でそれが可能になったということである。伊豆における堀越公方《くぼう》のかすかな存在理由といってい い。

外山豊前守は、足利茶々丸《ちゃちゃまる》が、にわかに狂して実父と義母と末弟を殺したとき、近くの館にいながら、翌朝、陽が高くなるまで知らなかった。かれは「上《かみ》を敬し下《しも》を憫《あわれ》む」という好もしい人柄だったが、それだけに変報をきいたときは、

——老いてかかる憂《う》きことに遭《あ》わんとは。

と、気をうしなわんばかりの衝撃をうけたらしい。といってなすべき方途もなく、気の合った秋山蔵人《くろうど》という老人とかたらい、とりあえず伺候して諫《いさ》めた。しかしすでに事がおこってしまっ

た以上、いさめる言葉もなく、結局、

「ご所行《しよぎよう》はよいことではございませぬ。この上はひたすらに神仏をおそれ、よきことのみをお心掛け遊ばしますように」

と言上したことが、茶々丸を怒らせた。外山と秋山を串刺《くし》しにして殺してしまったという。遺骸《いがい》が送られてきたとき、外山の韮山館の者たちは当然ながら動顚《どうてん》し、憤慨したが、

——上《かみ》に誅《ちゆう》された。

とあっては、復讐《ふくしゆう》もできず、いまはただ様子を見守っているだけだという。

この一事をみても、伊豆の人心は茶々丸から離れているとみていい。

韮山《にらやま》付近を平野というには大げさすぎるが、山の多い伊豆ではそうよぶしかない。付近の西方を狩野川が北流していて、沖積地《ちゆうせきち》をなし、水田地帯としてはまことに肥沃《ひよく》である。東部は、遠く箱根山を火山地帯としての最大隆起とする山なみがここまで押しよせており、その勢いの末端は、野をまもるように、やさしい丘陵群になっている。

まことに、伊豆第一の農耕地であるとともに、野が広すぎないために要害の上でもわるくなく、結構な地というほかない。

平安末期、この野にはいくつかの字《あざ》があって、そのうちに山木《やまき》という在所があり、その山木の呼称でもってこの野は代表されていた。平家の政権のころ、山木には、京から左遷されてくだってきた平兼隆という者が「伊豆目代《もくだい》」という職をつとめていた。

山木や韮山は山よりの耕地で水はけがよかったが、そのそばに低湿地があり、蛭《ひる》ケ小島とよばれていた。そこに源平争覇でやぶれた源義朝の遺児頼朝が配流《はいる》の生活を送った。

それらは、野の東側である。

野の西側に、北条という字がある。いつの代からか、その地を開拓して地主になっていた家に北条氏があり、時政という者が当主だった。頼朝が、時政らの援助をえて平家を討滅すべく挙兵し、まず手近の平家政権の代表である山木の判官《ほうがん》兼隆の目代屋敷を襲い、兼隆を血祭としてあげたことは有名である。

この小さな野が、古代のにおいをひきついだ公家《くげ》の世を打倒して、耕地地主本位の鎌倉幕府が樹立される文字どおりの革命戦の最初の舞台になったのは、いま、似たことをやろうとしている早雲の心をひそかにかきたてている故事ではあった。

北条のほんのわずか北に、市《いち》の立つ辻《つじ》があって、その付近に堀越の御所があった。北条と同様、狩野川の右岸にあり、敷地がやや高いために氾濫《はんらん》のときに浸《ひた》されることはないが、しかしひろやかな野のなかにあって要害はわるい。

堀も、一重《ひとえ》である。

このあたりに、足利氏という特殊な一族に対する一般の崇敬心がうかがえるであろう。京の将軍家もこの堀越の足利氏も、公方《くぼう》とよばれる。古くは天皇《みかど》を指すことばだったが、いまは将軍やそれに準ずる者をさす。京の天皇や将軍の御所がほとんど防禦《ぼうぎょ》構造をもたないのは、それを侵す者がないという常識の上に立っている。この堀越御所も同様である。

かつてこの国の守護に畠山氏が封《ほう》ぜられたことがあったが、その城は修善寺の山頂にあったことを思うと、公方という者の人心の中での位置がわかる。

出帆《しゅっぱん》

駿河《するが》にもどった早雲は、西方へゆき、まず小川《こがわ》にわらじをぬいだ。

小川が、現在の焼津市のなかに入ることはすでにのべた。小川湊《みなと》は、現在も焼津港とならび、第三種漁港として機能しつづけている。

北の焼津は『古事記』『日本書紀』からその地名が知られているが、この時代、湊としては小川のほうが圧倒的にさかえていた。港湾として良港であるためではない。むしろ遠浅の上に、入江の湾入が浅く、駿河湾の風浪をふせぐには十分ではなかった。

小川湊が栄えたのは、ひとえに人によってである。小川の長者法栄《ほうえい》は、日本国一円の情勢に通じ、商品の動きにあかるく、その上、徳が厚くて穏和な人柄であるために、各地の船や商品があつまり、本国のみならず、京から伊勢、尾張、遠州などの商人からあつい信望があった。

「法栄どののためなら、どのような品でも集めよう」

と、湊々に商いする者たちが言っていることこそ、法栄の大きな資産だった。

このころの太平洋岸の商品といえば、駿河ではなんといっても金《きん》である。遠州は染料の茜《あかね》、尾張では尾張八丈《はちじょう》、美濃では紙、伊勢は白粉《おしろい》に水銀、それに塩浜紙といったぐあいで、どの商品も京へ持ってゆかねば金《かね》になりにくかった。京は都というよりも巨大な商業と商品生産の街であった。

たとえば、遠州の茜にしても、その暗赤色に染まる染料を京にもってゆき、京職人の技術によってはじめて美しい茜染めの絹織になり、

武者の好むもの
紺よ
紅《べに》
山吹
濃き蘇芳《すはう》
あかね

と歌われるような商品になるのである。

小川の長者法栄は、屋号を「小川屋」とする商人であるとともに、べつの面では小川付近を領する領主で、領主である場合はという二重の性格をもっていた。領主であるときは長谷川正宣《まさのぶ》という国人《こくじん》階級の武士なのである。

かつて今川家のながい家督あらそいの騒動のあいだ、終始竜王丸《たつおう》（氏親《うじちか》）を擁立する立場をとり、早雲とともに身を挺《てい》してそれをやってきただけに、たがいにわが身の分身とおもう気持がつ

よい。

早雲は、法栄に、

「伊豆へ武者を送ります。御手船《おてぶね》二十艘《そう》借りたや」

といったとき、それだけですべてを察し、そのことを確約してくれた。

さらに早雲は駿府の今川館《やかた》にゆき、若い氏親《うじちか》に拝謁《はいえつ》して、

「武者二百、この宗瑞《そうずい》にお貸しくだされませぬか」

というと、氏親はかつて早雲とのあいだにそういう話が出ただけに、わかりが早かった。

「ああ、あのことか」

その目的についても、

「いよいよ足利茶々丸を誅《ちゅう》するのか」

と、すらりと当ててしまった。二十一歳というのに、尋常ならぬ聡明《そうめい》さである。

ここで早雲は、念のために対京都工作を氏親にたのんだ。

もともと、伊豆に堀越《ほりごえ》公方《くぼう》というものが置かれたとき、幕府は駿河守護職の今川家に対し、

――伊豆の公方を補佐せよ。

と、命じた。今川家は、伊豆足利家に対し、補佐の義務がある。同時に、その内紛に介入する資格もある。

すでに、茶々丸に殺された足利政知《まさとも》の第二子義遐《よしはる》を今川家は保護し、京に送りとどけた。幕府

からの返事はまだきていないが、大いに今川氏親の功をたたえているはずである。次いで、茶々丸を誅した、としても、幕府はほめこそすれ、幕命を待たず勝手なことをした、とはいうまい。いうほどの力も、いまの幕府にはない。

しかし早雲としては、形式だけを踏んでおきたい。これは京都への配慮《おもんばかり》ではなく、誅殺後、伊豆の土豪たちを統御《とうぎょ》する上で必要なことである。京の公方の命令で誅殺した、ということを、表むきでなくとも、口伝《くちづた》えでなっとくさせねばならない。

ただここで、あいまいさが残る。

——駿河守護職今川氏親が、京の公儀《こうぎ》に代って討つというのか、それとも駿東《すんとう》の小さな地頭早雲庵宗瑞なる者が討つのか。

実際には、早雲が討つ。しかし、早雲には京の将軍家の代官になるような資格はないから、伊豆の者には、幕命が今川氏親にくだり、その氏親の命をうけた早雲がじかに伊豆に乗りこむということにしておかねばならない。

応仁ノ乱以前なら、こういうことはとてもできないが、いまは諸国とも乱世である上に、幕府の威権も墜《お》ちた。押し切ってやれば伊豆の者たちも信ずるはずだ、と早雲はおもっていた。

「いつ、京に使いをのぼらせるか」

氏親はきいた。

「あすにでも」

と、早雲は答えた。

「いつ、伊豆を攻める」

「日和《ひより》次第でござるが、できるだけ早く帆をあげとうございます」

「ほう、船で?」

氏親は、早雲の奇抜さにおどろいた。

朝比奈《あさひな》郷の国人《こくじん》朝比奈太郎は、すでに老い、頭が赤銅《あかがね》のように禿《は》げあがっているが、

「新九郎(早雲)が触頭《ふれがしら》と聞くからには、みずから先駈《さきが》けして、矢防《やふせ》ぎし奉るべし」

と、たかだかと返事し、息子には留守居をさせ、みずから手勢五十人をひきいて小川《こがわ》の長者の屋敷に参集した。

「五十人。なんという馳走《ちそう》を」

と、早雲は朝比奈の手をとって感謝した。

馳走ということばは、本来、馬に鞭《むち》打って駆《か》けさせることとして使われていたが、武士がこのことばをつかううちに意味が変化した。

この時代は大規模に兵をうごかした戦国後期とはちがい、軍兵《ぐんびょう》をあつめる規模が小さかった。

農業生産は、前時代の鎌倉時代よりはあがっている。しかし後の世の戦国後期の米のゆたかさからみると、なおかぼそいものであった。軍兵ひとりが耕地から離れて戦場にゆくためには、弓矢・甲冑《かっちゅう》を自前でととのえねばならない。それらの用意がすでにあるとしても、生米《なまごめ》、糒《ほしい》それに馬糧《かいば》を持ってゆかねばならない。そういうものを、自分の耕地の力でもってみずから整えられる

者を、この時代、すでに武士とよんでいた。つまりは、鎌倉の感覚からいえば、百姓にすぎない者が、武士になっている。

くりかえすと、

「武士」

ということの定義は、厳密には地頭《じとう》までで、室町時代になっても武家貴族のあいだでは、なんとはなくそのように思い、

「国人輩《こくじんばら》」

といえば、足利一門や守護階級のあいだでは、卑しく汗くさく、立居振舞《たちいふるまい》が下品で、常に鍬《くわ》だこのある連中という印象がつよかった。

それ以下が、地侍《じざむらい》である。みな野山で働いているのを、寄親《よりおや》である国人がいざ合戦ぞと言って掻《か》きあつめる。国人朝比奈の場合、一人で五十人もの地侍をあつめたというのは、賞むべきこととせねばならない。平素、寄親として面倒見《めんどうみ》がいいことの証拠でもあるだろう。武具のととのわぬ地侍にはおそらく金穀《きんこく》を貸して侍らしくさせたのにちがいない。

それらはすべて、

早雲どのへの馳走

駿府《すんぷ》屋形への馳走

ということであった。早雲に好意をもてばこそ、三十人がぎりぎりであるところを五十人駈けつける、朝比奈としてはひとえに早雲への馳走である。早雲としては、

「よき馳走をかたじけなく」

と、丁寧に会釈《えしやく》しなければならない。

早雲が待つうちに、今川氏親《うじちか》が貸してくれた二百人の武者が、駿河《するが》の各地からあつまってきた。

おもだつ者は法栄《ほうえい》の屋敷に寝泊まりし、他の者は小川湊《こがわみなと》の家々に分宿した。

——いったい、どこへゆき、誰《たれ》を攻めるのか。

ということは、たれも知らない。早雲は朝比奈太郎にさえ明かさず、朝比奈のほうも、訊《き》かない。

すでに早雲をもって、

「頼《たの》うだる人」

とした以上は、身をゆだねてしまうのである。早雲からみれば、朝比奈たちのそういう態度こそ、

「頼もし」

ということになる。この時代の寄親《よりおや》と寄子《よりこ》というものの結び目は信頼以外になく、もし「早雲どのはいったいわれらをどこへ連れてゆこうとなさる」と質問すれば、もはや、頼うだる・頼もし

という関係は薄れる。たれもが、それをのみ怖れ、おのれの前途の不安についてはおそれない。酒宴のとき、朝比奈太郎は立ちあがって今様《いまよう》をうたい、舞いとも踊りともつかぬ所作《しよさ》をした。

山長《やまをさ》が
腰に差《さ》いたる葛鞭《つづらぶち》
思はむ人の
腰に差させむ

山長というのは、山林の番人で、山主《やまぬし》からたのまれて盗伐の監視をする人物である。ここは、早雲を山長に見立てたのか。

山長は、葛（蔓草《つるくさ》）を縄のようになった鞭《むち》を腰に差している。黒うるしなど塗ってまことに形のよいものである。この鞭は盗伐者を見つけたときこれで打つというもので、まことにたけだけしい道具なのだが。

——あのかっこうのいい鞭をわが想う人の腰に差させて男っぷりを見たいものだ。

と、いわば野の娘の気持をうたったもので、朝比奈としては、

——わしらはみな早雲どのに惚《ほ》れておるぞ。盗伐者がどこの誰かは知らぬが、早雲どのにすべての指揮権をさしあげようじゃないか、という気持を託した。

風待ちして、

——いざ、今朝《けさ》こそ。

という未明、早雲は用意の米俵を数俵あけさせて菜飯《なめし》を焚《た》かせた。めしを焚くについてひしおを入れ、いりこを入れ、菜をきざんで入れたものが菜飯だが、この時代のうまいものの一つにかぞえられていた。それを五百人が腹いっぱい食ったあと、船に分乗するのである。

乗船の寸前、早雲は、おもだつ衆をあつめ、われらは伊豆へ参る、堀越を襲って茶々丸《ちゃちゃ》どのを討ち奉る、といった。みなぼう然とした。神を伐《う》てといわれるにひとしかった。

茶々丸《ちゃちゃ》には、料簡《りょうけん》などはない。

気分だけがある。

その気分を言いあらわすのに、唇が反《そ》りかえるほどに多弁で、弁才もあった。

料簡（了見）というのは、この時代の口語になっていたが、もともと仏典の中の漢語で、料はかんがえる、簡は選択する、ということである。

この時代の処世哲学的なことばで、頻用されることばをかきあつめてみると、人格や精神の中心をなすものは、やはり心であるらしい。その心のあらわれとして徳とか器量とかという概念がある。徳・器量というぼうばくとした輪郭のなかに智慮《ちりょ》という活性の液体がたたえられている。その液体から出てくるよき思慮が、料簡である。

ひとびとは、そういう人格を尊重した。そのような人格における心の働き、さらには具体的なあらわれとしての料簡といったものが、人の主《あるじ》たる者のもつべき条件とし、そういう人物を頼っでおのれの寄親《よりおや》とした。

「料簡なき人」

などは、人のあるじたるべきでない。

「公方《くぼう》様」

とよばれるようになった茶々丸は、公方であることがうれしく、しかし一方、うれしさというものは、顔が笑っているだけでは保《も》たないものであることを知った。なにか、せねばならなかった。公方たる者が為すべきことをなす、という行為をともなってはじめてよろこびが持続するとに気づき、

「なにをすればいいんだ」

と、取巻きにきいた。

取巻きといっても、伊豆の各地の地頭の次男、三男坊で、よき智恵が出るわけではない。

「連歌《れんが》をなされればよろしゅうございます」

「宗祇《そうぎ》をよぶのか」

「その門人の宗長でもよろしゅうございます」

「あれは、駿河《するが》の者で、都の者ではない。ぜひ、宗祇をよぼう。たれか都に使いにゆけ」

といったり、

「伯父御《おじご》（義政）に倣《なろ》うて、庭をつくらねばならぬ。庭をつくる者は、伊豆のいずれにおる」

「やはり、都でなければ」

「たれぞ、都にのぼれ」

と、とりとめもない。さらに歴代の足利将軍にならって、配下の家督相続に口を出すべく、あれこれと口ばかりの取り沙汰《ざた》をした。

「三郎、おのれは、兄よりは器量があるわ。兄をすてておのれが家を嗣《つ》ぐ。これはどうだ」

そんなぐあいだが、たいていの家の当主か、惣領《そうりょう》たちは関東の軍役に出ているから、いわば言い放題だった。

「それがしは、いまの厄介《やっかい》の分際《ぶんざい》のままでよろしゅうございます」

などというと、勇気のないやつだ、とからかったりした。

茶々丸は、とりとめもなく喋《しゃべ》りくらした。

「武門の長者たる者は、まず武勇ぞ」

などと、大口でいった。そこへゆくと、京の公方《くぼう》の意気地無さはどうであろう。征夷大将軍・源氏の長者などは名ばかりのことにて、勇を示すこともない。……

「わしは、ちがう」

と、いうのである。

「その証拠に、親を殺した」

とまではさすがに言わぬものの、血のにおい、肉や骨のきしみなどの感触を語り、取巻きたちもさすがに顔色をうしない、そのまま所領の地に帰ってしまう者もいた。

そういう場合、茶々丸は、かならず後を追わせた。

「摂津守をとりあげるぞ」

と、おどす。

この時代の官爵など、空名で実質はともなわない。それでも武士たちにかぎりなくよろこばれた。

その官爵を武士どもにさずけるのは、京の将軍である。であればこそ、将軍は尊ばれた。手続としては将軍から天皇に奏《そう》するのだが、それは形式にすぎない。

古河《こが》に御所をもつ関東公方、伊豆堀越《ほりごえ》に御所をもつ両足利家も「公方」とたてられる以上は、そういう権限を大いに行使した。

しかし茶々丸の場合、まだ伊豆足利家の相続を認めるという許しが京からくだっていないため、官爵を授与する資格もあろうはずがないのだが、その点、茶々丸はたかをくくり、濫発《らんぱつ》し、取巻きたちはみな佐渡守とか肥前守とか、左衛門尉《さえもんのじょう》とか大膳大夫《だいぜんだゆう》とかの官爵をもらっていた。もらったところで法的には私称なのだが、「公方」とみずから称する男からもらうだけに、現実感は濃厚にあり、たれもがよろこんだ。

そのうち、駿河の東辺の興国寺城の兵が動いているうわさが伝わってきた。さぐらせてみると、兵は西方へ行った、という。

「騒ぐな」

茶々丸は、いった。

「いかに世間に阿呆《あほう》が多いと申してもこの足利家を窺《うかが》うほどの愚者《こけ》はいまい」

というち、駿河一国のあちこちの国人《こくじん》が、小川湊《こがわみなと》にあつまっているという。

「遠州へでもゆくのであろう」

茶々丸にとって、信じがたい。いままで駿河人《びと》が伊豆に多くきたが、たれもが陸路をとった。ましてや多数の軍勢が海路をとるとはおもわれない。

ところが、そのうち興国寺城にあらたな動きがおこった。武者といえるほどの装《よそお》いはしていないが、百姓らしき者ども二百人ばかりが弓矢や長柄《ながえ》を持って、陸路伊豆をめざしつつあるという。

「指図《さしず》する者は、大道寺太郎と申す宗瑞《そうずい》が手の者でござりまする」

報告者はいった。

「ふせぐのだ」

と、多からぬ御番衆《ごばんしゅう》を北方にやった。

一方、早雲たちは小川湊を出て、駿河《するが》湾を東方に突っきりはじめた。

この湾の風むきはただでさえ気まぐれなのに、この日、風むきがくるくるかわって、水主《かこ》を嘆かせた。

「ゆらい、伊豆に近づくのは、こわいとされたものじゃ」

という水主もいた。伊豆半島の西岸を沿岸流がはげしく流れている上に、伊豆の山が吹きおろしてくる突風のために沖へはねかえされることが多い。

「漕《こ》げ」

早雲は伊豆の山が近くなったときに大声で命じ、他の船々にも用意の合図《あいず》を送った。

どの船も、多くの櫓《ろ》をもっていた。いっせいにとりつき、声をそろえてうたった。

　十七　八が二度候《そろ》か
　枯木に花が咲き候か

「よいうただ」

早雲はうれしくなり、自分が十七、八であるかのようにみずからうたった。

唐土《とうど》では老いを価値とするが、この国では若いということが、ほとんど宗教的なほどに価値があった。老人には神が憑《つ》かないが、若者には憑くようであり、かれらのけなげさ、心意気、さらには無謀のふるまいにさえ、なにか神の千早振《ちはやぶ》りであるかのようにひとびとは思う。

女もそうだ。

若いほうがよい。早雲は、うたった。

　女の盛りなるは

のうたである。十四《し》五六歳、二十三四が盛りで、三十四五にもなるともみじの下葉《したば》だという。

さらに、うたった。

わが子は十余《とをよ》になりぬらん
巫女《かうなぎ》してこそ歩《あり》くなれ
田子《たご》の浦に潮汲《しほく》むと
いかに海人集《あまびとつど》ふらん
まだしとて
問ひみ
問はずみ
嬲《なぶ》るらん

田子の浦というのは、富士のそびえるふもと（南麓《なんろく》）、この駿河湾の北岸一帯のよき浦々の総称で、早雲たちの船は左舷に高く富士を見、低く松原を見、浦々に寄せる白波を見て東進している。

「美しい国土じゃな」

と、早雲は朝比奈太郎をかえりみていった。この国土を、加賀のように南山城のように「百姓（国人《こくじん》・地侍《じざむらい》・農民）の持ちたる国」にするのが、このたびの渡海といっていい。

襲《しゅう》撃《げき》

一同、浜にあがり、濡《ぬ》れ砂の上にあしあとを五、六歩もめりこませたときは、浦々から海ぎわの山家《やまが》、里のひとびとが、響動《とよ》もすほどにさわいだ。このさわぎは伝播《でんぱ》するにちがいない。恐慌《きょうこう》がおこった。伊豆全体とまではいわずとも、

「海賊ぞ」

と、ひとびとは叫びあい、みな糧食を持って山に逃げてしまった。この時代、浦に海賊が押しよせることが多く、賊どもは内陸まで入り、家々から物をかすめとってすばやく船にもどって去るのである。

それを大規模にやるべく、はるか朝鮮、大明国にまでゆく者を、むこうでは倭寇《わこう》とよんだ。

国内での海賊行為をやった集団で、上陸した土地の大名になった者もある。

古い例としては鎌倉の世の承久《じょうきゅう》元年（一二一九）十二月、甲斐《かい》の武田氏の一族七十三人が、大いなる船に乗って奥州八戸《はちのへ》に上陸して土地を支配したのが南部氏のおこりだということが『奥南旧指録』に書かれている。

また播州（兵庫県）の西のほうの海岸に英賀《あが》というところがあるが、ここでも似たようなこと

がおこった。それがいつのころであるのか、早雲の時代より古いかと思えるが、伊予（愛媛県）の豪族で河野《こうの》氏の支族が兵をひきいて海路上陸し、海岸に英賀城をきずいた。

（しまったわい）

と、早雲がおもったのは、本来味方にすべき住民がはなはだしくおびえたことである。

（これは、あとでよほどなだめねばなるまいな）

と思いつつ、

われらは心ある者也《なり》。

物盗りはせぬ。

ひとへに悪しきただ一人を討つのみ。

と、要所々々に立札《たてふだ》をたてつつ、韮山《にらやま》平野にむかって兵馬を急行させた。

「堀越の御所を一気に踏みつぶせ」

というのが唯一の方法であり、

「茶々丸《ちゃちゃまる》殿を討ち奉る」

ということが、二なき目的である。

士卒は上陸した浜でこの戦いの目標が足利家であることをきいておどろいたが、細い道を揉《も》みあうようにして進む人馬の勢いにつりこまれ、なかば駈《か》けつつ進み、堀越御所につくと、濠《ほり》をとびこえ、門をやぶり、四方から火をかけた。

足利家の威権が地に堕ちる日であったといってよく、日本国に戦国の世がはじまった日であるといってもよかった。

御所は、空家《あきや》同然だった。

ただ、茶々丸はいた。取巻きたちは三島方面に出陣したり、それもせずに在所へ帰っていたりして、御所のうちは傅人《めのと》の関戸播磨守《はりまのかみ》ほか数人の者がいるだけだった。

関戸は、早雲たちが押しよせてくるまでに浜辺からの急報をきいていたが、不覚にも最初は海賊だとおもっていた。

（まさか、この堀越には来るまい）

と思いつつも、茶々丸に一時の避難をすすめた。茶々丸は、動かなかった。

「わしは公方《くぼう》ぞ」

公方を害する者はあるまい、といったのだが、関戸がしつこくすすめたために、近くの守山《もりやま》という丘に逃げて身をかくした。

その直後に、早雲と五百人の兵が到着し、まさに踏みつぶす勢いで攻め、乱入し、火を放ち、茶々丸をさがしたが見つからず、この間、関戸播磨守が太刀をふるって防ぎ、討死している。

早雲は、御所のそとの松の木の下にいて指図をしたが、関戸播磨守の討死をきくと、

「その人、忠実のお人なり。御首級《みしるし》、鄭重《ていちょう》にせよ」

と命じ、あとでその土居《どい》（中世風の城館）のある堀之内に送りとどけた。堀之内は南伊豆にあり、稲生沢《いのうざわ》川の中流右岸にある小字《こあざ》である。

ひとびとは、

「茶々丸どの、見参《げんざん》せん」

と呼びまわったが見あたらず、結局、土地の百姓から守山ににげこんだ、ということをきいて人数を駈《か》けさせたころには、夕暮になっていた。

守山という丘は、平安末期、そのふもとに北条氏の館《やかた》があったところで、源頼朝の後援者《こうえんしゃ》北条時政もここでうまれ、ここを根拠地とした。

鎌倉幕府は、頼朝の死後、その実権は北条氏がにぎっていた。北条氏はその発祥の地北条を去ったが、ここを聖地同然にあつかい、北条の農民に対しては特別な処遇をした。

時政は鎌倉に居を移してから、北条の守山のふもとに寺一宇《いちう》を建てた。願成就院《がんじょうじゅいん》という寺で、室町の世になってからは、堂宇も半ば朽ちている。

茶々丸はいったんこの寺に逃げこんだが、早くも所在をさとられたと知り、南伊豆へ奔《はし》った。亡き関戸播磨守の堀之内に逃げこみ、その城館（深根《ふかね》津城）にひそんだが、早雲の急追にたまりかね、舟をうかべて相模《さがみ》湾を突切って三浦半島にのがれ、三浦氏の保護をうけた。

早雲は、しくじった。

（茶々丸を討たずして、何のためのこの一挙《いっきょ》であったか）

と、歯噛《はが》みしたくなる思いがした。

早雲は、伊豆を一朝にして得た。

得た、といっても、

「領土」

といえるのかどうか。かれが戦国の幕を切っておとしたとしても、まだ室町の体制はつづいている。京の将軍、関東（古河《こが》）の公方《くぼう》、関東の両管領《かんりよう》（山内《やまのうち》上杉氏と扇谷《おうぎがやつ》上杉氏）、守護といった体制のなかで、一私人が一国を「領土」にするという思想はこの世に存在しない。

この時代、法とか法制というほどのものはなくても、それを代用して余りあるだけの慣習というものがある。

慣習で天下は保たれている。それは伊豆人の意識をも、他の国の者と同様、染めあげている。早雲という者をかれらは伊豆のぬしと認めたか。

認めるにも、慣習がゆるさなかったであろう。伊豆は本来、山内上杉氏が守護であった。ただ山内上杉氏が伊豆に対して守護らしい民政はせず、堀越《ほりごえ》に足利氏がくると、それに伊豆を譲ったかのようにして、いわば捨てていただけである。

守護でなければ、国主ではない。守護でもない早雲が、伊豆の国主としてはふるまえないのである。

早雲は、文書としては後世に残さなかったが、

「自分は、今川殿の代官である」

といったはずであった。むろん今川氏は守護とはいえ、駿河《するが》一国の守護であるにすぎず、伊豆を勝手に奪《と》るなどは越権《えっけん》の沙汰《さた》であり、許されぬことである。しかし私人がやってきて奪るよりは、言いわけはある。

今川氏親《うじちか》が、もし伊豆のひとびとに物言うとすれば、

「私は知ってのとおり隣国の駿河の守護である。同時に、尾張の吉良《きら》氏とならんで、足利家の一族でもある。このたび、堀越御所の公方足利政知《まさとも》どのが、非業《ひごう》な目に遭われた。殺したのは、茶《ちゃ》茶丸《ちゃ》だ。親殺しは相続権などはなく、野山《のやま》でのたれ死んでも葬る必要もない者だ。いわば、人外《じんがい》の者である。つまりは堀越の御所に、公方が居なくなった。とりあえず、被官《ひかん》の宗瑞《そうずい》（早雲）をつかわして、堀越御所の領分の管理をさせる」

ということであろう。これならば、室町体制の原理に甚しくはもとらず、むしろ今川家たるものの義務を遂行したことにもなる。

くりかえすようだが、早雲は、のちの戦国期のように、

「伊豆の国主」

という割り切れた存在になったわけではない。

このため、かれは隠居の姿をとっている。駿河国の駿東《すんとう》郡の興国寺の地頭は、わずか五歳ながら、氏綱なのである。

早雲は、伊豆にあっては、旅の者にすぎない。「旅の者」というあざやかなほどの無資格な立場をかれはむしろ伊豆にあって積極的に公言してもいた。

この小さな平野には、点々と集落があって、丘陵のほとんどが歴史的に高名である。すでにふれたが、頼朝の配流《はいる》の地である蛭ケ小島《ひるこじま》があり、頼朝が挙兵第一戦において攻めおとした代官所の所在地山木があり、それに頼朝の後援者になり、やがてその執権になる北条氏の根拠地北条がある。さらには歴史的には無名であったが、中条という集落、南条という集落、寺家《じけ》という集落。

公方《くぼう》が御所をつくって住んでいた堀越の地は北条の村内にあったが、建物は焼け落ちた。早雲が仮りの陣所にしようにも、焼けた梁《はり》や柱が堆積《たいせき》しているだけであった。北条にある願成就院《がんじょうじゅいん》という寺もわるくはないが、ここも茶々丸《ちゃちゃ》が逃げこんだとき、寄手《よせて》が功をいそいで半ば焼いてしまった。

ほかに残った要害といえば、平野の東端の丘陵である韮山《にらやま》がある。韮山という集落はこの時期までは歴史的にも知られず、世間的にも知られていなかった。

ところが、早雲以後、有名になる。はるかなのちの江戸期にはここに世襲の代官として江川氏が置かれ、代々太郎左衛門を称した。このため、こんにちでは平野ぜんたいを、ざっと韮山と称し、韮山町の町域には北条も南条もかつての堀越の地も、また山木も入る。

「わしは、韮山にいることにしよう」

と、早雲はいった。

丘の上がささやかながら山城《やまじろ》になっている。城主というほど大げさなものではないが、そういう存在もふもとの小さな屋敷に住んでいる。田畑などはほとんどなく、国人《こくじん》ともいいがたい。地《じ》侍《ざむらい》といえるほどの実力もない。それが、苗字《みようじ》を、

「北条」

と称しているのである。土地の者は北条様とよんで、一種別格の存在としているが、当主は死んでいない。

後家と娘がいた。

早雲は、その屋敷と韮山城とよばれる山城を借りることにした。

早雲の時代からすれば、鎌倉の世など、曇る夜の星のように遠くおもわれる。鎌倉の地に幕府がおこされてより武家の世になった。

「幕府」

という。事実上、王府であるのに、何と遠慮したことばであろう。

この言葉は、中国の古典から採られた。はじめは漢の衛青《えいせい》がはるかに沙漠《さばく》をこえて匈奴《きようど》を討ったとき、その総司令部のことを幕府とよんだ。幕とは、天幕のことである。

その後、将軍が遠征して異郷で軍政を布くとき、上からゆるされて「幕府」をひらいた。軍政機関といってよく、その官吏は皇帝の許可を得ることなく将軍自身が選定することができた。

頼朝の行政機構を「幕府」と名づけたのは、京を脱出するようにくだってきて頼朝に属した元《もと》官人《かんじん》大江広元《おおえのひろもと》あたりかと思われるが、中国の古典によほど通じていたといわねばならない。

鎌倉幕府は、第三代実朝《さねとも》までは頼朝の血筋だったが、実朝のときすでに実権はその外祖父北条時政ににぎられていた。時政は、執権と称した。

実朝の死後は、京から藤原氏の者が二代にわたってよばれ、飾りびなのような将軍になった。そのあと皇族が四代にわたってよばれている。皇族の場合、幼少のときにこれを鎌倉に迎え、大人になると京へかえした。すべては、執権の家である北条氏がにぎっていた。鎌倉幕府のはじめから亡ぶまで、執権である北条氏は十六代もつづいている。

北条氏も鎌倉幕府も、高時のときに亡ぶ。

このとき北条氏の領地はすべて勝利者の側にとりあげられた。

高時の遺児に勝長寿丸《しょうちょうじゅまる》という者がいて滅亡のときに信州にのがれ、のち北条時行《ときゆき》と名乗って足利方と各地で戦い、やがて捕殺された。この時行の遺児が伊豆にのがれ、韮山の地でその血筋の者がほそぼそと暮らしていたのを、土地の者が、

「北条殿」

とよんだ。かつて北条という天下人《てんかびと》を出したこの地としては、その子孫と称するこの一家に愛《あい》憐《れん》の情があって、とくに敬意を払っていたのであろう。

早雲は、いわばこの屋敷に居候した。このため、土地のひとびとは、早雲をも、

「北条どの」

とよぶようになった。

早雲一代、北条という苗字《みょうじ》を用いたことがないが、土地のよびならわしにはだまって従ってい

た。この地の実力者ではないにせよ、もっとも尊敬をうけている家系だけに早雲に損はなかった。

早雲は、怨《うら》みについての執念ぶかさはない。

ただ、執拗《しつよう》さはある。というより、一つの主題を生涯保《も》ちつづける精神体質をもっていた。

かれは若いころをとりとめもなくすごした。

伊勢氏という華麗な姓をもちながら、身分はないにひとしく、相続すべき田畑もなく、ただ鞍《くら》をつくるという職《しょく》仕事をしつつ、世の中に対し、つよく憂憤の感情をもっていた。

日本国に政治はない、ということだった。

かれがその屋敷の片隅に置かせてもらっていた将軍家の執事である伊勢家というのは、ある意味では日本じゅうの政治情報があつまる稀有《けう》な家といってよかった。しかしその情報というのは、すべて家督相続と所領の相続をめぐる内紛についてのことで、家督を嗣《つ》いだ者もまた、国《こく》人《じん》・地侍《じざむらい》をふくめた農民に対しどういう政治をしたかという話など、ついぞきいたことがない。

「みな、まちがっている」

若いころ、これはと思う者をみつけては語ったが、正義を語る者には力というものがなく、みなむなしかった。あのころの気炎というものは液体でもなく、気体ですらなく、立ちのぼって空で雲になるわけでもなく、雨となって降りもどってくるわけでもなかった。

その主題を、興国寺領で実現させてみた。しかしわずか十二郷の範囲では、箱庭をつくっているようで、手ごたえといえるほどの実感はなかった。

すでに伊豆の国を得た。

ただし、伊豆の国人・地侍が関東の戦役にかりだされているいわば空国《あきぐに》を得ただけで、今後、どう変転するかわからないが、たとえ梅雨の晴れ間の束の間《つかま》であろうとも、いまは持ち得ている。

伊豆はわずか二郡、小さくはあっても、農民に対してじかに政治をするという早雲の理想を実現するにはかっこうの規模であった。まず興国寺領で試験をし、伊豆でそれを実現し、できれば四方にひろめたい。……

かれは、農民にじかに話しかける方式をとった。堀越御所をくつがえしたあと、伊豆全土に兵の乱暴を禁ずる制札《せいさつ》をたてた。

このあと、年来、重かった伊豆の年貢《ねんぐ》を一挙に軽くした。興国寺領なみに四公六民というけたはずれのやすさで、これを全土に布告した。

しかも、

「もし諸役人や知行主《ちぎょうしゅ》が法にそむいた取りたてをしたり、しいたげたりするようなことがあれば、直接わしに訴え出よ。わしがかれらの罪をただす」

とさえ言った。

自分の施政について直接農民と約束するというやり方も、減税という布告の内容も、日本国はじまって以来のことではなかったか。

早雲が伊豆平定についやした日子《にっし》は、わずか三十日であった。

かれがやったのは、徹底した護民政策だった。

もし法度《はっと》に背《そむ》くともがらあらば……

と、布告した。もし法に違反するともがらがあれば、というともがらとは、地頭を指している。地頭が、守護とならんで国々における武家貴族を構成していることを思うと、早雲の表現は思いきったことだった。

……百姓等、申出《まうしいづ》べし。地頭職を取《とり》はなさるべき也《なり》。

百姓よ、私に申し出よ、そういう地頭は追っぱらってやる、というのである。

『北条五代記』は、早雲よりはるかのちに北条家につかえた三浦浄心（一五六五〜一六四四）の著である。最初からそういう題名の本だったのではなく、浄心は自分の見聞《けんぶん》を書きあつめて『見《けん》聞《もん》集』と題していたらしい。のちの人が、そのなかから北条氏関係のものを抜きとって編んだのが『北条五代記』といわれている。

そこに、伊豆入り早々の早雲が、

民百姓をれんみん（憐愍）し、慈悲ふかき故に、伊豆を治《をさめ》られたり。

とある。

民をもって国政の本《もと》に据えたのは前代未聞《みもん》というべく、その方針をつらぬいたればこそ伊豆一国を治めえたというのである。

早雲は、老練になっている。

この愛民主義というあたらしい権力のつくりかた――もしくは政治思想――は、ひそやかなものであっては効力《こうりょく》がない。大いに喧伝《けんでん》する必要があった。喧伝して伊豆一国が残らずそれを知るにおよんで、はじめてひとびとが早雲のいのちを護ってやろうという気になる。

このため、早雲は、興国寺城時代、灯火も用いず榾火《ほたび》をともすほどにして節約した銭を韮山《にらやま》城にもってきて、気の毒な者に大いにめぐんだ。

早雲が伊豆に上陸したとき、村々の者は海賊だとおもって山へ逃げたということはすでに触れた。病人だけが残っていた。

この頃《ころ》、悪い熱病がはやっていて、たいていが衰弱して死んだ。早雲は堀越の一件を片付けると、兵を軍事に使わず、五百人を手わけし、家々に泊まりこませて看病にあたらせ、医薬や食をあたえて数多くを治癒させた。このことは早雲の性格にもよるが、こういう行為こそうわさとなって四方にひろまり、結果として伊豆が掌中に落ちることになるということを知っていた。

はたして早雲の見込みどおりだった。

堀越御所をくつがえしたとき、伊豆の国人《こくじん》・地侍《じざむらい》の反応は茶々丸《ちゃちゃ》に一分《いちぶ》の同情も示さず、逆に早雲の出現に対して期待をもった。

半面、たれもが疑惧《ぎく》を持った。

——単なる賊ではあるまいか。

という、疑いともおびえともつかぬ感情である。たれもが、変報を知ったとき、思考の能力をうしない、身が金縛《かなしば》りにあったように動けなくなった。

中伊豆《なかいず》に、大見《おおみ》という郷がある。修善寺から東海岸の伊東に抜ける谷で、古くからの水田地帯だった。

この時代、この大見の谷を三人の国人が寄親《よりおや》として支配していた。佐藤四郎兵衛、梅原杢《もく》左衛門、上村玄蕃《げんば》で、このうち佐藤四郎兵衛が早くから修禅寺の曹洞《そうとう》僧隆渓《そうりゅうけい》に帰依《きえ》し、早雲の人柄なども隆渓からきき知っていて、いわばひいきになっていた。

一方、隆渓は早雲に対しても、

「中伊豆にてよき者は四郎兵衛」

という話をしていた。

「佐藤四郎兵衛は齢のころは三十、平素神仏をおそれ、近隣にはつつしみ深く、しもじもにはいかにも優しい男だ」

ただ、国人としては、田畑がすくなく、郎党三人を連れるだけの小さな存在である。水田三町ほどもっているかどうか。

「他の梅原や上村は、いかがです」

早雲は、さきに修善寺に湯治《とうじ》にきたとき、念のためにきいた。この両人も人格がよく、他人の栄達をそねむようなところはなく、佐藤をふくめて三人は仲がよい。

「佐藤がとくにすぐれている点は、一つしかない。梅原、上村は残念なことに文字にくらいが、佐藤は物事をよく記録するということだ。訴状などのことがあると、梅原や上村のために代って筆をとってやっている。佐藤四郎兵衛を伊豆さきがけの新地頭《しんじとう》にすればよい」

佐藤四郎兵衛は早雲の堀越襲撃をきいたとき、梅原や上村にも声をかけ、自分は郎党三人とともに山や谷を駈《か》けぬいて韮山の陣屋にきて、名簿《みょうぶ》に名を書き入れた。

早雲は即座に大見の地頭にした。

地頭といえば聞こえはいいが、早雲の体制下の地頭には独立の行政権はなく村役人のようなものので、早雲の税率によって徴税し、もし非違があれば免職させられる。

それでも、農民が兜《かぶと》をかぶっただけの存在である国人が地頭になるなど、夢のようである。このことが四方につたわり、ひとびとがあらそって早雲のもとにやってきて臣従を誓った。

韮山の早雲のもとに駈けつけて臣従を誓った国人《こくじん》のうち、順の早かった者は、前述の佐藤四郎兵衛と、わずかに遅れて梅原杢《もく》左衛門、上村玄蕃《げんば》である。梅原と上村は、

「一足早ければ、われらも地頭になれたものを」

とくやしがったが、しかし早雲のいう地頭というものが、その地域の徴税から記録、さらには農民に対する綏撫《すいぶ》までせねばならぬと知って、それはわが分《ぶん》ではない、四郎兵衛どのこそ上手《じょうず》であろう、となっとくした。

さらには、諸国の体制では、守護が陣触《じんぶ》れすると地頭がおのれの所領の大将になり、国人・地侍《じざむらい》をひきいて出役《しゅつえき》するのだが、早雲体制では合戦のときの諸将はべつにえらばれる。地頭はいわば文官的なしごとなのである。

「合戦のとき、四郎兵衛どのが如き柔《やわ》武者の命《げ》令《ち》をうけねばならぬというのならつろうござるが、地頭が御蔵《おくら》役人のごときものなら、われらの機嫌には障《さわ》り申さぬ」

などと梅原杢左衛門は露骨にいって早雲を笑わせた。早雲の構想の地頭とは、江戸期の藩の郡《こおり》奉行のようなものと理解すれば早いかもしれない。

こんにちの沼津市の市域に小さな入江があって、三津《みと》という漁港がある。そこに勢力を張り、一族の人数の多い松下左衛門《さえもん》尉《のじょう》という者も、

「宗瑞《そうずい》（早雲）どのに馳走《ちそう》し参らせん」

と、一族をあげて馳《は》せ参じた。松下は早雲とは旧知の仲であった。早雲は即座にこの松下も三津一帯の地頭にした。

江梨《えなし》という浦がある。これもこんにち沼津市域に入り、伊豆半島の北西部の海港の一つである。ここに大きな船団をもつ鈴木氏が蟠踞《ばんきょ》していて、伊豆水軍の主力をなしていた。鈴木氏の祖は建武《けんむ》のころ熊野からきて伊豆に水軍を興したという。

当代の鈴木兵庫助《ひょうごのすけ》は早雲と親しかった。これまたはやばやと韮山にきて、江梨村など五ヵ村の地頭を命ぜられた。のち鈴木氏は、大北条家の水軍頭《すいぐんがしら》のような位置を占めるにいたる。

伊豆半島南西海岸に田子《たご》という浦があるが、ここの国人山本左衛門尉という屈強《くっきょう》の武者も、はやばやと参着した。のち左衛門尉の子孫は信濃守《しなののかみ》を称し、北条家にあって船大将の一人となる。

そのほか、土肥《とい》の富永三郎左衛門尉もはせ参じ、のち、北条家の家老団の一員となった。また雲見《くもみ》という浦からかけつけた高橋某はのち北条家で丹波守を称し、妻良浦《めらうら》からきた村田某も地頭にとりたてられた。これらの行賞《こうしょう》は、

――早い者勝ち。

という気分をあおった。

「山のむこうでは、連年、二頭の犀《さい》が地ひびきたててあらそっている」

と、早雲はよく言った。

「山」

とは、箱根山塊のことである。むこうとは広大な関東平野のことであり、二頭の犀とは、二軒の上杉家――いずれも関東管領《かんりょう》家――のことである。

この時代のひとは、熱帯に住む犀という巨獣を見たことがないくせに、身近な知識としてもっていた。

――犀のように水を怖れない。

などという表現につかう。ついには犀とは海底に棲《す》む巨獣だというふうにも誤解されている。

犀の角《つの》は、犀角《さいかく》とよばれて有用なものであった。角の先頭を粉末にすると、ききめの高い解熱《げねつ》剤になる。角ぐるみ装飾品として身につけていると、魔除《まよ》けになった。あるいは、水難よけにもした。

早雲は、若いころ医学を学んだ。医学の主要科目の一つは本草《ほんぞう》（植物、動物、鉱物）である。本草の書物には犀について書かれている。犀は、水牛ニ似ル、とある。水牛は日本にいないが、インドから渡来した威徳大明王がこれに乗っているため、古くから知られていた。

「犀の大きさは象に次ぐそうだ」

と、家来がたずねるままにいった。

犀は鼻の上に一ないし二本の、薬用になる角をもっているために人に捕られる。犀は酒を好むために人はこれに酒を与えて捕るというふしぎな話が、日本では信じられている。その角は、博多および堺という二大貿易港にもたらされる。

両上杉は犀のように、巨大な存在である。

この両者の関東における連年の戦いは、応仁・文明ノ乱に似ながら、それよりも長く、それとおなじように目的もさだかでなく、ただ本能のように戦っている、というふしぎなものである。近畿における飛躍的な農業生産のたかまりが応仁・文明ノ乱を維持したといえるが、両上杉の性《しよう》懲《こ》りもない長戦《ながいくさ》も、関東における生産の高まりがささえているということにもなる。

伊豆は山内《やまのうち》上杉氏であるため、伊豆の国人《こくじん》・地侍《じざむらい》は関東へ従軍していたが、早雲決起の一件をきき、陣をすてぞくぞくと帰ってきた。管領などに忠誠をつくしていることがひとびとのあいだで、阿呆《あほ》らしく空《むな》しくなっていることがこの一事でもわかる。

伊豆を統御《とうぎょ》したことについて、早雲は自分の立場を、

「一介の旅人《たびびと》である」

とした。

それ以外に早雲の立場はなかったろう。この時代の体制では一国を統御する者は守護のほかありえず、早雲がみずからを規定するのは旅人という以外にない。

早雲が、さだめない旅人であればこそ、国人《こくじん》以下の早雲への想いは増した。

早雲自身の領地はすくなく、かつて堀越《ほりごえ》御所がとっていたぶんだけを台所料《だいどころりょう》（行政費）としてとったにすぎない。

さらには、伊豆の侍どもをあつめ、地頭はいかにあるべきかをくどいほどにさとした。

「孟子《もうし》に」

と、かれはしばしばこの過激な書物にあることばを引用した。

『孟子』にあっては、悪王であった殷《いん》王紂《ちゅう》を周の武王が倒したことは善であるとする。紂は王たる者がもつべき仁をわすれ義をわすれて暴虐のかぎりをつくしたために、孟子にいわせればすでに王でなく、一夫《いっぷ》にすぎない。周の武王がこれと戦い、牧野《ぼくや》の一戦でこれを斬《き》ったのは君を弑《しい》したのではなく一夫を斬ったのだ、とするために、古来、日本は中国から書籍を輸入するが『孟子』

だけは来ない。『孟子』を積んで日本にむかう船はかならず沈没するからだ、と信じられている。

この伝承は、明の儒者謝肇淛《しゃちょうせい》の『五雑俎《ござつそ》』にも書かれている。「独リ孟子無シトイフ。ソノ書ヲタヅサヘテ往ク者アレバ、舟輒《すなは》チ覆溺《ふくでき》ス」。

むろん、事実はそうでなく、古くからこの書はつたわり、早雲のころには写本も版本も多かった。しかし、日本人の倫理観からいえばそれほど危険な思想書だということで、そういう伝承ができていたのだろう。

「民が本《もと》だ」

ということを、早雲は侍どもにいってきかせた。

「いまは末世である。武権をもつ者は民を搾《しぼ》り、おのれのみ栄華をなし、ついに餓死する民も出ている。わが守護する国の民、ねがわくはゆたかであることを」

と、いったりした。日本国の公方《くぼう》、管領《かんりょう》、守護でこのようなことをいった者はひとりもいなかった。

伊豆の民は、早雲の施政をみて、

この人の世、永久《とわ》なれかし

とねがったといわれる。

伊豆の韮山《にらやま》の小さな平野は、住むのに気分がいい。

「旅の者」

である早雲は、毎日、下僕一人をつれて野のあちこちを歩く。

「人の君たるお人が、お姿を白日にお曝《さら》しあることは威をそこなうことになりましょう」

と忠告する者もいた。たしかに威ある神は杜《もり》の中にかくれていればこそ人の崇敬をうける。神の正体が、毛のすりきれた痩《や》せ狐《ぎつね》いっぴき、古きわらじ半足《はんそく》であるとすれば、人はこれに威を感ずるだろうか。

「なんの、わしが人の君であろうはずがない」

旅の者にすぎぬ、と早雲はいう。旅の者に威が要るか、必要なのは民の保護だ、ともいった。

「お命を損ねたいという乱心者がとびだせばどうなされます」

「命をその場《そこ》で了《お》えるまでだ。旅はそこでおわる」

早雲は、本気で考えている。

守護にあらざる者が伊豆一国を領して、それ以外にどんな答えがあるというのだろう。

早雲が戦国の幕を切っておとした者だというのは後世の評価で、早雲の知るところではない。さらには体制も倫理も室町そのものの時代であり、べつの例をあげれば、代表的な戦国人といわれる美濃の斎藤道三《どうさん》の活躍は早雲より半世紀以上もあとのことなのである。

早雲は、その仮住まいのまわりを歩くだけでなく、伊豆一国の沿岸も歩き、道路の通じないところは海路によった。

この場合も、小人数であった。

ひとが殆《あや》うんでいさめると、早雲もわらって、

「なるほど卵一つが歩いているようだ」

といったりした。

しかし、早雲は歩くことをやめなかった。かれを討とうと思えば、たれでも早雲のいのちぐらいはひとひねりでことされさせることができた。

韮山の野を歩くときも、遠出をするときも、土地の者が命ぜられることなく早雲に従った。かれらは、早雲の話をききたがった。

早雲は、伊豆という小国を、鳥が羽掻《はがい》のなかで卵を温めるような心づかいで治めた。

「この人を失い奉っては伊豆は立ちゆかぬ」

と、ひとびとはおもった。そういう感情が、無官で裸身《はだかみ》の早雲を保護した。たれもが、早雲に珍奇を感じた。

国人《こくじん》・地侍《じざむらい》・百姓の代表という者がこの世にいたためしがないが、このひとこそそうではないかとおもった。そういう意味では、早雲は応仁・文明ノ乱で攪拌《かくはん》された社会の申し子であり、地《じ》下《げ》の利益の代表者という意味では革命者ともいうべきだったろう。

伊豆は地理的にはかぼそく、頭上に巨大な山野をいただいている。

関東である。

幸いそこに二頭の犀《さい》が争闘していて、早雲による伊豆の変化などにかまっていられなかった。

早雲は、関東に対し外交を用いた。

外交を用いるほか、伊豆を保つ法がない。それには一方の犀と仲よくすることであった。

「両上杉《りょううえすぎ》」

という二つの関東管領家《かんりょうけ》は、勢力が伯仲している。そのうち山内《やまのうち》上杉家は、形ばかりとはいえ、伊豆の守護であった。早雲としては、

――わが領国を押領《おうりょう》せしか。

などとなじられて攻めて来られれば、相手が巨大だけにひとたまりもない。そこでこれを敵とし、扇谷《おうぎがやつ》上杉氏を味方として懐柔することにした。扇谷上杉氏の当主定正は、五年前、その家老太田道灌《どうかん》を殺した男であり、早雲はよい人間とはおもっていなかったが、山内上杉氏を阻《はば》むにはそれしかなかった。

しきりに使いを出して、定正の心を執《と》った。しかし事情によっては今後どうなるかわからず、伊豆を守る戦いの用意だけはしておかねばならなかった。

伊豆は、守りにくい。

頭上に箱根山塊がある。難所とはいえ、その高みから関東勢が駈《か》けおりてくれば、この韮山《にらやま》の小さな野など一挙に潰《つい》えるだろう。

(伊豆は、出てゆくところだ)

と、早雲は規定していた。ここで守らず、ここから出てゆく。出てゆくには、三方が海である

ためにきわめて都合がいい。このため早雲は伊豆の長大な海岸線の入江《いりえ》ごとに蟠踞《ばんきょ》している水軍どもを充実し、いざとなれば相模《さがみ》の浜へでも押し出して敵の後方を攪乱《かくらん》するつもりであった。

といって、内陸戦にそなえて韮山城は、補修はしている。しかし要害がわるく、三日も保《も》たないであろう。

（おなじ要害のわるさなら、北条に居を移そう）

と、入国後思い、北条にも一重《ひとえ》の堀をうがち、簡素な住居をたてた。

やがて、北条に移った。

「早雲庵宗瑞《そうずい》」

という僧名は、武将らしい名ではなかったが、旅の者であるつもりの早雲は、そのことにとんじゃくしなかった。

結局、土地の者は、早雲の住む村名を称し、

「北条殿」

とよび、その他のよび方をしなくなった。鎌倉期を通じ、北条執権家はその故郷である伊豆北条を大切にしてきただけに、この呼称は善政ということと同義語だった。

われ、此名《このな》もとめずといへども、諸人其名《そのな》をよぶ。

早雲がそういったという旨『北条五代記』にもある。

三浦半島

おなじ地域の呼称が、時代によってちがう。関東八ヵ国という広い地域のことを、鎌倉の世では、

「坂東《ばんどう》」

とよんだ。箱根の坂もしくは足柄《あしがら》の坂の東一円であるためにそのようにいう。室町の世では、関東管領《かんりょう》などという職名の影響もあって、関東という。

（とても、坂は越えられぬ）

と、早雲はおもっている。

かれは、箱根の坂を越えたかった。大きな理由としては、伊豆を得たものの、興国寺城時代と同様、その安すぎる租税では、軍事力を強化するところまでゆかないのである。

伊豆は安し

租税《ねんぐ》やすし

心やすし

と、国々を歩く巫女《みこ》などの口にうたわれて、早雲の政治のよきうわさが知られはじめているものの、かれ自身の台所の窮屈さはほとんど地侍《じざむらい》にひとしい。租税の安さを維持するには、さらに領国をひろげる必要があった。

ひろげるのは、難事である。

関東のうち、相模国《さがみのくに》が、伊豆に隣りあっている。相模の百姓たちが、

伊豆は羨《とも》しや

などといっているらしいが、しかし関東は名だたる坂東武者のひしめく大地で、坂をこえて相模に入るなどということは夢のような望みである。

が、一つ方法がある。

伊豆水軍を強化して相模国の三浦半島を海路から攻めることであった。

その必要は、焦眉《しょうび》の急でもある。

足利茶々丸《ちゃちゃまる》が、三浦半島の三浦氏を頼って逃げこんでいる。これを討滅せねば、早雲の伊豆は確立しない。

早雲の非合法な伊豆政権は、この当時、無名の民衆ともいうべき国人《こくじん》・地侍・百姓という層に

おしたてられて成立している。しかしふるい名分論《めいぶん》をとなえる支配層が諸国にいて、

「足利茶々丸どのこそ、伊豆公方《くぼう》である」

とし、これを擁立して伊豆に攻めこもうと考えるむきが存在しないでもない。古い権威の象徴というのは、利用の仕方によっては有効なものなのである。茶々丸を擁している三浦氏が、もしその気になれば、茶々丸の旗をかかげて、関東の各地で争闘している両上杉《りょうえすぎ》を討つこともできるし、両上杉から独立して第三勢力をつくることもできるだろう。

(三浦氏には、その野望があるのではないか)

早雲は、考えている。

とすれば、船をつらねて相模湾を横断し、三浦半島に上陸して茶々丸を討ってしまわねばならない。


三浦半島は、相模国の東南部が、腕のように海中につき出た陸地である。長さは五里、幅は二里、ひくい丘陵と入江に富んでいる。

早雲は、伊豆の北条に居る。が、ときに姿を消す。あるとき、ひどく潮焼けして帰ってきて、

「鎌倉はさびれていた」

と、山中小次郎にむかってつぶやいた。

元来、足利(室町)体制では関東を重視し、前時代の治所である鎌倉の地を重んじた。であればこそここに関東管領《かんりょう》を置き、関東八ヵ国に甲斐《かい》と伊豆をくわえて十ヵ国を管轄させた。

この時代、管領である上杉氏は、もはや鎌倉にいない。扇谷《おうぎがやつ》上杉氏は武蔵に移り、山内《やまのうち》上杉氏は、上州に根拠地を置いていた。

鎌倉は、古き都になった。

「大路《おおじ》や小路《こうじ》、谷《やつ》ごとにあった屋敷の築地《ついじ》もくずれ、枢落《とぼそお》ち、すさまじき体《てい》であったわ」

「鶴ケ岡（鶴岡八幡宮）にはお詣《もう》であそばしましたか」

「人の府《ふ》が去れば、神の府まで衰えるものか、荒れようはいたましいばかりであった」

神にも、流行がある。むかし、源氏が興って平家をほろぼすと、源氏の守護神である八幡大菩薩が国々村々の社《やしろ》にまつられた。鎌倉幕府の守護神ともいうべきものが鶴ケ岡八幡宮であるだけに、その時代、大いにさかえた。足利の世になっても、源氏であるためこの社を大切にしたが、関東公方《くぼう》が古河《こが》に移り、両上杉も鎌倉を去ったために、いまは大いに荒れているという。

早雲のひそかな旅は、鎌倉がめあてではなかった。鎌倉の南にながく突き出た半島がめあてであり、船で沿岸をゆき、ときに浜に上陸し、浦々を見てまわったという。

「まさか、小網代《こあじろ》の海まではお出で遊ばさなんだでありましょう」

小次郎は、五年ほど前、早雲の命をうけ、人情や政情を偵察すべくその切りこみの深い入江まで行ったことがある。その入江につき出た角《つの》のような岬《みさき》こそ三浦氏の本拠の城で、早雲は城の下の入江にまで船を入れたことになる。

「岬の上の城は幾重《いくえ》にも土塁を築き、岬のつけ根には空濠《からぼり》をうがち、引橋《ひきばし》をかけている。いざというとき橋を落とせば岬そのものが海中にうかぶ小島のようになり、とても陸路から攻めがたい要害だ。といって海から崖《がけ》をよじのぼるわけにいかぬ。関東第一の要害とはあの城のことかもしれぬ」

と、早雲はとほうに暮れたような表情をした。

相模国《さがみのくに》の三浦半島に根拠地をもつ三浦氏ほど寿命のながい豪族もすくないのではあるまいか。すでに平安時代からこの長さ五里の半島に蟠踞《ばんきょ》し、平氏を称し、三浦の地を苗字《みょうじ》とし、当主は代々介《すけ》を称しつづけてきた。その昔、たれかが、

「介」

という官職を与えたのであろう。

これは奈良・平安朝のころに実際に機能していた職で、相模国の場合、国司は中央から赴任してくる。これを相模守という。平安朝になると、下僚には多くの場合、地元の豪族をつかい、ときに国司である相模守は京から離れず、国政（といっても徴税だが）は地元役人（在庁官人《ざいちょうかんじん》）に代行させたりした。在庁官人の上級者が、介である。

三浦氏の平安朝の当主は、何代も介のしごとをしたのであろう。介は、何人もいた。三浦氏は、おそらく三浦郡《ごおり》（三浦半島）だけの租税の徴収をしていたのにちがいない。

頼朝の挙兵のとき、三浦氏は三浦党をひきいて最初から頼朝方につき、当主三《み》浦大介義明《うらおおすけよしあき》は戦死した。『平家物語』に、

三浦大介義明が子共《こども》、三百余騎で源氏方をして、由井《ゆゐ》・小坪《こつぼ》の浦でたたかふに……

とある。三百余騎というのは多少の誇張があるとはいえ、当時としてはよほどの勢力といっていい。

しかし、鎌倉幕府樹立後、その勲功の大きさにくらべて処遇は小さい、とこの族党のひとびとはおもった。三浦党のひとびとはそれを北条氏のせいとし、しばしば反骨を露《あら》わにし、ついに一族の過半が討滅されるという目に遭《あ》った。

処遇が小さかったといっても、鎌倉幕府の樹立後、功によってその勢力は大きく、一門から大《だい》名《みよう》や諸国の受領《ずりよう》にぬきん出られた者九十三人、門葉で官職をもらった者五百余人といわれた。三浦という小さな半島の姓をもつ者が六十余州にちらばって土地々々で大小の勢力をなすにいたるのは、もとは頼朝の三浦氏への行賞による。

その後、足利氏の挙兵のときはこれに属さず、新田氏に属した。新田氏が亡んだために、三浦党の勢威も大いに縮み、半島にひきこもり、足利氏に服従した。いまは関東管領《かんりよう》の配下として上杉氏の鼻息をうかがう立場ながら、

なほ相州《さうしう》（相模国）の内には肩をならぶる人なし。

と、『相州兵乱記』にもある。足利茶々丸はそこにかくまわれている。

早雲には三浦半島が巨大なものにみえている。とても早雲ひとりの力ずくで攻めおとせるものではない。

（なんといっても、何百年ものあいだ、猪《いのしし》の下あごの牙《きば》のようにあの島山《しまやま》のあごに根づいてきた家だ）

三浦氏が、平安期以来、いくどもの世の変りに耐えてきたのは、ひとつは地の利にある。たれがあの海中につき出た小さな半島の、さらに切れこんだ入江の、そのそばの岬《みさき》の岩の上に根をすえた城を攻められるだろうか。たとえおとせるにしても、よほど大きな兵力を動かさねばならない。

それに、相模《さがみ》随一の名族だけに、一国の支配層と古くから婚姻《こんいん》をかさね、国中《こくちゅう》でこれはと思うほどの勢力なら、みな三浦氏と親戚《しんせき》だといってよく、それ以下の新興勢力も、家の格付けに三浦氏と縁を結ぶことをのぞんでいた。もし三浦氏と事を構えるとすれば、相模国はおろか、関東のすべての勢力を敵にまわす覚悟がなければならない。

（とても）

早雲は、自分の問いに対してははげしくかぶりを振らざるをえない。

しかし三浦氏という固いさざえの殻《から》をたたきつぶさねば、その殻の中に寄生している茶々丸《ちゃちゃまる》という虫を潰《つぶ》すことができないのである。茶々丸をつぶさねば、早雲の伊豆など、やがて水の泡のように消えるだろう。

早雲は、あせらなかった。

「時《とき》」

と、自分に言いきかせた。時という、人の智恵《ちえ》や力ではどう仕様もないものがある。それを待つのだ。

ただ、無為には待っていない。

「三浦攻めをする」

と、内外に呼号した。さらに、駿河《するが》の今川氏親《うじちか》に使いをやり、その場合には兵力を貸してほしい、とたのみ、快諾を得た。関東で山内《やまのうち》上杉氏と戦っている扇谷《おうぎがやつ》上杉氏にも、

「今川殿が兵を貸してくれます。ぜひ、お力添えをねがいたい」

と、頼んだ。

「承知した」

と、扇谷上杉氏の当主定正は早雲の使者にいった。定正にとって敵は山内上杉氏である。山内上杉氏は伊豆の形式上の守護であるため、足利茶々丸を擁して伊豆を攻めとるかもしれない。敵が伊豆を得ればそのぶんだけ強くなる。扇谷上杉氏としては、早雲に協力するのが、じかに自分のためでもあった。

関東における武士の勃興《ぼっこう》とともに三浦氏は顕《あらわ》れる。その存在はまことに華やかであった。『平家物語』の一本にも、頼朝挙兵早々のころの三浦介《みうらのすけ》の姿について、

三浦介、その日は褐《かちん》の直垂《ひたたれ》に黒糸縅《くろいとをどし》の鎧着《よろひ》て、黒漆《くろうるし》の太刀をはき、二十四差《さい》たる切斑《きりふ》の矢負ひ、重籐《しげどう》の弓、脇《わき》に挟み、甲《かぶと》をば脱いで高紐《たかひも》にかけ、腰を曲《かが》めて院宣《ゐんぜん》を請取り奉らんとす。

と、陽が射すように光彩にみちた描写が施されている。相模における一半島のぬしながら、関東における影響力の大きさが、この描写のなかに籠《こ》められているのである。

世の変遷をへてその勢威はよほど堕ちたとはいえ、当主の三浦介時高という老人も、若いころ武略をかがやかした。

三浦介時高は、早雲より十六歳の年長で、七十九なのか、もう八十になっているのか。

むかし、早雲がうまれていなかったころ、関東を統轄する関東管領《かんりよう》は、足利氏の一門の者がその位置につくことになっていた。（その後、身分呼称が底《そこ》あがりして、関東に配置される足利一門は関東公方《くぼう》とよばれ、執事の上杉氏が関東管領とよばれるようになった）。ともかくも、関東管領として足利持氏《もちうじ》（一三九八～一四三九）という人物がいたころである。

人の世の迷惑というのは、権力の座にいる者の暴慢、強欲ということであろう。

持氏は、おのれ一人がえらくなりたかった。諫言《かんげん》する家来を追い、ときに家来と戦い、さらには京の将軍家を凌《しの》ごうとし、まず鎌倉における関東管領を東の将軍であるべく独立性を高めようとした。さらには、京の将軍を相続しようとし、これが果たせなくなると、京の命令をきかなくなった。

当時の将軍は、六代義教《よしのり》だった。かれは諸国に命じ、持氏追討の命をくだした。三浦時高はそれまで足利持氏に臣従していたのだが、大勢が変ったと見、他の勢力をもさそい、一挙に鎌倉を襲い、社寺、民家を焼き、持氏を追いつめ、ついに自害させた。

時高が、二十三、四のころである。幕府は大いに時高の功を賞し、京のひとびとも、

「平家琵琶の三浦介のくだりを聴くような思いがする」

とほめそやしたが、しかし形式上の系列とはいえ、自分が仕えた主を裏切って窮死させるというのは『平家』のころの三浦からみると時代とはいえ品下《しなさ》がるようでもある。さらには、かれによって焼かれた鎌倉のひとびとも、時高をよく言わなかった。

早雲は、湾内から見あげた三浦城の景観をおもいだす。すさまじい勾配《こうばい》の崖《がけ》と、深い湾入がつくりあげているこの城は、要害という以上に、天の造物といったような神秘的なものを感じさせる。

「小網代《こあじろ》の入江」

とよばれたするどく切れこんだ湾入は、こんにちでは油壺《あぶらつぼ》の名でよばれる。湾入に奥ゆきがあり、かつ水深がふかく、凪《な》いだときには油壺の中の油をおもわせることでの地名らしい。

このあたりの地勢は大正十二年（一九二三）の関東大地震のために変化したが、早雲の時代は油壺を天然の濠《ほり》として断崖《だんがい》上に築かれた三浦の城は、陸路とわずかに地続きしつつも島の上にあるようであった。

その「島」の上にいる老いた三浦介時高は、ながく実子をもたなかった。

やむなく養子をもらった。

養子は、関東における二大権門のひとつである扇谷《おうぎがやつ》上杉氏の一門の上杉高救《たかすけ》の子義同《よしあつ》だった。

当時、義同は年少の身ながら、

「生家《せいか》にいても、兄に臣従して朽ち果つべき身であるのに、関東随一の名家を嗣《つ》ぐこと、無上の果報《かほう》なるべし」

と、よろこび、右の油壺の断崖の上の城に入ると、養父母によくつかえた。

三浦家が、累代、介《すけ》（国司の次官）の官称を世襲してきたことはすでにふれた。この官称が通称になって、苗字《みようじ》と複合し、三浦介《みうらのすけ》とよばれるのだが、とくに当主を敬称するとき、三浦大介《おおすけ》とよんだりする。家来や土地の者は、三浦時高のことを慣例によって、

「大介様」

とよび、世継の義同のことを、これまた慣例により、

「新介様《しんすけ》」

とよんだ。

三浦新介義同は学問もあり、武略もある上に、天性、人に対する同情心もつよかったために、三浦家の譜代の家来はよくなついた。

「新介様のおためなら」

という者が多く、このことが当主の大介の機嫌をしばしばそこねた。もともと大介は人望の薄いたちだった。大介は新介を嫉《そね》み、

「かの養子は、家来に媚《こ》びるやつよ」

と、人前でも悪声を放った。

新介は家来に媚びるまでのことはなかったが、養子だけに心を攬《と》ろうとするところがあり、その点、うまれながらの三浦の当主である大介時高には愉快でなかった。

足利の武家貴族というのは、ほとんどが家修《いえおさ》まらず、一門族葉はたがいに反目嫉視《しっし》し、事あれば相闘《あいたたか》った。

いったい、どういうわけなのだろう。

現在の駿府《すんぷ》の今川氏親《うじちか》の場合は、幸い、一家一族が平穏であった。その平穏も、かつて血を見るまでに相続を争ったあとの一時的なもので、将来、氏親の子が成長すればどうなるかわからない。要するに、慢性的に騒動の因子をかかえているといっていい。

ひとつには慣習法として相続法が確立していないということもあったが、いまひとつには、権力が後世でいうところの「公」的なものになっていなかったことにもよるだろう。

この時代にも、すでにふれたように公という言葉は存在した。意味するところは単純で、将軍、守護のことであり、百姓のためという要素はまったく入っていなかった。権門の座はあくまでも私欲の対象であり、その座が治国平天下《ちこくへいてんか》のためにあるなどという後世（江戸期）の思想はか

けらもなかった。

のちの戦国期は、私権の世であり、割拠と戦いの時代であった。しかし富国強兵の基礎が農村にあることを領主たちは知っていたし、百姓の統治をあやまれば隣国から攻められ、結局は亡びるということも知っており、心ある国主たちはつねにそれがために領内統治については緊張していた。

このように考えると、室町期の武家貴族ほど、存在理由のあいまいなものはない。ただ、私欲のために当主の位置につきたがり、その位置が天下万民のためにあるなどということがなく、ひとえに、相続有資格者という狼《おおかみ》たちの前に置かれた肉片でしかなかった。

三浦家の場合、当主も養嗣子もいて、一見、形としては平穏であった。それでも騒動がおこった。

騒動の遠因は、めずらしいことに、当主が養嗣子の人望をそねむというところから出ている。

右の肉片を用語としてつかえば、

「あいつ（養嗣子）は、肉をほしがっているのだ」

と、三浦大介《おおすけ》時高が言いつづけたことになる。

このことに、養嗣子の三浦新介義同《よしあつ》は耐えぬいた。ときに面罵《めんば》されても微笑でそれを甘受し、我慢し、孝行をつくした。孝心が義同の本心であったろうとは思えない。肉のためのものであり、ある意味ではしたたかすぎる男であったように思われる。

三浦家は、最後を迎えようとしている。

そのたった一つの原因は、老いた当主三浦大介時高に実子がうまれたことであった。

「しまったわ」

と、時高はたれかれなしに言った。

「わが子ができると知らば、義同《よしあつ》などを養嗣子にはせなんだものを」

さらには、

「義同の図々《ずうずう》しさよ。現前《げんぜん》に三浦家累代の血をひく赤児ができたと知りつつ、身もひきもせず、猫のようにおとなしくふるまいおるわ」

時高夫婦の義同いじめは、凄惨《せいさん》をきわめた。ことごとに義同の面目《めんぼく》をつぶそうとした。この時代の人間は後世の人間から想像できぬほどに名誉心がつよく、おのれの面目を吊《つ》るしている心は乾いた油のように可燃性に富み、わずかのことで刃傷《にんじょう》、出奔《しゅっぽん》の挙に出た。義同は当然爆発すべきであった。が、いよいよ時高夫婦に対して孝養を厚くした。義同の気味のわるさといっていい。

老いた時高のあまりの身勝手さに、譜代の家老たちが幾度もいさめた。

「よきことに候わず」

とか、

「世間の白き眼にお気づき遊ばしませ」

などとかれらはいったが、時高はきかなかった。家来たちの気持は、いよいよ時高から離れ、義同にあつまった。

「大介様も、百年お生きあそばしますことはございませぬ。いまはご辛抱《しんぼう》がかんじんでございます」

などと、義同に隠忍《いんにん》をすすめていたにちがいない。義同もそのつもりでいた。八十ちかい老人がどうふるまおうと、あと一年二年の辛抱である。

時高入道には、同情者がいた。この城にかくまっている足利茶々丸《ちゃちゃまる》であった。茶々丸も、実父と義母からいじめぬかれ、牢《ろう》に入れられ、廃嫡の目にあった。ついに実父を殺し、義母を殺した。

「親であり君である人を弑《しい》し奉った茶々丸どのでさえわしに同情してくださる」

と、時高はとりとめもなく言いさわいで茶々丸の手をとったりした。本来、茶々丸のかつての立場と義同のいまの立場がそっくりなのだが、茶々丸にすれば自分を保護してくれている時高入道の機嫌をとっておく以外、身を保《たも》つすべがない。

「親殺しの茶々丸どのさえ、わしの気持ちをお汲《く》み下さっているぞ」

と、時高入道は茶々丸のいない席で、義同を露骨に挑発した。

三浦家の新介《しんすけ》(相続者)である義同には、野望と自信がある。

野望とは、

(相模《さがみ》の国の守護になる)

ということである。関東管領《かんりょう》は、名族の三浦氏であればこそ、任命してくれるだろう。そのためには、養父三浦時高がいかに自分をいじめようとも耐《た》えねばならない。

つぎは、自信についてである。

かれはまだ三十半ばの壮齢であったが、年少のころに生んだ女児が、いまは長じて、太田資康《すけやす》に嫁いでいる。資康は、故道灌《どうかん》の子で、関東の一勢力である。

(わが娘婿がいる)

いつでも力になってくれるだろう、というのが三浦義同の自信の一つの要素になっていたし、その期待にまちがいはなく、太田資康は岳父《がくふ》義同のために城をあげて犬馬《けんば》の労をとる気分でいた。

両《りょう》上杉が争う関東の情勢はまことにややこしい。

八年前、扇谷《おうぎがやつ》上杉家の家老太田道灌は、主人定正のねたみを買い、謀殺されている。以後、扇谷家である上杉定正の勢力は往年ほどではなくなった。

道灌の戦力がその足軽隊にあった、ということはすでにのべた。遊撃性に富んだ騎馬の足軽で、それまでの日本国の戦法が、道灌によって変ったといっていい。道灌の晩年、その足軽隊は三千騎もいたといわれる。ただ関東の足軽の出身基盤は、応仁ノ乱のとき京で出現した足軽たちよりも富農層であるようで、多くは国人《こくじん》・地侍《じざむらい》層であった。本来、食いようもない国人・地侍の次男、三男を足軽として吸収したという点でも、道灌の感覚は社会性に富んでいた。

道灌の足軽たちには、一種の自主の気分があったことも見のがせない。かれらは道灌にはつよい忠誠心をもっていたが、道灌の主人である扇谷の上杉定正については他人であると思っていた。その定正が道灌を殺した以上、江戸城に奉公している必要はなく、定正の敵である山内《やまのうち》の上杉顕定《あきさだ》のもとに奔《はし》った。

「もっともなことだ」

と、道灌の跡《あと》をついだ子の資康もまた山内上杉氏（顕定）に味方した。

ところが、三浦家の養嗣子義同も、婿とともに山内上杉氏に属したのである。かれは扇谷上杉氏の出であった。

義同の実父高救《たかすけ》は扇谷上杉家の持朝《もちとも》の子である。もし本家・分家の血脈主義からいえば、義同は扇谷上杉につくべきだが、そういう思想はすでに亡びていることが、この一事でもわかる。

以下も、ややこしい。

関東争乱のタテ糸・ヨコ糸のことである。もっとも、タテもヨコも糸らしい糸もなく、布の体《てい》をなさないまでに乱れきっているともいえる。

義同《よしあつ》には、太田資康《すけやす》以上に大きな味方があった。

大森氏であった。

小田原に居城がある。

相模《さがみ》の勢力は、

東は三浦氏。

西は大森氏。

と考えてよいのではないか。

大森氏は、古くからの土着勢力ではない。

いまから七十余年前、当時の関東管領《かんりょう》足利持氏《もちうじ》が家来の上杉禅秀《ぜんしゅう》に追われて鎌倉を出奔《しゅっぽん》し、一時、駿河《するが》国駿東《すんとう》郡の大森という在所（いま裾野市）にひそんでいたことがある。その大森の地頭が大森氏で、当主は頼顕《よりあき》といい、失意の貴族持氏を保護した。

持氏が成功して鎌倉にもどると、自分の気に入らない地頭の領地を没収するという暴挙に出た。そのころまで小田原一帯を領していたのは鎌倉以来の名族である土肥党であったが、これをしりぞけてその旧領を大森頼顕にあたえ、鎌倉の侍所《さむらいどころ》とした。

大森氏が大をなすのは、このときからである。以後、頼明、頼春、氏頼とつづく。

いまの大森氏頼は老いてはいるが、若いころから武勇に長じ、よく人心をとって、こんにちの勢威をきずいた。氏頼は、無二の扇谷上杉方である。

　扇谷上杉家の出である三浦義同は、母（父上杉高救《たかすけ》の夫人）の実家が大森家で、当主氏頼の娘である。

義同は、母の実家大森家と情縁《じょうえん》が濃かった。大森氏頼も、外孫である義同を内孫のように愛した。

「なにかこまったことがあれば相談にこい」

と、大森氏頼は口には出さなくても、そういう気分を外祖父と外孫は共有していた。

このようにみてくると、義同は母の実家（小田原・大森氏）を頼り、娘の婚家（江戸・太田氏）という女系を頼っている。かつて、関東では父系、関西では母系とひとことで割りきってい い血族秩序があるとみられていたが、京都化した足利氏の影響なのか、関東にとっていわば異風な俗《ぞく》が入りこんでいると見られなくもない。

養嗣子の三浦義同《よしあつ》には、以上のような外援勢力がある。三浦半島にあって、累代《るいだい》、三浦家を宗《そう》家《け》として臣従してきたひとびとが、

「新介《しんすけ》（義同）どのこそ」

と思うのは、情というよりも利であった。さらには、義同には武勇がある。その上、義同には、男の子がいる。すでに元服して義意《よしおき》と名乗り、義同の血をよくうけて少年ながら身丈《みのたけ》すぐれ、無双の大力をもち、たとえ山野《さんや》にうまれても足軽として食ってゆけそうな屈強《くっきょう》の若者だった。

このあたり、この時代の感覚を考えねばならない。もし義同が、江戸に嫁《とつ》がせた娘ひとりをもっていただけなら、ひとびとはついて来なかったろう。義同に味方すれば、たとえ義同が死んでも、子の義意が自分たちを見てくれるという感覚が、ひとびとの去就《きょしゅう》をきめる要素になっていた。まことに功利的というほかない。

「大介《おおすけ》入道（時高）の代はおわった」

と、ひとびとは口にこそ出さね、そう思っている。

時高入道は、老いてうまれた子を溺愛《できあい》し、まだ幼いのにはやばやと元服させ、高教《たかのり》と名乗らせていた。高教は脾弱《ひじゃく》だった。ひとびとは、時高入道の代《だい》がおわって高教の世《よ》になったとき、

（ろくなことはあるまい）

と、ひそかに思っていた。味方を憐《あわれ》まず、敵に対しては弱いという首領では、この時代の流行語であるところの、

「頼《たの》うだる人」

にはなりにくい。頼み甲斐《がい》ある人を頼うでこそ、忠誠も戦功もむだにならず、先祖から相伝《そうでん》してきている領地も安全というものなのである。

時高入道も、若いころは英気発剌《はつらつ》としていて、まさに、ひとびとにとって、頼うだる人であった。しかし、老いた。老いたことがわるいのではなく、被官《ひかん》どもの期待をうらぎったことがよくなかった。

被官どもは、早くから養嗣子義同に心服し、この人に忠義をつくせばわが家も安泰であり、子らのゆくすえもあかるい、と思いこんでやってきた。そこで老いた入道が、思わざる実子をもうけた。これこそ、人の世でもっとも無意味なことであろう。

「すでに三浦家は、形が決まっているのだ」

と、ひとびとは叫びたかったろう。時高入道はその形を根もとからこわし、べつの形にしようとしている。そのことは、ひとびとの期待からおよそ外れていた。

その状況のなかで、伊豆の「旅の者」宗瑞《そうずい》（早雲）という者が、三浦を攻める、と呼号しはじめたのである。

伊豆の韮山《にらやま》平野にいる早雲にとって、その東方によこたわる三浦半島は、ひどく遠い感じがある。

老いたる大介《おおすけ》三浦時高についても、

――尊大な人柄だ。

とはきいていた。名家意識がつよく、関東管領《かんりょう》上杉氏などについても、

――上杉など、元来は、下司《げす》の家ではないか。

と、人前で言ったこともある。

下司などとは、時高も言ったものである。平安のころ、京の公家《くげ》が、荘園を管理している土着の侍どものことをあざけって言ったわけで、平安末期の保元《ほうげん》ノ乱（一一五六）について公家出身の僧慈円の著『愚管抄』のなかで、

保元元年七月二日、鳥羽院うせさせ給《たまひ》て後、日本国の乱逆と云《いふ》ことはおこりて後、むさ（武者）の世になりにけるなり。

と書いている。

保元元年が武者の世のはじまりとすれば、三百数十年前のことである。その当時、公家の立場からみれば、相模《さがみ》の三浦氏などは下司であった。三百数十年もたてば、三浦氏などが尊貴な名族になり、上杉氏などは下司から成りあがった者としてみられる。

京で鞍《くら》をつくっていた早雲などは、時高の目からみれば何に見えるだろうか。

いずれにせよ、早雲は三浦時高というのは品よく三浦半島の一角で世を送っている老人とみて視野のそとに置いていたのだが、諜報《ちょうほう》やらうわさを集めるにつれて、内情のすさまじさにおどろいた。

「被官《ひかん》、郎党は、新介《しんすけ》（養嗣子義同《よしあつ》）どのを二《に》なきお人と仰いでいます」

という諜報もあった。

しかし藪《やぶ》のなかのことで、くわしい事情はわからない。このため、早雲は、

「三浦を討つ」

と声高《こわだか》な叫びを流しつづけた。反応を見るためであった。

案の定《じょう》、三浦方の反応はにぶく、戦備が進んでいる様子はない。当主が養嗣子を敵視し、養嗣子も伊豆からの挑戦をうけるには、被官の末にいたるまで分裂しているため、陣触《じんぶ》れの仕様もなかったのである。

——伊豆の旅の者など。

と、三浦時高はおもっているが、しかし相手は半島の沿岸を掠《かす》めにくるけちな海賊ではない。

伊豆一国をこぞれば、武士の数は五、六百人ほどであろうか。その上、扇谷《おうぎがやつ》上杉氏と駿河《するが》の今川氏親《うじちか》から兵を借りるという。堂々たる軍勢にちがいなく、さらには、奇襲ではなく予告しているのである。

時高は、ひとたびは陣触《じんぶ》れしてみたが、その反響ははなはだ心もとなかった。

「新介《しんすけ》（養嗣子義同《よしあつ》）様はいかがおおせられております」

と、露骨に、新介の命でなければ動かぬという態度を見せる者もある。

（やはり、伊豆の旅の者よりも、さきに始末すべきものは義同だ）

と、時高入道はおもった。

老人は、五人の武者を召致し、

「新介義同の横暴、当家の障《さわ》りである。この上は、亡きものにせねばならぬが、あのように武勇誇りの男だ、手にあまってはならぬゆえ、わしが酒食を用意してここに招《よ》ぶ。かの者は、したり顔の孝行自慢であるから、かならず来るであろう。そこを、殺せ」

と、命じた。

五人の武者は、時高大事と思っている者たちであったが、これには驚き、あとで密談した。

いずれ伊豆の旅の者が来る、これが最大の懸念《けねん》であった。敵襲来の場合、三浦党を一手につかんで防戦できるのは新介義同を措《お》いてない。もしかれを殺せば、三浦の地は亡び、自分たちのゆくすえもさだめがたい。

「いっそ、新介様にこの上意《じょうい》をひそかに教え、三浦家から身をひいてもらえばどうであろう」

ということになり、その旨、義同に通じた。

義同は、これまでと思った。

すぐさま船を仕立て、妻子とともに三浦の地を落去した。

落ちて行ったさきは、小田原北西方一里半ばかりの諏訪《すわ》ノ原というところにある曹洞《そうとう》宗の寺総《そう》世《せい》寺である。小田原近辺の山中に逃げたというのは、母親の実家である小田原城主大森氏頼《うじより》の同情を買おうとしたのであろう。

外祖父大森氏頼の自分に対する愛を義同はよく知っていた。さらにいえば、この総世寺は氏頼が建立《こんりゅう》した寺で、氏頼の山荘ともいえる。

その上、義同は頭を剃《そ》りこぼって雲水《うんすい》の姿になった。必要もないのに世を捨てた体《てい》をとったのは、外祖父の同情をひくためとしか思えない。かつて養父時高に過剰に孝行顔をみせたことといい、雲水の一件といい、演技の多い男であった。

この当時の小田原大森氏の領域は、関東の地元の勢力としては大きく、相模国《さがみのくに》の足柄上《あしがらかみ》郡、同下《しも》郡、それに中郡をほぼ占めている。

べつの言い方をすれば、西は足柄山・箱根山の小田原寄りの山々谷々から、東は馬入《ばにゅう》川（相模川）を境いとしていた。

これだけの版図を得たのは、大森家歴世のなかでも、当代の老当主氏頼の武略と人望による。

足柄・箱根の山勢《さんせい》が小田原にむけてくだってくる斜面は、よく東陽《ひがしび》をうける。そこに、この当時、蜜柑《みかん》が栽培されていたことは、おどろくべきことであった。

いつのころの新年であるか、大森氏頼が、上杉顕定《あきさだ》（山内《やまのうち》上杉氏）の義子憲房《のりふさ》にあて、年賀状を送り、あわせて蜜柑を送った。そのことについての憲房からの礼状がのこっている。

蜜柑という日本特産ともいうべき果物については、来歴はよくわからない。奈良朝から平安初期にかけて遣唐使が、中国にゆくたびにめずらしい種子をもちかえったが、そのなかに柑橘《かんきつ》類もあった。蜜柑の祖と思われる種子もあって、そこから突然変異をした。変異の種子は薩摩で実生《みしょう》のまま発見され、あまさがひとびとをおどろかした。この種子は「温州《うんしゅう》」とよばれて諸地方につたえられたが、なにしろ、薩摩での発見が、室町初期かと思われるのに、はやばやと小田原までつたわっているのである。

このことによっても、この時代、存外、ひとびとが諸国を動きまわっていたことがわかる。動きまわる人達のなかの知識人というのは、禅宗の僧であった。中国のことも知り、諸国の物産にも通じているという点で、他宗の僧とはくらべものにならず、ひとことでいえば多様な意味でのモダニズムを身につけていたといえる。小田原勢力圏に蜜柑をもちこんだのも、かれらであったかもしれない。

この時代の諸国の大《だい》・小名《しょうみょう》が、禅宗の僧を保護し、禅寺を建て、みずからも禅の教養を身につけようとしたのは、ひとつにはあたらしいものを吸収しようとする欲求があったからにちがいない。

「なに、義同《よしあつ》が」

と、大森氏頼は、おどろいた。

外孫の義同が、大森氏が保護している諏訪《すわ》ノ原の総世《そうせい》寺に入って髪をおろした、というのは、容易ならぬ変事である。

「三浦新介《みうらのしんすけ》たる者が、会下僧《えげそう》になったか」

会下僧とは、寺をもたぬ僧のことで、この時代、よくつかわれることばである。

出《しゅっ》陣《じん》

このようにして、明応元年は暮れ、明けて同二年になった。早雲、六十二歳である。

土地では、その居館の地名から、

「北条殿」

とよばれているが、しかし早雲がそのように自称しているわけではない。

旅の者、という立場をとっているため、姓も苗字《みょうじ》も必要はないのだが、強《し》いていえば、早雲庵《そううんあん》
伊勢宗瑞《そうずい》ということになるだろう。おもしろい男で、かれはもともと自分の名すら署名すること
がまれであった。名は長氏《ながうじ》というのだが、なにやらかれの周囲の者も、自分のあるじの名につい
ては記憶があいまいだったにちがいない。

諸方の者も、かれの名をよばねばならないときは、

「早雲庵どの」

と、よんだ。まことに旅の者めかしい。

かれは、自分の名を記入するよりも、独特の印章《いんしょう》を捺《お》して、それが公文書であることを示した。

公文書に印章を捺す風《ふう》が、駿河《するが》の今川家からおこって四方にひろまったということは、すでにのべた。今川氏親《うじちか》が、まだ竜王丸《たつおう》であったころから印章を用いたことも、ふれた。ついでながら、武将が印章を捺す風習は、禅僧が書画に捺す落款《らっかん》の影響によるものであったろうということは、この時代、武将と禅僧とが一つのセットのような関係にあったことからも察せられる。

当初、早雲の私印は「纓《えい》」という一字を陽刻した四角いものであった。纓は冠《かんむり》のひもである。あるいは馬の胸をおおう「むながい」という意味もあるが、せんさくはさほど必要ではない。

公印は、

禄寿応穏《ろくじゅおうおん》

というめでたい四文字を四角の中に陽刻したものを大いにつかった。この印章には四角の上辺に臥《ふ》せている虎《とら》が刻まれており、捺すと虎ごとうつるというもので、ひとびとから「虎《とら》ノ印判《いんばん》」とよばれて大いに尊ばれた。この奇抜な意匠は早雲の独創であり、かれが意匠好きであったことをあらわしている。

この虎ノ印判さえ捺されていれば、その文書の内容は早雲がかならず守る、という信頼が内外にできた。

虎ノ御印判ヲモツテ小事ヲモ仰《おほ》セ出《いだ》サル。虎ノ御印判ナクバ、郡代ノ判形《はんぎやう》アリトモ、用フベカラザル也《なり》。

という意味の文書がのこっているが、旅の者である早雲への信頼感は、この印判に集約された。めずらしいことといわねばならない。

この明応二年、駿河《するが》の興国寺にあって、真葛《まくず》は三男（のちの長綱。北条幻庵の名で著名）を生んだ。

すでに長子氏綱は七歳で、宿老たちに擁《よう》されつつ興国寺城主をつとめている。思慮ぶかく、温厚な性格で、のち大北条家をつくる名将になる片鱗《へんりん》は、すでにあらわれていた。

この時代、年少で病没する者が多い。たとえ天がこの氏綱をうばっても、二子、三子とある以上、早雲の業は継続するとみて、ひとびとは華やいだ。

早雲は、前年からこの年にかけて、外交にいそがしかった。

小田原城の大森氏頼《うじより》に対しても、年賀その他の使いをひんぱんに出した。

「おかしなやつだ」

と、氏頼は老練の者だけに警戒している。しかし、やってくる儀礼上の使節に対しては追いはらうわけにもいかず、むしろ礼については緊張してこれに酬《むく》いた。

「あの旅の者は京の伊勢家の出だときいているが、さすがに典礼にあかるい。ゆめ、田舎者などと、かの者にあなずられるな」

早雲は、二軒の関東管領《かんりょう》のうちの扇谷《おうぎがやつ》上杉氏（当主・定正）に対し、大森氏以上に厚い礼を用いた。かれが上杉定正に味方したことについては、すでにふれた。伊豆の守護職が山内《やまのうち》上杉氏（当主・顕定《あきさだ》）であるため、もし山内上杉氏が攻めてきた場合、扇谷上杉氏の応援を得ねばならない。敵の敵は味方であるという戦略外交の方式どおりに早雲はやっている。

上杉定正という男は、戦好《いくさ》きであった。五月雨《さみだれ》のようにつづいている関東の争乱においてもしばしば上杉顕定の軍をやぶった。ときに最前線を疾駆《しっく》し、また敵の顔の見えるほどの近くに馬を立てて兵を叱咤《しった》した。しかし生来ひとへの思いやりに欠けるために、関東の武士はむしろ連戦連敗している上杉顕定の側についた。このため、いつの決戦のときも定正の兵はつねにすくなく、顕定は多かった。

明応三年夏、上杉定正は大規模な決戦をすべく兵を催したが、思うようにあつまらなかった。

「伊豆の早雲をよべば如何」

と、評定《ひょうじょう》の席でいう者がいた。もはやすきこのみは言っていられないということであったろう。しかし諸将は難色を示した。関東管領たる扇谷上杉氏が正式にその軍に参陣させれば、早雲の非合法な位置をみとめたことになってしまう。定正の主力である大森氏頼は、老齢のためにみずからは出陣していなかったが、反対であるようだった。

が、定正は押しきった。

早雲は、陣触《じんぶ》れに応ずることにした。

濃厚な利点がいくつかある。

ひとつは、伊豆一国の地頭・国人《こくじん》・地侍《じざむらい》たちが従軍することによって早雲の指揮下にあることを身で知るということである。伊豆の結束と統制のためにこれほどよいことはない。

ただ、かれらにとって、奇妙かもしれない。かれらはこのあいだまで山内《やまのうち》上杉氏の陣触れをうけて扇谷《おうぎがやつ》上杉氏と戦っていた。それが、こんど逆になる。とはいえ、関東の地元勢力のなかには両《りょう》上杉の間を往来しているような者も多いから、存外平気かもしれず、要は早雲を頂点とする伊豆が、独立体制としてかたまればいいのである。

ふたつ目は、従軍することによって、頭上の(北方の)小田原にいる大森氏頼《うじより》と、おなじ扇谷方として親しくなれることであった。

三つ目は、三浦半島への効果である。三浦氏は山内上杉方だから、扇谷にとっても敵であった。早雲はもしこの戦いに勝てば、上杉定正から兵を借りて三浦半島を北から攻めるという方法を考えてもいい。すくなくとも、扇谷上杉氏の陣中にあって、

――三浦を討つ。

と呼号していることは、伊豆に座《すわ》ったまま遠吠《とおぼ》えでわめいているよりも、武威という点で現実的であった。三浦氏の側からみればこわさがちがうに相違ない。

早雲は、夏の終りに伊豆軍をひきいて関東に出陣した。

箱根をこえ、小田原に降りると、城下を通過させてもらうことで、あいさつに出むいた。

小田原の大森氏の老当主氏頼は、この時期、入道して寄栖庵《きせいあん》と号し、小田原から北西の高地の

岩原の館《やかた》にしりぞき、小田原城は子の藤頼にゆずっていた。

早雲は、藤頼に対面した。

藤頼はまだ十代という年少ながら、代々の官称である信濃守《しなののかみ》・式部大輔《しきぶだゆう》を称していたから、早雲は下座にあってそれなりの礼をつくさねばならない。

早雲の藤頼についての第一印象は、烏賊《いか》がすわっているような感じだった。色が白く、心が鼻についているのか、鼻翼がひらいたり、すぼんだりしていた。

藤頼はついに一言も発しなかった。

早雲はつづいて、岩原の館にむかった。

途中、諏訪《すわ》ノ原を通る。その原に総世《そうせい》寺があって、この時期には三浦義同《よしあつ》が落ちてきていて、会下僧《えげそう》の体《てい》をしている。早雲の情報ではすでにそのことをつかんでいたが、総世寺は何食わぬ顔ですぎ、岩原に至った。そこにいる寄栖庵大森氏頼が相模《さがみ》第一等の人物とされるだけに、早雲もわずかに緊張した。

大森氏頼《うじより》は、老齢でもある。

その上、このところ体の調子がおもわしくなく、その隠居所とでもいうべき岩原の館では、寝たり起きたりの日々をすごしていた。

数日前、

「別当《べっとう》どのと、物語りなど致したし」

と、箱根権現《ごんげん》の金剛王院へ使いを出した。

箱根の大山塊には、古来、山岳を神体とする信仰が息づいている。平安末期には、神社とも仏寺ともつかぬ建物ができ、関東・東国の有力者から領地の寄進をうけた。源頼朝は流人《るにん》のころからここを崇敬し、幕府をひらくや、領地を寄進して大いに堂舎を整えさせた。

こんにち、ただの箱根神社になっている。

が、鎌倉時代はその勢威はたいそうなものであった。頼朝は、この山岳神のことを、

「伊豆・箱根」

とよび、または、

「二所《にしょ》」

もしくは、二所権現とよんだ。

大山塊には、二所《ふたところ》、神（権現）がまつられている。

箱根権現

伊豆走湯《はしりゆ》権現

で、それぞれ別当職（長官）が置かれている。

箱根権現の別当は真言密教の正規の僧で、代々、寺領の寄進に力をつくした権門の出身者がこの職を継ぐ。

鎌倉幕府がほろび、室町の世になると、箱根権現は急速に衰えた。ほうぼうの寺領を押領《おうりょう》されたためで、その後、関東管領《かんりょう》ができてすこしは土地の寄進をうけ、息を吹きかえした。が、いまはちがう。二つの管領家である両上杉《りょう》が鎌倉を去り、関東で争乱をくりかえしているために、箱根の聖地などをかえりみるゆとりがなく、堂宇によっては修復の費用も出にくくなっていた。

この現状下では、箱根権現の別当職も、名家から出ることがなくなり、地元の実力者を背景にしている。小田原城主の大森家から出るようになった。

当代の別当海実《かいじつ》という僧正《そうじょう》は、大森氏頼の弟である。単なる僧でなく、わずかながら寺に仕える侍どももひきい、海実自身、諸方の情勢に通じていて、外交上の実力も多少はある。

氏頼は、臥《ふ》せたまま海実僧正に会い、顔を見るなり、

「どうやら、古い世は終ろうとしている。あたらしい世がどういうものであるか、見当もつかぬというのに、わしの余命はそれを見るにいたらぬ。心残りである」

と、いった。

「四つ懸念《けねん》がある」

と、大森氏頼は、弟の海実僧正にいった。

「ひとつは、両家《りょうけ》の管領《かんりょう》どののあの無用なるせめぎあい、なんとかならぬか」

大森氏頼は、むかしから婚姻や縁組をかさねているため扇谷《おうぎがやつ》上杉家の定正を支援している。

こんども兵をすでに出しているが、定正の人物がよいと思ったことがない。

「凡夫にして強欲《ごうよく》」

と、定正のことをいった。

といって、山内《やまのうち》上杉氏の顕定《あきさだ》がよいとも思わない。

形式上の敵である山内上杉氏の顕定のほうは、大森氏頼の人柄をよく理解していて、氏頼がいわば敵でありながら、特別の会釈《えしゃく》をしてきた。

氏頼は、おとどしであったか、両《りょう》上杉の当主に対し、教訓状を書き送った。要旨は、戦いをやめよ、ということであった。

「いずれがお勝ちなさろうとも、お家の栄えにはなりませぬ」

むしろ亡びにつながりましょう、ということを言外ににおわせた。これに対し、敵の顕定などは鄭重《ていちょう》な返書をよこした。むろん、両人は戦いをやめなかった。

「京の応仁ノ乱を、関東では果てしもなくやっている」

氏頼は、いう。両上杉にすれば、足利幕府の関東管領家としての自家の権益のために戦っているつもりだが、老熟した氏頼の目からみれば、実際に戦っているのは、地頭《じとう》ではない。その下の国人《こくじん》・地侍《じざむらい》である。さらにはそれ以下の足軽たちであった。

そのような農民に毛の生《は》えたような者どもを掌握するばけもの、のような実力者が出てきている。そういう者どもが実力をもち、かつては実力者といわれた両上杉家の家老である長尾氏や太田氏も、もはや虚位に近く、以前のような筋肉質の活動体ではなくなっている。

「長戦《ながいくさ》でとくをするのは、そういうばけものどもだ」

氏頼がいうと、弟の僧正は、

「伊豆にあらわれた伊勢宗瑞《そうずい》（早雲）も、そういうばけものでござるか」

と、きいた。

「早雲庵《あん》のことか」

氏頼は、ずいぶん考えていたが、あれはばけものといえるかどうか。いま関東でむらがりおこっているのは、国人・地侍の十人ほどを束《たば》ねている程度の者だが、早雲はわずか三十日で伊豆を手に入れ、国法をつくり、民をさとし、どの国の守護もやらなかったことをやって、百姓たちから慕われている。これは日本国ではじめて出現した男だ、おそるべき者といわねばならぬ、といった。

老いた寄栖庵《きせいあん》・大森氏頼《うじより》は、鼻ばかりが高くなって、頰《ほお》に紙のような皮がついているだけだった。息を休めては、すこしずつ語っている。枕頭《ちんとう》にいる弟の僧正《そうじょう》に、

「四つの懸念《けねん》」

といったことのうち、一つは両《りょう》上杉の争闘が社会を変質させるにちがいない、という懸念だったが、弟の僧正の海実《かいじつ》にはよく理解できなかった。しかし海実は衰弱している兄の様子を憚《はばか》って、質問はしなかった。

二つ目は、伊豆に早雲という異質の統治者があらわれている、ということだったが、海実は早

雲を知っていて、どちらかといえば好意をもっていたから、ややとまどった。

「宗瑞《そうずい》（早雲）は、悪《あく》でござるか」

これだけは、質問した。

「善だ。しかも、悪が何であるかを知りぬいている善だ」

「私には、わかりませぬな」

「わからぬでもよい」

いまの氏頼は理解を求めているのではなく、ただ語りたいだけである。

「三つ目の懸念は、三浦家に養子に入っていた義同《よしあつ》のことだ」

と、いった。

「外孫《そとまご》とはいえ、兄者《あにじゃ》はお可愛がりになっておりましたな」

「可愛い」

しかし、無害で無責任だったから可愛いかったのだ、いまは怖れがある、といった。

「なるほど、養父の三浦入道時高は実の子を愛して養子の義同を殺そうなどということは怪《け》しからぬ。義同はそこから遁《のが》れて、わしのもとに頼ってきている。このさきの総世寺《そうせいじ》にかくれ、会下《えげ》僧《そう》となって、名も道寸《どうすん》とあらためた」

「達人の号ですな」

「義同は、ただ者ではない。僧になって世間の同情をひこうとしている。三浦の家来どもの大半が義同を慕い、総世寺にあつまってきている」

「兄者は？」

「わしは、だまっている。義同の気持はわかるが、病いを理由に会うとは申し遣《や》っていない。しかしわしが旦那《だんな》である総世寺に居ること、領内に三浦党が集まっていることは、黙認している。われながら、煮えきらぬ態度だ」

「いっそ、兵をお貸し遊ばして、ともどもに三浦時高を討てばよろしいではありませぬか」

「わしが達者なら、そうする。成功のあかつきは義同を下に置いて相模《さがみ》一国はわしが統《す》べる。が、わしはいくばくもなく世を去るだろう。跡《あと》を継ぐ藤頼の場合、義同の下風《かふう》に立つようになる。いずれは殺され、義同にこの小田原を併呑《へいどん》される目に遭《あ》う。別当《べっとう》どの、つらいことではあるまいか」

と、氏頼は長歎《ちょうたん》した。

「兄者《あにじゃ》、四つ目のご懸念《けねん》をうかがいたい」

と、箱根権現《ごんげん》の別当海実《べっとうかいじつ》がきいた。

「藤頼のことだ」

氏頼《うじより》は、小田原城主であるその息子の名前をいった。

「別当どのには、先刻《せんこく》ご承知であろう」

「とは？」

「心というものがない」

「人には、均《ひと》しく心はござろうに」

「別当どのは仏者におわすゆえ、そのようにいわるるが、人はさまざまにて、胸三寸に深い湖のように水をたたえた心を持つ者と、干からびた磧《かわら》のような胸をもつ者とがいる」

「兄者のお思いすごしというものでござろう」

別当海実はなぐさめた。

「わしは悲しんでおるのだ」

氏頼の声がふるえた。

「悲しみから出たことばに、いつわりや虚飾《かざり》はない。藤頼の身には、どこに心がついておるのか」

「藤頼どのにも心はござる」

「あるとすれば、指の先か、足のかかとか」

「兄者」

別当海実は、いった。

「心とは如何《いかん》」

「他人《ひと》を傷《いた》む情《じょう》、季節の移りをあわれと思う情、古くよりの家来の横顔にふと老いを見たときの悲しみ、敵の勇者をよき者と思う情」

「とすれば、お人好しの情でござるか」

「その情がなければ、敵の弱点も見えぬ。おのれの側の弱点も見えぬ。情というのは、一つだ。一つで多様な働きをする。ここに大森の家を思う忠良の賢者がいたとする。その賢者を賢として見ぬくのも、心だ。忠良の賢者にすべてをゆだねるのも、心だ。ゆだねれば動かぬというのも、心だ。藤頼の目はぽっかり開《あ》いているのみで、賢も愚も佞《ねい》も見えぬ」

一方、早雲は、軍旅《ぐんりょ》のなかにある。

この時代、軍装はまだ戦国風ではなく、戦国期の戦闘風俗を特徴づける当世具足《とうせいぐそく》とよばれるものも、出現していない。どちらかといえば、源平争乱の時代に近いものである。

ただ、源平時代のような大鎧《おおよろい》はもはや大将でも着用していない。華麗ではあっても、重くて行動にさしつかえるのである。

源平のころ、歩卒は胴丸《どうまる》というものをつけて駈《か》けまわっていたが、この時代、胴丸が昇格し、これに付属物がついて将も士も着用するようになった。兜《かぶと》も、源平時代よりも装飾がすくなくなり、小ぶりになっている。

ただ、早雲だけは武装していない。騎乗するために直垂《ひたたれ》はつけているが、その上に墨染の僧衣を羽織り、頭には黒塗りの笠《かさ》をいただいており、太刀すら佩《は》かず、長目《ながめ》の根竹《ねだけ》のむちを一本もっているだけであった。

ただ、士卒は早雲のぼろ姿をなげいた。大将たる者は敵味方の目をうばうほどに重厚華麗な軍装をすべきで、士卒はそれを望んでおり、乞食《こじき》坊主のような姿の者にひきいられようとは望んでいなかった。

「たれもが心許無《こころもとの》う思っております。せめて金襴《きんらん》の袈裟《けさ》でもおかけあそばせ」

と諫《いさ》める者もいたが、早雲はきかなかった。年老いて重い鎧を着るのは、どうにもにが手だった。

「せめて、他のことで綺羅《きら》をお見せあれ」

と言う者がいたので、小田原城下に滞陣中、小社《こやしろ》を見つけ、その神に奉納するということで、流鏑馬《やぶさめ》を催した。

士卒や近在の者たちが見物するなかを、弓馬《きゅうば》自慢の者たちがつぎつぎに出場するうち、最後に流鏑馬衣装をつけた早雲が出、みごとな手綱のさばきで馬を駈けさせ、やがて一矢《いっし》、二矢《にし》と射こむうち、的中せぬ矢はなく、たれもが息をわすれるほどに見とれた。

「わが殿の武は神技じゃ」

と、みなよろこび、

「都には伊勢流の弓馬というものがあるときいていたが、生きてこのあざやかさを見ることができて、かぎりのう幸せでござった」

などと口々に言いあった。

これが、綺羅であった。世襲の君主でもない早雲が、一軍の士卒の心をつかむためには、この程度の芸は見せておかねばならない。言いかえれば、きらきらしい甲冑《かっちゅう》を着ることからまぬがれるための代償というべきものだった。

寄栖庵《きせいあん》・大森氏頼《うじより》が、実弟である箱根権現《ごんげん》の別当海実《べっとうかいじつ》をよんだのは、ひとことでいえば、

「子の藤頼をよろしくたのむ」

ということであり、ずっと小田原に住んでもらえまいか、ということであった。

「御山《おやま》のことは、別当不在でもよいではないか」

「左様、別当代《だい》が、御山のつとめをしましょう。なにしろむかし、遥任《ようにん》の職であることもござった」

一時期、京の武家貴族の出で僧になった者が、箱根へゆくことなく京で別当職に遥《はる》かに任《にん》じたこともある、というのである。

「別当職にとって大切なことは何か」

「それは」

海実は、笑った。

「火を出さぬことでござる。御神宝の微塵丸《みじんまる》の太刀、薄緑の太刀を守り奉ること、赤木《あかぎ》の短刀《さすが》を守り奉ること、大夫房覚明《たゆうぼうかくみょう》が書いたという『筥根《はこね》山縁起』一巻を守ること」

「火の用心なら、別当代で十分であろう」

「いかにも」

僧正《そうじょう》海実にすれば、自分がうまれた小田原の城で乱世のかけひきをしているほうがおもしろい。

「ただ、春先の箱根山の薄紫《うすむらさき》のすみれを見ることができぬが心残りといえば、心残り」

「ああ」

氏頼も、同感の声をあげた。

「あのすみれは箱根山だけのもので、小田原まで降りれば野にも山にもない。薄くはかなき色の箱根すみれのよさを思うと、わしもこの世に未練がのこるわ。あの世というのは、すみれの咲く国か、咲かぬ国か」

「咲く国でござろう。箱根山のすみれの色こそ、あの世への誘《いざな》いとお心得あそばせ」

海実がはげますと、

「僧正の君がおおせられることだ。ゆめ、まちがいあるまい」

僧正海実が、岩原の隠居所で数日すごしているところへ、伊豆の早雲が城下を通過すべくあいさつにくるという使いがきた。

「わしはよい。小田原の藤頼だけがあいさつをうければよい」

と、氏頼がいっているうちに、早雲はこの岩原にもやってくるという。

「会おう」

氏頼は、決心をした。

早雲の人物を、一期《いちご》を終るときにしかと見ておきたいということである。それには、弟の海実も同席させ、あとであれこれ語りあいたい。

「いっそ、三浦道寸《どうすん》（義同《よしあつ》）をも同席させよう。道寸が早雲をどう見るか、かの者にとっても一代の運命をきめることになるかもしれない」

早雲は、真夏の陽盛りのなかを、僧服姿でやってきた。

供《とも》は、一人である。

（なんと、不用心なおとこだ）

と、取次の者からそのことを告げられた大森氏頼《うじより》は、寝床のなかでおもった。

早雲の人数は、小田原郊外にいる。いま早雲を討とうと思えば、一打《ひとうち》ではないか。

氏頼はすずやかな衣装に着更え、人に介添えされて廊下を歩いたが、玄関に近づくと、介添えする者をふりはらった。早雲という敵味方定かならざる者に対しては、元気な体《てい》をみせておかねばならない。

玄関先に立っている男は、そのあたりに居る僧侶《そうりょ》とかわらなかった。身に寸鉄も帯びていない。

「おお、これは、駿河《するが》興国寺におわすという伊勢殿でござるな」

と、大森氏頼はいった。この場合、氏頼としては伊豆の北条におわす伊勢殿というべきであったろう。そう言わなかったのは、早雲の伊豆支配を非合法であるとして、あてこすったか、皮肉をいったようにうけとられて仕方がない。

が、大森氏頼は、そういうつもりではなかった。

じつは駿河の興国寺城に近いあたり一帯を古くから領しているのが葛山《かつらやま》氏で、大森氏ともとは同族であり、現在もゆききがある。早雲も葛山氏とは親しくしていたから、氏頼は、双方の共通

の知人である葛山備中守《びっちゅうのかみ》の名をあげ、

「備中から宗瑞《そうずい》（早雲）どののお人柄はきいておりました」

と、つづけた。そのつもりで「駿河興国寺におわすという伊勢殿」と言ったわけで、皮肉ではなかったのだが、しかし失言であることにはかわりがない。氏頼も、壮齢のころなら配慮をよくゆきとどかせて、このようにうかつなことはなかったのだが、やはり老いと病いによる衰えはあらそえないのだろうか。

早雲には、この場の氏頼について、そこまでわかっていない。

ちょっと驚いてみせ、

「いまは興国寺領は、氏綱《うじつな》という者が惣領《そうりょう》いたしております」

と、いった。

氏頼のほうが、おどろいてしまった。

「氏綱とは、どなたじゃ」

どなたも何もあったものではない。早雲の八歳になる長男のことである。

早雲はやむなくそう言い、氏頼の老衰のはなはだしさを思った。

大森氏頼は早雲を一室に案内して、そこでたがいにあいさつをした。

氏頼の弟の箱根別当《べっとう》海実《かいじつ》が、僧正《そうじょう》としての正規の服装でもって陪席《ばいせき》した。

「ちかごろ、風邪をひきましてな」

氏頼は、自分の病気をそのように軽く言い、

「はなはだ気ままながら、それがし、病室に籠《こも》りとうござる。あとはこれなる僧正をそれがしであると思い、おうちとけくださるように」

と、腰をひきずるようにして去った。

海実は、早雲とは淡いながら旧知であるため、窪《くぼ》んで暗い両眼に笑《え》みをたたえさせて早雲をもてなした。

「宗瑞《そうずい》（早雲）どの」

真顔になった。

「三浦をどうなされます」

「親にして君でもある伊豆堀越《ほりこし》の公方《くぼう》を弑《しい》し奉ったる茶々丸《ちゃちゃ》どのを三浦殿《どの》はおかばい遊ばす。それがし、三浦殿にうらみなどはござらぬが、駿河《するが》守護職（今川氏親《うじちか》）の代官として討ち奉らねばなりませぬ」

それが、早雲のいわば法的な立場である。

「すでにお聞き及びかと存ずるが、三浦大介《みうらのおおすけ》（時高）どのは、三浦新介《みうらのしんすけ》（義同《よしあつ》）を亡きものにすべく刺客を放ち、新介は落去しました。新介を慕う家臣は、十《とお》のうち九」

と、海実は、いう。

「その新介は、この近くにひそみ、頭をまるめて道寸《どうすん》と称しましてござる。宗瑞どのは、新介をもお憎みあそばすや」

「なんの憎しみがござろう」

と、早雲。

「憎きは、茶々丸のみでござる」

「されば、三浦道寸が、三浦の党類をひきいて、大介どのが袖《そで》かげにいる茶々丸を討つとなれば如何」

「天下の慶事《けいじ》でござろう」

「ご同意くださるか」

「伊豆は、船が多うござる。船をひきいて後詰《ごづめ》ぐらいはつとめてもよろしゅうござる」

「なんと重畳《ちょうじょう》なことを。大介どのは齢《とし》老いて物ぐるいはなはだしく、家来も慕わず、あのぶんでは、古き名家もつぶれましょう。古くよき家は、残さねばなりませぬ。宗瑞どのは、かつて今川家が、薄き血の者に乗っとられようとしたところを、氏親どのをたすけて悪《あ》しき者をくじいたるお人でござる。三浦道寸の志をあわれむお気持はござろう」

「左様」

早雲は、海実のねっとりした物言いが気にくわなかったが、ここは政略上、うなずくほかない。

「道寸に会うてくださるか」

「それがしには過分なご会釈《えしゃく》でござる。して、道寸どのはいずれに?」

「これへ」

と、人をよび、道寸《どうすん》どのをこの座まで案内《あない》せよ、といった。

道寸という名のにわか坊主になった三浦新介義同《みうらのしんすけよしあつ》は、廊下を大またで渡った。太い眉《まゆ》、するどい目、とびぬけて大きい体は、やはり僧服よりも甲冑《かっちゅう》が似合う。

思慮深いところもある男だが、しかし伊豆に出現した早雲という存在については、会う前からきらいだった。

「かの伊豆の旅の者めが」

と、三浦にいるころから言っていた。

むろん、このことは、早雲が三浦半島に攻めてくる、ということでののしっていたのだが、元来、名家意識がつよく、えたいの知れない存在を人間とは思っていない。

家臣団の家筋もよく記憶している。三浦半島の諸勢力というのは、鎌倉以前から三浦家を本家として分岐してきた家々で、いまなお本家の三浦家に仕えているといった古風な社会だった。たとえば、

「そなたの家は、承久《じょうきゅう》のむかし、胤義《たねよし》という大介《おおすけ》が二《に》なき者と思うておられた佐原四郎の末裔《まつえい》ゆえ、わしもゆゆしく思っている」

とか、

「そこもとの祖は『盛衰記』に〝三浦大介が家の子和田三郎宗真《むねまさ》〟などと出ているが、まことに累代《るいだい》のわが家の柱石《ちゅうせき》である」

などと言ってやると、瘦田《やせた》を領するはかなげな小地頭《こじとう》でも、小鼻にしわをよせてよろこぶ。

血統といえば、関東において義同ほど華麗な者はないだろう。

実家は扇谷《おうぎがやつ》上杉家の分家で、母は小田原大森氏の出であり、養家は三浦氏であるということは、義同に、自信という、本来ならたれの場合でも蒸発して空《から》になりかねない揮発性《きはっせい》の高い液体を、ねばり気のある重いものにしている。

（宗瑞《そうずい》。――）

そういう旅の者に、どういう礼を用いればよいか。奴《やつ》ははるかな下座《げざ》にこそすわらせるべきではないか。

ところが部屋に入ると、外叔父の僧正《そうじょう》海実と、乞食《こじき》僧のような男とが、対等の座にすわっている。

（海実おじともあろうおひとが）

と、義同はなさけなかった。箱根別当《べっとう》で僧正の位にある者なら、京の公家《くげ》でいえば大納言《だいなごん》にも相当するだろう。それが、同格にすわっているとは。

「わがおいが、見えた」

海実は言い、

「道寸どの。そなたはわしにとって可愛ゆきおいゆえ、わしの下座にすわられよ」

といったから、結果としては早雲の下座になった。

「仮りに、この場では長幼の順にてそれぞれ座につくぞ」

海実は、義同《よしあつ》をそのようになだめた。

早雲が見たところ、三浦義同はまれに見るほど武将らしい男だった。

しかし、義同のほうは、

——宗瑞《そうずい》（早雲）ごとき。

と、内心おもっている。そのことが早雲の胸にもひびいてくる。

酒肴《しゅこう》が運ばれてきた。

「これは。……」

早雲は、遠慮の辞儀《じぎ》を示した。ちょっとあいさつに寄っただけで、酒肴が出るなど、この時代のしきたりにもない。おそらく僧正海実《そうじょうかいじつ》は、早雲という人物を、三浦義同ともども、じっくり見たいという魂胆《こんたん》があったのだろう。

「わがおいは、学問を好みます」

海実は言ってから、道寸《どうすん》（義同）どの、と顔をむけ、

「よき機会《おり》ではないか、わからぬことがあれば、このさい宗瑞どのにうかがい候え」

「宗瑞どのは、臨済学にあかるいとか」

道寸は皮肉っぽくいった。禅の一派である臨済宗は本来不立文字《ふりゅうもんじ》であるために、学問としての体系などはないのだが、ことさらに臨済学というところに三浦義同の衒学《げんがく》的なところがあった。

（ああ、これか）

と、早雲は思った。義同の印象に、どこかひよわさといかがわしさが匂《にお》っていると感じていたが、学問誇りがそうさせるらしい。学問だけでなく、なにごとかを誇って自分を大きく見せたいというのは、自分自身に空虚さとか弱さを感じていることでもあるのだが、家柄と武勇という、すべてそろっている三浦義同にどういう劣等意識があるのだろうか。

（人間《ひと》は、見ねばわからぬものだ）

と、早雲はおもった。

義同は、臨済禅について、二、三問うてきた。

早雲は若いころからこの方面に凝《こ》ってはきたが、しかしわからぬことまでわかろうと思ったことがない。義同の質問は、早雲がむかしからわからぬと思って棚《たな》にあげてきたことだけに、義同のするどさに感心した。

「それがしには、わかりませぬ」

正直なところなのだ。

二度、三度、義同が質問してくるのに、早雲はうるさくなり、顔つきをわざとのろまに作った。あほうだとみせるのが、返事をするよりも、てっとり早い。

（存外、あほうだ）

義同は内心、早雲の正体を見た思いがして、雀躍《こおど》りする気持になった。

「宗瑞どのは、都のお人でありますのに、そのようなことがおわかりにならぬとは」

「よくおおせられた。都というものは馬鹿《ばか》の住む処にて、馬鹿ほど住みやすうござる」

たしかに、ひとを凌駕《りょうが》しようというのが三浦義同《よしあつ》の弱点であった。

この場においては、早雲を凌《しの》ぎたかった。義同は、すべてに充足していて、他人に負け目《ひ》を感じねばならぬことなど何ひとつないはずなのだが、かれの性分《しょうぶん》であったのか、すべてにおいてひとより優れていなければ気がすまなかった。

このことは、おじの僧正海実《そうじょうかいじつ》も心得ていて、早雲にかれを紹介するときに、

「相州《そうしゅう》（相模《さがみ》）第一等のおとこでござる」

といって、おいの自尊心を満足させたつもりであったが、義同自身としては、なぜ関東第一とか、天下に比類なしとかと言ってくれなかったのか、とはなはだ不満であった。

目の前の早雲など、見たところまことにつまらぬ男のように見える。しかしきくところでは、伊勢家の出であるという。

（学問はあろう）

その学問において競《きそ》い、自分のほうが上であることをたしかめておかねば気がすまない。義同がもつ不幸な病気というべきものだった。

兵書の『孫子《そんし》』の話をもち出した。

「京のお人である以上、『孫子』をお読みになったことがござろう」

と、問うた。

早雲は、読んだことがない。

というよりも、『孫子』ほど実物の手に入りにくい本はない。

『孫子』は古い時代に伝わってきたが、平安時代になると、宮廷はこれら舶載の書物はすべて二軒の文章博士《もんじょうはかせ》の家（菅原家と大江家）に管理させた。『孫子』は大江家が管理し、平安中期の人である大江維時《これとき》が読みくだし、平安後期の大江匡房《まさふさ》（一〇四一〜一一一一）が大いに研究した。

その匡房が、一〇七八年（承暦二年）余儀ない事情で八幡太郎《はちまんたろう》といわれた源義家にさずけた。

その弟新羅三郎《しんらさぶろう》義光の直系である甲州の守護武田家がいまも伝世しているといわれる。

ほかにも、大江家からひそかに写本されてそれを所持している家があるが、いずれも門外不出として他の者の目にふれさせないのである。

ただ、講義はきくことができた。

大江氏の京における直系である北小路家《きたのこうじ》が、ときに講筵《こうえん》をひらくことがあり、早雲もわかいころ、末座で聴講したことがある。しかし教科書を見せない講義など、およそ愚劣で、早雲自身が原文を自分の感覚で検討するということがないため、何度か行ってやめてしまった。

この時代、『孫子』という書物の実物には、それほど接しがたかった。

であるのに、この三浦義同《よしあつ》という相模《さがみ》第一等の貴族によると、その一部か、ぜんぶを読んでいる口吻《こうふん》だった。

（実家の上杉家がもっていたのか）

まさか、そんなことはないであろう。上杉家には権勢があるが、ゆゆしき文庫があるとはきいていない。

（あるいは、三浦家だろう）

所蔵していてもおかしくない家なのである。

（それにしても、学問誇りをする男だ）

と思いつつ、三浦義同の『孫子』論を早雲はおだやかに聴いていた。

「宗瑞《そうずい》（早雲）どの」

義同は、複雑な笑《え》みとともに言った。

「先日、御陣《ごじん》をお訪ねした会下僧《えげそう》（寺をもたない僧）がござったろう」

「会下僧」

早雲は、ひょっとするとあれのことか、と思いつつ、くびをかしげた。義同が、

「『三略《さんりやく》』を講釈する僧が……」

といったので、早雲はうなずき、ああ思い出しましてござる、まこと、兵書にあかるく、かしこげな僧でござった、といった。

武蔵の陣にいる扇谷《おうぎがやつ》上杉家の当主定正からよこしてきた僧で、唐土の兵書のうちの一つ『三略』を講釈する、という。早雲は、紹介者が定正なのでことわることもできず、座をもうけて聴講した。

しかし、僧が『三略』の冒頭の数行を朗読したとき、なにやらばからしくなって、

「もうよい、わかった」

と言い、絹や銭をもたせて帰した。

「かの僧は、それがしの弟子でござる」

と、三浦義同がいったので、早雲はさすがにおどろき、非礼を詫《わ》びた。

「いや、当人も、はじめの数行を読んで追いかえされたことに驚いておりました。伊豆の宗瑞どのは唐土の兵学には見むきもなさらぬのか、と」

「あは、この身、無学でござって。……なんとも」

と、早雲はさしさわりないよう、自分が無学であるためせっかくの高説をきいても何のことやらよくわからぬ、といって、あとは微笑した。

ついでながら、江戸初期、日本の兵学として『北条流軍学』というものができあがる。早雲の子孫北条氏長が、北条家につたわる早雲以来の戦法、編制などを中心につくりあげた独自の日本的な兵学で、早雲はいわばその学祖なのである。早雲には、机上の兵書など、ばかばかしかったのである。


早雲が岩原の館《やかた》を辞し去ったあと、僧正海実《そうじょうかいじつ》と三浦義同《よしあつ》のふたりは、海実にとっては兄、義同にとっては外祖父である大森氏頼《うじより》の病室に入り、くつろいだ。

「疲れた」

海実は、みずからの手をまわして、うなじを揉《も》んだ。

あの場の早雲というのは、二人にとってそういう存在だった。正体を捕捉《ほそく》するのにくるしんだ。

「みな、身内《みうち》じゃ、遠慮無う、かの宗瑞《そうずい》（早雲）について話せ」

臥《ふ》せたまま、氏頼はいった。

「くだらぬ男でござった」

三浦義同はいった。

「会わぬまでは、京の闇《やみ》のなかから出てきた馬とも牛とも、あるいはぬえともつかぬえたいの知れぬ者というおそれがこちらにござった」

「たかは、知れたか」

老いた氏頼は、笑った。

「別当《べっとう》（僧正海実）の君は、如何」

「わしは、宗瑞をおもしろい男と見たが」

海実は、いった。

「いま諸国で、累代《るいだい》の守護職が安泰というのは、駿河《するが》の今川家のみでござる。今川家も、先代の義忠どのが急死なされ、おさなきただ一人の実子竜王《たつおう》丸（氏親《うじちか》）が遺されたとき、国中大いにみだれ、駿河一国も、京のごとく、東海のごとく、関東のごとく、みだれにみだれるかと思いましたのに、かの者、ねばりづよく両者を周旋《しゅうせん》し、諸豪をなだめ、ついに一閃《いっせん》、新五郎（今川範満《のりみつ》）を討って、波をしずめました。ただいま今川氏親どのの齢は二十四か五、若いながら駿河をよく統率し、みごとなものでござる。その後見《こうけん》は、かの旅の者。その一事を見ても容易ならぬ男かと……」

「別当の君のお言葉であるが、駿河のおだやかさは、もともとの人気《じんき》のよさにあるのだ。若い氏親や、そのおじと称するかの者の力のみではあるまい」

氏頼にも、早雲を過小評価したい気持があるのであろう。

僧正海実は、ちょっとちがっている。箱根の山霊に仕えるかれは社領の保護のため、若いころから京に何度ものぼって、足利家の執事である伊勢家という家の価値をよく知っており、その支流であるという早雲に、格別な敬意をもってきた。

ただ、早雲自身は伊勢家のことを語りたがらず、自分自身についても、

「伊勢家を佳《よ》しと世間がいうのは宗家のことでござる。それがしなどは屋敷の片すみにて鞍《くら》をつくり、ときに申次衆《もうしつぎしゅう》に加わったこともござるが、それも形《かたち》ばかりにて」

と、いった。僧正海実は、自分の前半生を目方《めかた》どおりにしかいわぬ早雲に凄味《すごみ》を感じた。

帰路、早雲は騎馬だった。安気《あんき》に馬上にゆられているぶんには、馬の口輪を馬丁にとらせるのがいいのだが、早雲は自分で手綱《たづな》をとっている。

供の者も、騎乗していた。磯《いそ》彦七郎と言い、早雲が伊豆にきてから目にかけた地下《じげ》者の子で、素姓《すじょう》などはなく、あるのは聡明《そうめい》さと精気と誠実さだった。

磯彦七郎がぶじ小田原郊外の早雲の陣にもどったとき、馬から落ちるようにして降り、地面にうずくまった。安堵《あんど》が、この若者から、気《き》も根《こん》もぬきとってしまったようで、しばらくうずく

まっていた。

早雲は、彦七郎に、

「苦労だったな」

と、いってやった。岩原館《やかた》でも、帰路でも、むこうにその気さえあれば早雲を殺すことができた。ただ一人の供だった彦七郎の神経はうずくほどにはりつめていた。

早雲はべつに乱れもない足どりで、宿陣にしている寺に入った。

すぐさま軍議をひらいた。

一同に対し、このたび三浦義同《よしあつ》が養父時高を攻める、というおどろくべきニュースを告げた。

「三浦党では、十《とお》のうち八は義同どのにお味方し、大森どのも兵を貸す。われらは、水軍をあげて応援する」

と、岩原館できめてきたことを告げた。

さらに、水軍大将をきめ、かつ三浦義同に対する連絡将校たる役に、多目《ため》権平を命じた。多目が、かつて小川《こがわ》の長者法栄《ほうえい》の伊勢国の津《つ》における手代だったことはすでにふれた。商務に通じているだけに兵糧の手配にあかるく、敵情調査にも異能を発揮していた。

早雲はこのあと別室に多目権平だけをよび、三浦義同と僧正海実《そうじょうかいじつ》の人間について語った。

「新介《しんすけ》(義同)どのは、比類なき偉丈夫で、器量もなみはずれている。わずかに弱さがある。おのれを恃《たの》むところがつよいことで、恃むところとは、ひとつは家柄、ひとつには学問」

しばらくだまって、

「権平、わかるか」

と問うた。

権平は商人の手代をしてきただけに、人というものをよく見てきている。

「その二つの病いによって身を亡ぼすお人でございましょうか」

「よくはわからぬが、そういう気がせぬでもない。箱根別当《べっとう》海実どのについていうと、ごく普通の人よきお人だ」

とだけで片づけた。老いた氏頼《うじより》については、早雲は語りもしなかった。世評より低い人物と見たのである。

小田原郊外にある早雲の部隊は、一種の孤軍というほかない。

岩原館《やかた》で病臥《びょうが》している大森氏頼《うじより》なども、

（たかが宗瑞《そうずい》。しかも小勢《こぜい》。攻むれば浜から海へ追いおとしてしまえるものを）

と、何度おもったか知れない。しかし、早雲は大森氏と同じく扇谷《おうぎがやつ》上杉氏に属している以上、これを攻めるに、よき名分《めいぶん》がない。

（名分がなくとも、わしが元気でさえあれば、かの者を捨ててはおかぬであろうに）

などともおもうのだが、多分に病中の妄想《もうそう》であったろう。たとえ大森氏頼が元気であっても、かれの前歴からして、むやみに戦《いくさ》を仕掛けるというようなことは、性格として持っていなかった。

（しかし、いまは宗瑞は役に立つ）

この判断は、妄想ではない。

げんに、枕頭《ちんとう》に家老たちをあつめ、

「伊勢宗瑞が相模《さがみ》にあるかぎり、よく便宜をはかってやれ」

と、命じている。早雲が、外孫の三浦義同《よしあつ》の三浦攻めを応援してくれるかぎり、その便宜をはからざるをえないのである。

早雲はその人数とともに東にむかった。

やがて、平塚の宿《しゅく》に達し、ここで滞陣することにした。目の前に、川波をたてて馬入川《ばにゅう》（相模川）が流れている。

河口は沙洲《さす》多く、船を入れるのにかならずしもよい錨地《びょうち》ではないが、早雲はここをもって自分の水軍の集結地の一つにした。大船は伊豆南端から三浦半島を衝き、小船はこの河口に集め、三浦義同の兵や大森氏頼の兵をのせて三浦半島をめざさせる。

早雲は手くばりを終えると、三十騎ほど従え、北のほう三里ほどの糟屋《かすや》（現在・伊勢原市）にむかった。糟屋に、扇谷上杉氏の定正の居館がある。ここで、かつて太田道灌《どうかん》が謀殺された。

糟屋に近づくと、農家を借り、装束を武家の礼装にあらためた。この前、大森氏頼を訪ねたときは粗末な僧服だったが、関東管領《かんりょう》上杉定正に拝謁《はいえつ》するとなると、そういうわけにいかなかった。

糟屋につくと、居館というのは丘陵上にあり、空堀《からぼり》を二重《ふたえ》めぐらし、柵をひととおり植えただけのもので、豪華なものではない。

定正は、戦好きであった。それも馬を戦場にかけまわらせる野戦を好み、

「わしに、防ぎはないわ」

と称していたため、居館のそなえは、その性格として簡素だった。

早雲は、定正に対しては頻繁《ひんぱん》に使者を送り、こんどの三浦攻めについても、馬入川の河口に舟をあつめることまで許しをえていたが、拝謁するのははじめてだった。

このとき、扇谷《おうぎがやつ》上杉氏の当主定正は、はるか東方の武蔵《むさし》の国荒川《あらかわ》の流域まで出るべく、出陣の支度をしていた。

年、五十二である。

「宗瑞《そうずい》（早雲）との対面は、野外においてなすべし、幕《まく》を張り、楯《たて》を敷いておけ」

と、あらかじめ命じておいた。

早雲は、供三人をつれて幕に近づき、申次《もうしつぎ》の者に名簿《みようぶ》をさしだした。

駿河《するが》国興国寺住人　平入道《へいにゆうどう》宗瑞

と、書いておいた。伊勢氏は平氏であるために平入道とした。現在住んでいる韮山《にらやま》平野の北条で興ったかつての北条氏も、平氏であった。

すか、そなえつけの用紙に名を書きしるす。

「平《たいら》」

と名乗るにおいては、伊勢氏・北条氏を越えた呼称といっていい。

名簿は、源平のころからの武家の古風《こふう》で、たれそれの味方に参じるとき、自分の名を書いて示すか、そなえつけの用紙に名を書きしるす。

中次が幕のなかに入り、その間《かん》、早雲は幕の外で控えている。陣中であるため、立ったままである。

上杉氏の幕紋《まくもん》は、

「竹丸《たけまる》に飛両雀《とびりょうじゃく》」

である。竹模様でまるく輪をかき、そのなかに二羽の飛びすずめがむかいあっている。

やがて中次が出てきて、幕の一端をあけた。

早雲は一礼し、太刀を外して供にあずけ、幕に進み寄って、なかに入った。

正面の草の上に楯が敷きならべられていて、その上に上杉定正が軍装をして胡座《こざ》している。

早雲が草の上に両膝《りょうひざ》をつくと、中次の者が、

「平入道《へいにゅうどう》」

と、長い調子にすこしふしをつけて呼ぶ。主将の上杉定正にきかせるためであった。定正がうなずくと、早雲は膝をもって進み、やがて平伏する。

言葉は発しない。

中次の者が、名簿どおり、

「駿河国興国寺の住人平入道宗瑞でござりまする」

と、いった。

定正はすかさず、

「駿河ではなく、ちかごろは伊豆ではないか」

と、いった。早雲が伊豆を不法占拠していることを皮肉ったのだが、いわでものことである。

しかしそのあと、厭味《いやみ》なほどに高い笑い声をあげ、

「どちらでもいいことだ」

と、いった。


「宗瑞」

上杉定正が、早雲の名をよんだ。

「飽《あ》きもせぬことだ」

「……？」

「わしのことよ」

と、首筋の蚊をたたいた。蚊は、逃げた。

「わしは山内《やまのうち》（上杉顕定《あきさだ》）と足掛け十六年戦っている」

蚊が舞いもどってきて、こんどは左耳の下にとまった。早雲は上杉定正の言うことよりも、かれの皮膚の上の蚊のほうをながめている。胴が、血で肥っていた。

定正は、たたいた。

ふたたび蚊が逃げてゆく。

「追いつ追われつ十六年である」

定正がいったが、蚊はなお定正の顔やくびへの執着を捨てないらしく、ゆるやかに飛びまわっている。早雲は、蚊というものは飽食すればどこかへ行ってしまうものだと思っていたが、このあたりの蚊はそうではないらしい。

「こんどの馬出しによって、十六年の結着をつけてやるわ。……さ、このように」

と、両掌で空《くう》をたたいた。

蚊は、逃げた。

（お軽忽《きょうこつ》）

と、早雲はおもった。

定正はまことにそういう人柄だが、この場合、出陣にあたって蚊に逃げられたことが、かれの気分を不安定にし、及び腰になってもう一度空をたたいた。また逃げられたために、意地になり、ついに立ちあがってそこここを叩《たた》きはじめた。

「宗瑞、手伝え」

といわれたが、早雲はとぼけていた。一緒に蚊を追って踊るわけにもいかない。

「あの蚊は、山内ぞ。これは縁起《えんぎ》ぞ。追わぬか」

と、定正は言いさわいだ。

「かの蚊は、修理大夫様《しゅりだゆう》（定正の官名）をお慕い申していたのでございましょう。血を吸わせてお逃がしあそばすところがご仁慈であるとおぼしめせ」

と、早雲は縁起なおしのことを言った。この時代、出陣にあたっておこる諸現象で吉凶をうらない、ときには修験者《しゅげんじゃ》をよんで加持《かじ》をさせる場合もあった。またある現象が凶《きょう》めかしいと思われれば、すかさずたれかがこじつけて吉《きっ》であるように言いなおすのである。

「そうか」

と、定正は総大将らしく鎮《しず》まるべきであったが、思いこみのつよい性分《しょうぶん》であるため聴かず、打ち殺せ、かの蚊は顕定《あきさだ》ぞ、と言いつのった。

やむなく早雲は扇子をあげて、丁《ちょう》と蚊を撃ち、土に落ちたところをそっとつまみ、申次《もうしつぎ》にまで差し出した。申次は、それを定正の掌にのせた。定正は、はげしくそれを打ってつぶした。

早雲は、扇谷《おうぎがやつ》上杉定正の本軍とともに東へすすんだ。

めざすのは、武州北部であった。そこに、扇谷上杉氏の城である川越城（現・埼玉県）がある。ここで兵を集結し、上州（現・群馬県）方面の上杉顕定と決戦するのである。

征旅は、遠い。

源平時代の関東武士団の編制は、主力が騎兵であったために行動も速かったが、室町時代になると、歩卒がふえ、行軍の速度もにぶくなった。

いまの早雲には、にぶいほうがいい。

この行軍中に、三浦義同《よしあつ》が、相模国《さがみのくに》三浦半島の新井城《あらい》（油壺）にこもる三浦時高を討つ。

この作戦につき、早雲は、上杉定正にも、

「それがし、行旅の途中、しばらく鎌倉にとどまり、新介《しんすけ》どの（三浦義同）の後詰《ごづめ》をしとうございます」

と、言上して、了解を得てある。新井城にこもる三浦時高は山内《やまのうち》上杉方であるために、定正にとってその滅亡は願わしいことであった。

（数日で落ちるだろう）

と、早雲は見ていた。

三浦攻めの主将三浦義同は旧臣団をひきいて、半島のつけ根の鎌倉から南下する。また大森氏からの援軍は平塚のそばの馬入《ばにゅう》川河口から早雲の水軍に乗って海岸へ上陸し、さらに伊豆半島からは、早雲の大型船が海上から新井城を攻める。それら三方面からの攻撃軍のほかに、早雲自身、鎌倉に入って後詰（予備隊）になろうというのである。まことに早雲らしく重厚入念な寄せ方であった。

早雲が鎌倉に入ったのは、九月二十日であった。

この時期、すでに、鎌倉から陸路を南下した三浦義同は新井城に接近しており、また馬入川の河口からの海上輸送の隊も、新井城付近に上陸していた。

鎌倉での早雲は、吉報を待つばかりであった。

「いかがです、寄せ手の背後まで来られてご見物なされては」

という者もいたが、早雲は苦笑ひとつを漏らしただけで、そういうあざといすすめには乗らなかった。

（後味《あとあじ》のわるいいくさになるだろう）

と、思っている。三浦義同がいかに養父からいじめられ、ついには命まで狙われたとはいえ、養子が養父を討つのである。その現場まで行って双方の奮戦ぶりを見ようとはおもわない。

九月二十三日、新井《あらい》城は陥《お》ちた。

翌二十四日の朝、陽が高くなった時分、早雲が鎌倉の由比ケ浜に出てみると、早舟が入ってきて、捷報《しょうほう》を告げた。

寄せ手は、昨夜、夜討《ようち》をかけた。ひと揉《も》みで城は陥ちたという。

（あわれなものだ）

と、早雲はおもった。

三浦半島の南端の相模《さがみ》湾側にある新井城は無類の堅城で、どのようにへたに守っても、十日はもつ城であった。

早雲のあたまに、その地形がうかんでいる。岬《みさき》の上にある城は、西は相模湾、南は油壺湾、北は小網代《こあじろ》湾にかこまれ、攻めるには背後のせまい陸地から寄せねばならない。それに対し、天然の堀である谷が邪魔をしている。谷には平素橋がかかっているが、戦時にはそれを引く。引橋《ひきばし》とよばれていた。

たとえそれを突破しても、堀切とよばれる空堀《からぼり》が、第二の防禦《ぼうぎょ》線を構成している。堀切の内側には土塁があって、近づく敵を矢で射すくめる。この防禦線だけで、うまくやれば五日はふせぎ得るにちがいない。

（ただ欠点は、岬の台上が、一面の平場《ひらば》であるということだ）

と、かねて早雲はおもっていた。城外も城内もおなじ高さで、高みから寄せ手を射おろすことができない。

城内は、二ノ丸と本丸にわかれていて、本丸にも空堀が二重にめぐらされ、土塁が築かれていた。

しかし、寄せ手は、この城を熟知している三浦義同《よしあつ》とその旧臣団なのである。

さらには、養父三浦時高に従う者の人数がすくなく、多くの防禦線に配置すると、全体が手薄になってしまう。

報告者によると、時高とその家臣たちはひととおりは戦い、あとは本丸にあつまって自刃《じじん》したという。

「茶々丸《ちゃちゃまる》どのは？」

早雲にとって、目的はそれだけである。

「自刃なされましてござる」

「御首級《おしるし》は、たしかめたか」

「たしかめましてござりまする」

なお早雲自身が実検《じっけん》するよう、三浦義同が新井城で待っているという。

「そのことは、道寸《どうすん》（義同の僧名）どのにおまかせしよう」

さらに早雲は、

「わしは、唐《から》の英雄豪傑などとはちがう。尋常《ただ》の人間なのだ」

と、小さくいった。この意味は、言っている早雲にさえわからない。裂けた死骸《しがい》、飛び散った血のあとを見るのはにが手だということだろうか。

早雲は、鎌倉から江戸をめざした。

秋の涯《はて》

秋も暮になると、早雲の部隊が動きはじめ、やがて武蔵《むさし》の国のひろい空の下に入った。

古来、都びとが作歌の上でおどろいてきたように、ここは一国おしなべて野であり、月が草から出る。早雲も感動をあらたにし、

武蔵野や
行けども秋の
涯もなき
いかなる風の
末に吹くらむ

などと馬上、心おぼえの古歌を諷誦《ふうしょう》しつつ、涯もなき秋の風のゆくえを地のかなたに眺めたりした。

この時代、武蔵の田畑はよほど耕やされてはいるものの、それでもところどころ荒蕪《こうぶ》の野がの

こされている。丘ともみえぬ高みなどに疎林《そりん》が点在し、また百姓屋敷ごとに屋敷林《やしきばやし》がかこんでいる。このひろさのなかで目をとめるものといえば、それくらいのもので、山河の錯綜《さくそう》した五畿内《ごきない》や伊豆のような山国になじんだ目からみると、ふと心もとなくなる。

（このような広い国で、かの人達はいくさばかりをして五十をすぎたのか）

さぞ大汗をかいて働きつづけたであろう、と扇谷《おうぎがやつ》上杉定正《さだまさ》と、山内《やまのうち》上杉顕定《あきさだ》という、同族争いをするがためにうまれてきたような男たちについて、滑稽《こっけい》ともあわれともつかぬ思いをもった。

早雲は、足かけ十六年におよぶ両人の戦いについて、その政戦略やら戦術、戦闘法を研究してきた。

双方、政略らしいものはある。

それは、古河《こが》にいる関東公方《くぼう》をいかにして味方につけるかにかかっていた。公方はときに顕定につき、ときに定正についた。いまは、定正の味方である。次いで、敵方にいる有力武士に裏切らせて味方につけるというやりかただった。

謀略もある。定正の家老である太田道灌《どうかん》を、顕定が工作して、定正自身の手で殺させたことが、そのゆうたる例である。

（それだけだ）

と、早雲はおもった。

あとは、それぞれが、つついっぱい駆り催した人数をならべ、たがいに叩《たた》きあうだけのいくさで、戦術というものはなかった。それを持っていたのは、太田道灌ひとりであったろう。

（このひろい野では、小細工がむずかしいのだろうか）

奇襲、伏兵なども困難で、結局は武者個々の武勇にたよってのたたきあいというぐあいになったのかもしれない。

（畿内《きない》の軍法は、この広い野では役に立たぬ）

早雲は、自分が関東にうまれたと思おうとした。この広さを身につけ、それに適した軍制、配置、戦術を考えねばおそらく失敗するだろうと思った。

坂東《ばんどう》の野には、数こそすくないが、ゆたかに流れる水流がある。

早雲がめざしているのは、そのうちのひとつである荒川の中流であった。

荒川は、秩父《ちちぶ》の山から発している。長流五十余里、下流は『古今集《こきんしゅう》』のむかしから隅田川とよばれる。中流は、熊谷《くまがや》（現・埼玉県）から川越《かわごえ》（同上）のあたりで、平坦《へいたん》な野をゆるやかに流れている。

荒川中流の両岸の野には、城が多い。

扇谷《おうぎがやつ》上杉定正《さだまさ》が拠《よ》るのは川越城である。

これに対し、山内《やまのうち》上杉顕定《あきさだ》は、鉢形《はちがた》城に拠っていた。

ほかに、蕨《わらび》、大和田、岩槻《いわつき》、三ツ木、菖蒲《しょうぶ》、忍《おし》、深谷《ふかや》、本庄、金窪《かなくぼ》、雉岡《きじおか》などがあり、また、勝呂《すぐろ》、菅谷《すがや》、松山、天神山などが両軍の拠点で、敵味方が入りまじっているといっていい。

（この広闊《こうかつ》な野で、城でも築かねば、軍兵《ぐんぴょう》の集散のしようもあるまい）

と、早雲はおもった。

どの城も、最初は地頭の居館程度であったのが、両軍の十余年の戦いのあいだにしだいに攻防のための結構をととのえるようになった。いざというとき、大軍を一ヵ所に集めるには、平素、相当な人数を収容できる城をつくっておかねばならない。このため、両上杉は、この北部武蔵《むさし》のせまい境域をいわば将棋の盤として、駒数《こまかず》ほどの城をもっていた。

なかでも、定正が拠る川越城はぬきんでて規模が大きかった。かつて太田道真《どうしん》・道灌《どうかん》父子が江戸城とともに築城したもので、多くの土塁と濠《ほり》が複雑に組みあわせられ、平場《ひらば》の城である弱点がみごとに解決されていた。

大手門は、南にひらかれている。その前面にも三日月型の土塁がそびえ、空堀《からぼり》がうがたれていて、門内に入るとさらに堀と土塁があって二重に敵をふせいでおり、それを入ったところが三ノ丸である。

早雲は、三ノ丸の西側の内曲輪《うちぐるわ》をあたえられた。そこには建物がなかったため、大いそぎで小屋掛けをした。

「貴殿は、外様《とざま》である。であるのに、大手門の内側に入れていただいたことをありがたく思ってもらわねばならない」

と、中次《もうしつぎ》の者から恩に着せられた。

早雲は、毎日本丸に伺候した。

内曲輪から本丸へゆくには、三ノ丸外曲輪と八幡《はちまん》曲輪をへて二ノ丸に入り、しかるのちに本丸の台上にのぼる。

これらの設計《なわばり》のみごとさを見るにつけ、亡き道灌という人物の尋常《ただ》ならなさがわかった。

そのことで定正にほめると、定正は道灌を謀殺した男だけに、いい顔をせず、

「城は、怯者《きょうしゃ》のための穴だ。わしは野外で運命をきめる」

と、方角外れの返答をした。

戦いは、容易にはじまらない。

(このいかがわしさよ)

と、早雲はあきれた。

双方が、この関八州の四方に使者を出し、味方をかきあつめているのである。敵には一騎でもすくなく、自軍に一騎でも多く、ということで、たがいに寝返りをすすめたりする。

関東のほうぼうに蟠踞《ばんきょ》する武士団も、それぞれ複雑な相続問題をかかえていて、叔父が顕定《あきさだ》方に奔《はし》ればおいは定正方につくといったぐあいで、

「御味方が勝ったあかつきには、わが家の相続はそれがしに。——」

ということを言い、顕定なり定正なりが、それをうけあっている。このため、族党ごとにふたつにわかれて双方の陣に属し、気に入らなければいつ敵に奔るかもしれないといったぐあいだった。

また、

——それぞれ、どれほどの人数が集まったか。

ということを嗅《か》ぎまわって多いほうにつく算段をしている者もいた。

（これは、いくさではない）

早雲は、おもった。

源平争乱までのいくさは、源氏には平家を倒して世を直すという主題があり、平家にもそれなりの主題があって、それらは口頭で相手を説得しがたいものであるために、合戦という決定的な方法を用いざるをえなかった。

（それが合戦だ）

と、早雲はおもうのだが、いまの世にはそういう主題がなにもない。両上杉《りょう》から末端にいたるまで同族が族長権を握るために争っているだけのことで、どちらが勝っても一国一天下に何の変化ももたらさないのである。

（これが、いまの世なのだが、いつまでつづくことか）

と、早雲は考える。

早雲は、世を観望しているのではない。

かれは、世を変えようとしていた。変えるのは、変えようという思想を弘《ひろ》めまわって変わるものではない。もし早雲に神のような力があるとすれば、上は将軍から下は地侍《じざむらい》層にいたるまで、いまおこなわれている族党制を一掃してしまいたいのだが、そういうことが人力でできるわけではない。

かれがやれることは、その領域内であたらしい集団をつくることであった。

族党という集団が上に属するのではなく、個々が早雲に属するのである。百姓も、それを支配する族党を介《かい》して間接支配するのでなく、早雲自身が百姓の面倒を見る体制であった。

それを、伊豆においてやればいい。おそらく軍事力は最強のものになり、関東を圧するにちがいない。その構想には伊豆は小さすぎるという弊《へい》が、あるにはあるが。

早雲が、武蔵川越《むさしかわごえ》城で宿陣していたある夜、しきりに松明《たいまつ》がうごいて本丸へゆくのがみえた。

そのうち、二ノ丸の篝火《かがりび》がふえ、人のさわぐ気配《けはい》が大きくなった。なにか外部から変報が入ったようだった。

(小田原の大森氏頼《うじより》入道が、死んだな)

とっさに早雲は察した。

二ノ丸は、大森氏頼から派遣された小田原兵がたむろするところで、そこで動揺がおこっているというのは、氏頼の死以外に考えられない。

翌朝になっても、正式の報らせは、早雲のもとには来なかった。氏頼ほどの存在になると、死んでもすぐには外部に喪《も》が発せられるということがない。

翌朝、多目権平《ためごんぺい》がもどってきた。

かれは、三浦義同《よしあつ》の三浦半島攻めにあたって、早雲の名代《みょうだい》として、大森・三浦の両勢力との作戦調整をしていたのだが、すでに任務がおわり、川越へゆこうとしているときに、大森氏頼の死を知ったのである。

「大森入道どのが、みまかりなされてござる」

「やはり、そうだったのか」

早雲の両眼のあたりが、掘れたように暗くなった。

多目権平は、小川《こがわ》の長者法栄《ほうえい》の手代として伊勢の津《つ》に駐在していた男だけに、商務にはあかるいのだが、平素、無口で余計なことはいわない。たまにいうと、早雲でさえ噴きだすほどに可笑しいのである。

このときも、家臣たる者が、主人がだまっているときに声をかけるべきではないのだが、早雲の顔の暗さがよほど異様に感ぜられたのか、桃の種子《たね》でも口からころりと吐きだすように、

「殿は、おやさしゅうござるな」

と、いった。

「なんのことだ」

「小田原の御世嗣《およつぎ》の信濃守《しなののかみ》（藤頼）さまでさえ、殿ほどにお悲しみでありますかどうか」

「藤頼どのは、悲しんでおられるだろう」

早雲には、どちらでもいいことである。

「亡き入道の殿は、ご生前、藤頼どのの粗漏が気がかりで、事ごとに辛《つら》くあたられました。信濃守さまにとっては、一方では悲しく、一方ではほっとなされているのではありますまいか」

「権平」

早雲はいった。

「わしは、ほかのことを考えている」

「なにを?」

とは、多目権平は、作法上、きかない。ただ古びた空豆《そらまめ》のような顔が、疼《うず》くように早雲の思案についてききたがっている。

「いつか、言う」

早雲は、暗い表情で考えつづけている。

武州川越城《かわごえ》にあっては、あきあきするほどの滞陣がつづいている。

「聖《ひじり》の布施屋《ふせや》のようだ」

と、早雲の手の者どもは笑いあった。

この場合、聖といえば乞食《こじき》といったふうな語感がある。布施屋というのは、粗末な宿と考えていい。奈良朝のころは窮乏の者のために官が急造した宿といったものらしかったが、この時代の「ふせや」には、むしろ伏屋という語感が近い。雨露を凌《しの》ぐ屋根だけがあって、やっと臥《ふ》せさせてもらえる宿ということである。

早雲はこの言い方をおもしろがって、古歌一首をおもいだした。

おろかにも　思はましかば　あづまぢの　ふせやといひし　野辺《のべ》に寝《ね》なまし

平安朝の関東《あずまじ》は遅れたところだったから、この歌の意味は、そこにふせやがあるといわれてうっかり行ってみると、ただの野辺に寝るところだったよ、ということなのか、また「あづまぢのふせや」ととくにいったのは野辺に寝ているのとおなじくらいに粗末な宿ということを強調したかったのか、ともかくも歌のなかに、蕭条《しょうじょう》たる武蔵野の風情《ふぜい》が出ているために勅撰《ちょくせん》の歌集に採《と》られたのにちがいない。いずれにせよ、武蔵野の秋は、早雲の時代になってもさびしい。

川越城の本丸、二ノ丸、家老屋敷などはりっぱだが、早雲たち手助けにきている隊は、みな自《じ》前《まえ》で小屋をたてている。

つまりは、聖のふせやである。小屋は、一日や二日の露営のためのものだから、滞陣になると、体がつかれてきて、気も不安定になりがちになってしまう。

さらには、食糧である。

手助けの隊は、それぞれが自前で食っている。早雲の場合、自分の軍をつかってうまく補給しているために、たれも食いはぐれてはいないが、他の隊は、かれらを派遣したもとが補給をわすれているのか、乞食のようにうらぶれてしまい、早雲たちの陣屋に食を乞いにくるのである。

まさに、聖のふせやであった。

早雲はそこまで考えていたから、食糧は余裕をもって送らせていた。かれは多目《ため》権平《ごんべい》に命じ、乞いにくる武者たちに余分のものを施した。一度食をもらった武者は、早雲の情義をわすれなかった。そのなかに、小田原の大森氏の兵が多かった。

武州川越《かわごえ》城の東方に、沼がある。

沼には魚が多く、ふちには蓮《はす》が自生して蓮根《れんこん》がとれる。村人たちのくらしにとって欠かせぬ沼だった。

沼の北端は、三芳野《みよしの》という優雅な名でよばれる半湿地で、そこには田もある。あぜ道ほどに細い道ながら、東方からの古い街道がとおっていた。この道のことを、ひとびとは、

「往還《おうかん》」

とよんでいた。はるかに鎌倉に通ずる道だった。

ある日、その往還に、一列縦隊の軍兵《ぐんぴょう》が見えた。

「公方《くぼう》がみえた」

という声が城内を駈《か》けめぐって、騒然となった。もっとも、早雲のような低い身分の武将のもとには、何の連絡もない。

「古河《こが》公方のことであろう」

早雲は、手の者にいった。

「扇谷《おうぎがやっ》殿（上杉定正）が、公方をお招《よ》びしたのにちがいない。このいくさは、扇谷殿に有利になる」

早雲は、想像していた。

古河公方という、関東随一の貴人をこの川越城にまねき、城頭にその旗をかかげる。公方である足利成氏《しげうじ》はただこの城にすわっているだけで、扇谷方が公になり、山内《やまのうち》上杉氏の顕定《あきさだ》のほうは私になる。

このため、定正は公方に対し、弁舌の立つ者を送り、利害を説いたり、取り入らせたりして工作をつづけたにちがいない。

(ついに、公方が出てきたわ)

と、早雲はおかしかった。

関東公方は、二人いた。ひとりは伊豆堀越《ほりごえ》でとどまってついに関東に入れなかった足利政知《まさとも》(茶々《ちゃちゃ》丸の父)であり、これはすでに亡く、公方家も消滅した。いま一人は、下総国古河《しもうさのくにこが》(現・茨城県の最西端)に住んでいるために古河公方とよばれる足利成氏《しげうじ》である。

下総国の古河は、渡瀬《わたらせ》(渡良瀬)川に沿った低湿地で、むかしは古河渡《こがのわたし》などといわれて渡船場だったらしいが、ここに古城館があり、これを補修して足利成氏が住むようになってから、関八州のひとびとは、

「古河の御所」

などとよび、都の破片がそこにあるかのように土地にまで敬意をはらうようになり、ひとびとも移り住んで、小さな町までできている。

「古河に伺候する」

といえば、ある時期までの関東のひとびとの晴れの場所であり、礼装などそれがために新調す

る者もいた。

人間の社会には、そういう存在が必要なのだろうか。それがために関東は貴種を必要とし、世に騒ぎをなす者は、この貴種をかつごうとして互いに争ったりしてきた。

(公方《くぼう》は、よほどの齢《とし》ではあるまいか)

早雲は、古河公方足利成氏についてそのようにおもい、心覚えの控え帳を繰ってみると、寅年《とらどし》だった。六十を一つか二つ越えている。

(かの公方の前半生のめまぐるしさよ)

僧たちは、世事が移りやすく人の身ははかないというが、成氏の一代の有為《うい》転変《てんぺん》のはげしさは、気の毒というより滑稽《こっけい》なほどである。

かれは鎌倉にいた関東公方の第四代足利持氏の第三子にうまれた。持氏が、その執事上杉憲実と戦って敗れ、自殺したとき、六歳だった。

兄の春王と安王は日光にのがれ、当時永寿《えいじゅ》という幼名でよばれていた成氏は信濃《しなの》にのがれて、実母の実家の大井氏に保護された。

日光にのがれた春王と安王は、結城《ゆうき》氏に保護をもとめた。結城氏は、古河の古城《ふるじろ》を増改築してこの二人を迎え、兵をあつめて上杉氏と対抗したが、さまざまな経緯のすえ、結城城も古河城も陥《おと》され、春王と安王も死んだ。

その後、関東のみだれがおさまらず、ひとびとが、

「貴《たか》き人、おわさざるゆえにや（身分のとびはなれて高貴な人――つまりは公方――がいらっしゃらないからではないか）」

と考え、京の将軍家にも了承を得、信濃に人をやって成氏をむかえた。もどってきた成氏はうらみを晴らすべく上杉氏と戦おうとしたが、謀議が漏れ、一時、江ノ島に奔《はし》ったりした。のち、力持ち一人をやとい、上杉氏の当主憲忠を自邸におよび、憲忠が門に入ろうとするところを撃殺させた。

（古い話だ）

早雲にとってそれらは、耳できいている伝承の時代なのである。

上杉氏の党類はみな成氏に対して憤慨し、公方を相手に関東の各地で戦った。すでにそのころの川越《かわごえ》城の上杉定正は扇谷《おうぎがやっ》上杉氏の当主になっていて、成氏を追いまわす側になっていたのだから、こんにちの同盟はふしぎなほどである。

その後、足利成氏は両上杉《りょううえすぎ》のそれぞれと離れたりついたりした。一時期山内《やまのうち》上杉の顕定《あきさだ》と蜜《みつ》をなめあうような仲で、扇谷の上杉定正をひどくきらっていた。ところが、顕定の配下の太田氏が古河公方の領域をしきりに侵《おか》しはじめ、かつ顕定も成氏をうとんじはじめたため、関係が冷えた。

そこへ定正が口説《くど》いたために、成氏はこのほうへ転《ころ》んだ。本来、独立自尊を保つべき存在なのだが、しかし公方という権威をもつ以上、借りにくる者に貸したくなるらしい。

古河公方《こがくぼう》足利成氏《しげうじ》は、上杉定正に擁せられて川越城《かわごえ》の本丸に入った。

城頭に、足利家の旗がひるがえると、城内の士気は大いにあがった。

御旗《みはた》があがった以上、上杉定正にとってこの合戦は公方から御教書《みぎょうしょ》をいただいての戦いになる。

「御教書、みぎょうしょ」

と、上杉定正はさわぎまわった。諸将を二ノ丸にあつめ、それを披露《ひろう》した。末座に、早雲もいた。

定正もろとも、いっせいに平伏した。その座に、成氏が臨んでいるわけではなく、成氏の家司《けし》だけが御教書をもってあらわれ、読みあげるのである。

しかも、成氏の名は顕わされておらず、家司の文章の形式になる。そのほうが、ありがたみを増すということであるらしい。

内容は、ごくあっさりと、上杉顕定《あきさだ》を追討せよ、というだけのもので、なぜ追討せねばならぬかという理由すら書かれていない。しかし、ひとびとにとって内容などどうでもよかった。

御教書であることが、重要だった。

御教書を伝える家司のことを奉者《ほうじゃ》という。奉者は朗々とよみあげて、最後に、
仰《おお》せに依《よ》って、執達《しったつ》、件《くだん》の如《ごと》し。

と、一段と声を張りあげる。この決まり文句が御教書の形式であり、この場の奉者は、ことさらに権威をもたせようとしたのか、二度繰りかえした。

(鄙《ひな》にも鄙の御教書があるものよ)

と、幕府の慣例のなかで前半生を送った早雲はなにやらおかしかったが、ばかにする気持はない。

(なるほど、たいしたものだ)

と、おもったのは、並居るひとびとは顔を上気《じょうき》させ、本気で恐惶頓首《きょうこうとんしゅ》している様子をみたからであった。関東公方(古河公方)は、関東にあっては京の本物の将軍家以上の権威があるというが、まことにそのとおりのようにおもわれた。

(みな、本気だろうか)

一同、本気でありがたがっているとすれば、この合戦は戦わずして半ばは当方が勝ったことになる。

この一座で、一人だけ上座に近い場所で平伏しているのが上杉定正であった、かつて十一年も成氏と戦ったという、いわば不忠のこの男が、ありがたさに涙をこぼしている気配《けはい》であった。

(なんという嘘《うそ》だ)

いや、本当か。

古河《こが》公方《くぼう》足利成氏《しげうじ》の尊大さは、海亀の甲羅《こうら》に藻《も》がはえているほどに劫《こう》を経《へ》ていた。

尊大であることが、いわば家業なのである。一人の手飼いの兵ももたずに関東の野で君臨しているためには、それ以外、世を渡る法がない。

公方より一段下の身分である関東管領《かんりょう》上杉氏も、古くは京からきた家で、地生《じば》えではなく、郎党というものがすくなかったために、地元の地頭《じとう》どもにこけおどしをかけて威を保たねばならなかった。

扇谷《おうぎがやつ》上杉氏の定正も、年を食って尊大の芸が身についている。しかし、公方の尊大にはかなわない。

というより、公方に対し、いっそう尊大にふるまってくれるよう、定正は頼んでいた。公方が特別な人であってこそ、管領である定正を、ひとびとは偉く感じてくれるのである。

「公方様は、この天下に二《に》なきお方でござりまする」

と、定正は、足利成氏《しげうじ》に言上《ごんじょう》した。二なき、というが、京に本物の公方である将軍家がいる。定正は、表現の上においてそれを無視し、成氏を地上最高の人として讃《たた》えた。こういう感覚をふくめて、この時代、下剋上《げこくじょう》といった。

上杉定正は、公方である足利成氏に、じかに物を言っているのではない。成氏のかたわらに、御教書《みぎょうしょ》を読んだりする家司《けし》がいる。その男に言い、成氏がそれを聴くという形式である。自然、定正は、成氏の家司に対して格別な敬語をつかっている。

「大井民部大輔《おおいみんぶだゆう》」

というたいそうな官位をもっている老人である。信州佐久の大族大井氏の出で、大井氏は成氏が幼少のころかくまった一族の一人であった。

「ちかごろ、下剋上が流行《はや》り、馬の背に泥ねずみが巣をつくり、子をなす世でございます」

定正がいう。

「関東にも、かつての京にまなび、足軽というものが出来《いでき》っております。なかには馬に乗り、地頭とまがうほどの綺羅《きら》綺羅しき装《よそお》いをなして、坂東《ばんどう》の草の上を人もなげにかけまわっておりまず。そのような手合には、公方様のありがたさがわかりませぬ。によって、公方様とは、この定正でさえ、御くつわを取るというお方であることを教えねばなりませぬ。また足軽にてはございませぬが、旅の途上にてひょいと伊豆一国をとる者もあらわれましてございまする」

「伊勢宗瑞《そうずい》（早雲）であろう」

足利成氏が、いった。

上杉定正は、早雲のような男の名を、古河公方たる成氏が知っていることにおどろいた。

「その伊勢宗瑞《そうずい》（早雲）なる者に会いたい」

古河《こが》公方《くぼう》足利成氏がいったのには、上杉定正も気のくじかれる思いがした。

「賤《いや》しき者でござりまする」

定正は、あわてていった。まずこの川越《かわごえ》城において公方に拝謁するのは自分一人にしておかねば、自分の威《い》を保てぬ。神官は神を奉《ほう》じ、祝詞《のりと》をあげるがゆえに尊く、でなければただの人にすぎない。

その上、定正は、ちかごろ死んだ大森氏頼《うじより》の難色を押しきってまでして早雲を配下の軍に加えたが、その理由は人数をできるだけ多く得たいためで、早雲を重んじたわけではない。早雲など、旅の者にすぎぬ。

「お目をおけがし奉ることになりましょう」

と、反対した。

「まず、宗瑞に礼を言いたい」

宗瑞は、足利茶々丸《ちゃちゃ》を討つことによって、古河公方にとって目ざわりであった伊豆堀越《ほりこし》の公方の家をほろぼしてくれた。

「それに、伊勢は、足利家にとって、ただならぬ家だ。わかるか」

伊勢家は、代々、京の室町に御所をもつ足利将軍家に家司《けし》・執事として仕え、礼法と騎射の作法をつかさどり、将軍家に男子がうまれると、長男、次男を問わず、伊勢家が養育してきた。将軍が、天下人《てんかびと》たるにふさわしい身ごなしをもち、作法を心得、四書五経《ししょごきょう》から歌の道、また蹴鞠《けまり》や鷹狩《たかがり》のあそびまで教えてきたのは、歴世の伊勢家であった。

そこへゆくと、関東の古河公方には、伊勢家が存在しない。古河公方には、

「京（室町将軍家）を凌《しの》ぐ」

という意識がつたわってきている。そのくせ、権威の装飾物たる伊勢家を持たぬということが、成氏の口惜《くちお》しさであった。

「極論をなせば、伊勢家をもたぬ公方というものはないのだ」

と、成氏はいった。

「これはしたり」

上杉定正は、両眼を怒《いか》らせた。

「関東における公方は、歴世、上杉家が奉じたてまつっております。古河公方に上杉家なければ、公方にあらず」

「わかっている」

足利成氏は、ちょっとおびえた。

「わしは、伊勢家の者というものを見たいだけのことだ」

「かの宗瑞は、伊勢と申しても、木の端《はし》でござる」

「作りの鞍《くら》をつくっておった者であろう」

成氏は、よく知っている。

「鞍をつくる者こそ伊勢家の正統であるといわれている」

「かの者はただの鞍つくりでござる」

定正は、汗が出てきた。

その日、早雲は、屋根のひくい陣小屋でかがみこむようにして朝食をとっていた。

そこへ上杉定正の執事がやってきて、

「ちょっと、表へ」

と、早雲をよびだし、低声で、公方《くぼう》がどういうお気まぐれか、貴殿を見たいとおおせある、おうけするか、ときいた。

「扇谷《おうぎがやつ》殿(上杉定正)としては、うけてほしくない?」

と、早雲はずけりと言い、

「そうではないか」

と、するどく問うた。

「ちがう」

執事は、あわてた。

「伊勢どの、貴殿には官位がない。されば謁を賜わるとしても、われわれとしては貴殿を白洲《しらす》にすわらさせることになる。お気の毒だ」

「はて」

早雲には、こんな遠まわしな言い方はめんどうくさく、本心を言ってくれ、といった。

「本心というほどでもないが、貴殿がご病気であるということなら、万事、穏当に済む」

そのようにやりとりしているうちに、本丸にいる古河《こが》公方のほうから家司《けし》大井《おおい》民部《みんぶ》大輔《だゆう》がやってきて、定正の執事の居る前で、

「これより案内《あない》する。陣中ゆえ、装束《しょうぞく》はそのままに。それに、――これはかんじんのことだが――本丸の書院にてゆるりと物語などしたいというおおせだ」

「伊勢宗瑞《そうずい》(早雲)どの、貴殿はご病気ではないか」

と、定正の執事があわてて割って入った。

早雲は、両者に対して答えない。

上杉家の執事が、それに宗瑞どのは無官じゃ、貴人に対し同座することはさしひかえられるがよい、といった。古河公方と同座したとなれば、上杉定正と同格になってしまう。

「それは、さしつかえない」

大井民部大輔がいった。

「早雲どのをわしの猶子《ゆうし》ということにする」

猶子とは、猶《なお》子ノ猶《ごと》シ、という意味で、養子のように重くはないが、大井民部大輔の子息待遇としてゆけば、同座のことはすこしもさしつかえがない。

「わしが貴殿の猶子になるのか」

早雲は、つぶやいた。大井などは信州の田舎者で、一族が成氏《しげうじ》の幼いころにかくまったということで官位をもらい、家司になっている。それも、齢は似たようなものである。早雲はそこまでしてまで古河公方に拝謁したいとは思わない。

「わしは、いま病気だ」

早雲は、両人に対し、右手を大きく振った。

「それに、朝餉《あさげ》も済んでいない」

と、陣小屋に入ってしまった。

高見原《たかみはら》

ようやく軍がうごいた。

敵なる山内《やまのうち》上杉氏の顕定《あきさだ》は、荒川《あらかわ》のほとりの鉢形《はちがた》城に本営をおいている。

「ひと息に踏みつぶすべし」

と、扇谷《おうぎがやっ》上杉氏の定正は川越《かわごえ》城を出て、北方にむかった。

定正は、軍議などはしなかった。戦いは勇あるのみ、区々《ちまちま》としたいくさ立てなど無用のことである、というのが定正の考え方であり、関東一円の武士たちの気分でもあった。

「宗瑞《そうずい》（早雲）どの、わが旗を見うしない給うな」

定正がそう言ったのは、大将みずから先陣を駈《か》けるということであろう。また、

「鉢形ごとき柔城《やわじろ》」

と、定正はいう。かれは、鉢形城に対して城攻めをするらしかった。

敵の顕定がどう出るか、籠城《ろうじょう》か、それとも野外で決戦するか、定正はそれすら事前に想定していない。

「宗瑞どの、馬をならべられよ」

と、定正が使いをよこしてきたので、早雲は鞭《むち》をあてて馬を駆った。遠く鎌倉へゆく官道ともいうべき道だけにやや広く、馬を駆けさせることができるのである。他の道は、歩卒が一列で歩くのがやっとだった。

「宗瑞どの、かように数多《あまた》の人馬を駆けちがわせるいくさをなされたことがおありか」

「ござらぬ」

宗瑞は京にいたころから伊豆でのことまですべて小いくさばかりをしてきた。坂東の平原で大軍を馳駆《ちく》させるなどは、はじめてである。

「よう御覧《ごろう》じておかれよ」

いくさ上手を自認する定正は、いい気分になっていた。

「城攻めになりますか」

早雲は、きいた。

「わからぬ。山内（上杉顕定）がきめることだ」

（はて）

早雲は、考えた。

城攻めをするなら、理想的には籠城側よりも三倍の人数が必要だが、当方の人数は逆に敵の七割ほどしかない。あらゆる策を弄《ろう》してでも敵を野外にひきだすことからはじめるべきだのに、定正はそういう思案さえしていない。

「五年前の延徳元年十一月に、ちょうどこの形勢になって、このあたりで顕定と戦ったことがあるのだ。そのとき顕定方は三千余騎、わしは二千余騎をひきいて一挙に顕定をやぶった。こんども、似ている。そのときは高見原で戦ったが、こんどもそうなるだろう」

定正には戦術などはなく、単なるたたきあいの経験談があるだけだった。

武蔵国《むさしのくに》の北部をながれる荒川《あらかわ》というのは、その名称どおりあらあらしい川で、源平のころの河道は熊谷《くまがや》の北のほうを流れていたらしいが、いまは南を流れている。

川は、土砂を流す。犬が尾をふるように、古代に河道があちこちに変ったために、このあたりには砂地が多い。砂地は水田にならない。そういう役立たずの砂地のことを、古代では、

「スカ」

あるいは、スガといった。早雲のこの時代でも、なお使われている。それが地名になって、菅とか須賀といった漢字があてられているが、予定戦場付近では、菅谷《すがや》などという地名もある。須《す》賀谷《がや》とも書く。

早雲は、川越滞陣中に、すでにこのあたりを僧服を着て歩きまわっている。

敵の鉢形《はちがた》城は、うらやましくなるほどに要害の地にある。武蔵の西北方の山地が、東方の坂東《ばんどう》平野に山脚《さんきゃく》をのばして尽きたあたりにあった。そのあたりは、古い時代、荒川が山を削って崖《がけ》となし、地を掘って淀《よど》みをつくっている。

本丸、二ノ丸、三ノ丸は、荒川とその支流の深沢川の上にうかぶ島嶼《とうしょ》のようなもので、とてもまともには攻められない。その上、深沢川をたくみにとりこんで、外曲輪《そとぐるわ》まで巧みに増設されて

いた。

（攻めようもない）

早雲は、おもった。

かれはあちこちを歩き、

（結局、ここで合戦がおこなわれるだろう）

と想定した場所がある。

高見原であった。

地名からうけるところは高台《たかだい》の感じだが、実際は低く、水田も多く、小沼、細流も流れていて、大軍を駆けあわせる場所ではない。しかし、街道が三ツ又《また》になっている。北の深谷《ふかや》方面から南下している道、西方の鉢形城からくる道、そして南の菅谷をへてさらに南の川越に達する道である。

道路が、三方、四方からやってきて交叉《こうさ》する地点で合戦がおこりやすい。それぞれ人数を送って、川のように合流する地点で大合戦というものはおこなわれるのである。

そばに、

「四津山《よつやま》」

という丘がある。そこが高見する場所で、高見の野を見おろせるのだが、それを利用しようにも、この四津山の上の高見城は顕定方の城であった。

陣中、

「扇谷殿《おうぎがやつ》」

という敬称でよばれている上杉定正は、すでに五十をすぎているために、つねに騎馬であることに耐えられず、ときに輿《こし》にのりかえた。

早雲は年長だが、騎馬に耐えることができたし、ときに高所を見ると、一気に駈《か》けのぼった。

「僧形《そうぎょう》ながら、思いし外《ほか》なる武者《むしゃ》のよさよ」

と、他の陣でほめたたえる声がしきりにきこえるのだが、早雲にすれば高所から山河を見ておかないと、戦いの進退についての思案が湧《わ》かないのである。

「いくさのかけひきは、人が作るのではなく、山河が生むものだ」

と、まわりの者にいった。

やがて菅谷《すがや》に入った。

野があるかとおもえば、地がしわばんだようにして丘陵地がある。

その丘陵地を、都幾川《ときがわ》（槻川《つき》）という清流がはげしく地を割って流れている。

菅谷は、源平時代、畠山重忠の累代《るいだい》の居館だった地である。

館は都幾川に面した断崖《だんがい》上にあり、もちぬしはその後、転々とかわった。この時代になってからも、かつて山内《やまのうち》上杉氏の顕定《あきさだ》方の城館であったものが、いまは扇谷上杉氏の定正方のものになっている。

「前の高見原合戦では、この菅谷の城館が敵方のものであったため、片足にとげがささったように不自由で、遠くへ軍を遣《や》ろうと思っても背後から襲われる気づかいがあった。こんどはこの城はわが側のものだ。この一事を見ても、こんどは勝つ」
と、定正は早雲にいった。

定正の戦闘行動は、ゆるやかだった。その夜、菅谷《すがや》城に一泊した。

城が小さいために、早雲たちは城外に夜営したが、兵はそのぶんだけ疲れた。

(なんと、のびやかなことだ)

早雲は、定正が肚《はら》づもりほどには兵が集まらなかったためにいらだっていることを知っている。あと、定正があてにしていた加勢《かせい》の人数として、江戸氏や豊島氏があったのだが、かれらは形勢をなお観望しているのか、やって来ない。

それにひきかえ、顕定《あきさだ》のほうにあつまる人数はおびただしかった。

(古河《こが》公方《くぼう》の御旗《みはた》の功力《くりき》はなかったのだ)

この軽重《けいちょう》は、定正の不人気がかれを軽くしていることもあったが、公方の威光の衰えをもあらわしている。

早雲は、上杉定正が古河公方に対して説いた口上を伝聞していた。

「顕定は、公方を軽んじております」

と、説いたという。きくところでは顕定はみずから公方になることを考え、その館《やかた》をひとびとに御所とよばせている。そのことを古河公方足利成氏《しげうじ》も知っていたから、定正の入説《にゅうぜい》をもっともだとおもい、腰をあげたのである。

さらには、定正は自分の威望の衰えを察しており、このたびの合戦が顕定との最後のものになるだろうと思っていた。もし負ければもはや再度坂東《ばんどう》に旗を樹《た》てることはないばかりか、この地に身を置く寸土もなくなると思っていた。

早雲は、定正が気の毒になった。

夜陰、定正は早雲をよぶ使いをよこした。早雲は本丸にのぼって定正の御前に出ると、昼とはひとまわり小さくなっているように感ぜられた。

「宗瑞《そうずい》（早雲）どの、かならず勝てるという手だてはないものだろうか」

と、はじめていくさについての相談をした。

早雲は、勝敗はまず五分々々とみていたが、必勝の法などありえようはずがない。必ず勝つというためには十年の準備が要るのだ、と言いたかった。源平時代とさほどのかわりがない軍の基本的な構成を変え、士卒や百姓にそういう新しい思想をよく理解させるところからはじめねばならないのである。

ただ、救いは顕定のほうの軍のほとんどは、身を賭《と》してまでその旗のもとで戦おうとはしないだろうということである。敵の士気ということについては、早雲は十分の情報をあつめていた。

「あす、お味方が懸命に戦えば、戦勢を勝ちにむかって覆《くつが》えしてゆくことはできましょう」

それしか言うことができなかった。

一方、上杉顕定《あきさだ》は、大軍を恃《たの》んでいる。かれの場合、すでに老齢といえる定正より十一歳わかいということが、関東の諸豪族にとっての魅力であった。

「山内様《やまのうち》（顕定）なら、ご奉公の甲斐《かい》がある」

と、ひとびとがいった。手柄をたてても、ゆくさきひきたててもらえるということであろう。

その人柄、才質については、早雲は、

「ごくごく尋常《つね》の人なり」

ときいているが、ただ定正とちがい、ひとの意見を容《い》れるというところに強さがあった。

こんどの戦いについても、定正はこの一戦でなが年のたたかいの結着をつけ、顕定の首を刎《は》ねる、と逸《はや》っているが、顕定はむしろ受身にかまえ、勝つよりも負けぬように布陣している。

その布陣は、重厚かつ縦深《じゅうしん》といっていい。

このあたりは、利根川が西から東へ流れ、その南は、荒川が、併行《へいこう》するかのようにしておなじく西から東へ流れている。この二つの水流の中間が、上杉顕定の陣地だった。

この中間に、顕定方の城はいくつあるであろう。

忍《おし》、深谷《ふかや》、用土《ようど》、雉岡《きじおか》、御岳、本庄、金久保、花園《はなぞの》（藤田あるいは末野ともいう）、岩田天神山……

などが著名だが、砦《とりで》ふうのものを入れると、さらに多いかもしれない。

すべて荒川より北にあるが、ただ一つ例外は、荒川を南にわたったところにある鉢形城《はちがた》だった。荒川の南を領域とする定正方に対して、鉢形城一つが突出し、いわば敵の領域内で孤立していることになる。

顕定は、敵中に突き出たいわば最前線の城に旗を樹《た》てていた。理由は、

「みずから（顕定）を餌《え》にして定正をひきずり出すためだ」

としていたが、開戦の前夜、諸将が、

「やはり、あぶのうござる」

と意見したので、顕定はそれを容れ、鉢形城を出て、荒川を北へわたって北岸に布陣した。北進してくる定正軍に対しては、荒川の流れが要害になる。定正がなお勇を恃んで荒川を渉《わた》れば、そのあたり一円に顕定の人数が充満しているために、とりかこんで首を掻《か》っ切ることができる。たとえ、一番手で定正を討ちもらしても、陣地の奥はふかく、いずれは猪突《ちょとつ》する定正を網《あみ》でひっからめるようにして捕《と》ってしまうことができる。

その間、鉢形城の人数も、城を出ては定正軍の腹背を衝《つ》くことができるわけで、顕定にとってこのいくさは敗けるという目《め》が出そうにない。

要するに、顕定《あきさだ》方の鉢形城は、顕定によって荒川南岸に置きすてられ、定正方の領域で孤立している。

しかし北進する定正方にとっては、脇腹《わきばら》に短刀をつきつけられたような恐怖をこの城はあたえつづけていた。

「鉢形城には、山内殿《やまのうち》（上杉顕定）はおわしませぬ」

という諜報《ちょうほう》がしきりに定正のもとに入った。

早雲も多数の諜者を放《はな》っている。

「山内殿は、荒川の北岸におわす」

この報をきいたとき、顕定方には定正には欠けた作戦思想のようなものがあることを感じた。顕定にすれば、定正に鉢形城攻めをやらせ、機をみて大挙荒川を南に渉《わた》り、攻囲軍の腹背をつくつもりだろう。鉢形城は、餌《え》であった。

「その餌に飛びつこう」

と定正はいった。

「鉢形城を攻めるのだ。荒川南岸の山河はみなわがものであるのに、あの城だけが山内方というのがめざわりであった」

「敵のわなにみすみすかかるようなもの」

早雲は、反対した。

「それは、うさぎのわなだ。虎《とら》には役に立たぬ」

「虎でござるか」

お前さまが虎か？　などとからかっているのでなく、早雲はむかし、京で朝鮮へわたった薬屋から虎の話をきいたことがある。

「暴虎《ぼうこ》などということばがござるが、虎はふだんたいそう用心ぶかいと申します。(あなた様が)虎なればこそここは用心ぶかく鉢形城などお避けあそばすがよろしゅうございましょう」

このあたり、北武蔵《むさし》一帯の大きな地頭職《じとう》というのは、藤田氏であった。源平時代の武蔵七党の一つ猪俣《いのまた》氏の支流で、藤田という在所の名を苗字《みょうじ》として、鎌倉幕府のころからすでに有力な豪族としてあらわれている。源平のむかし、頼朝の代官の義経が平家を一ノ谷《いちのたに》(現・神戸市)に奇襲したが、このとき、源氏方の藤田三郎行康という者が討死した。

子孫相続き、支族繁栄し、本来、上杉氏などより名家なのだが、いまは山内上杉氏の四家の一人になっている。それが族党をあげて鉢形城に籠《こも》っている。

(藤田は、族党のはしばしまで故郷を守るつもりで鉢形城に籠っているのだ。野に出て上杉顕定のために野戦する場合には弱いかもしれないが、鉢形城を守るとなると強いはずだ)

と、早雲はおもい、定正に説き、いくさは敵の最強部分にあたるのではなく、最弱部分を衝《つ》くものです、顕定殿さえほろぶれば手足である鉢形城は枯れざるをえず、わざわざお攻めなさることはありますまい、といった。

定正は、点頭した。かれは早雲の意見をすこしは用いるようになっていた。

こんにちでいえば、両軍とも、埼玉県内での戦いである。

川越《かわごえ》城を出、北上して菅谷《すがや》に一泊した定正の軍は、そこで東方の松山城からやってきた扇谷《おうぎがやつ》上杉氏の老臣上田左衛門尉《さえもんのじょう》の隊を組み入れた。上田の隊は、二百人ほどである。

上田左衛門尉は、扇谷家の家老のひとりで、松山城をあずかる身とはいえ、およそ物の判断というものができない男だった。

なにごとであれ、定正に上申し、その命令がなければ動かなかった。

定正は、その忠実さを愛しつつも、一面、ばかにし、ある戦いのとき、左衛門尉が路傍で黒塗りの筒に口をつけて水を飲んでいるのをみて、

「左衛門尉、そこもとに水を飲めというたのはたれじゃ」

と、からかったことがある。

「たれでもござりませぬ」

「しかし、そこもとはいま水を飲んでいる」

「渇《かわ》きしゆえに」

「たれが、そこもとに渇いたと教えたのじゃ」

「この左衛門尉ののどが」

「のどが、そこもとに水を飲めと教えたのか」

左衛門尉は、やっと定正の皮肉がわかって、怒りもせずに大声で笑った。そういうふしぎなあかるさが、かれの財産《しんしょう》であり、家来はもとより、寄騎《よりき》の国人《こくじん》・地侍《じざむらい》が慕いもしていたために、上田隊は戦場で強かった。

「左衛門尉は、鉢形《はちがた》城のおさえにあたれ」

　これは、定正にしてはいい人事であったろう。敵城に対する抑えの人数など、地味な上に昼夜不眠で城の様子を見つづけていねばならぬため、余人ならいやがる。

「どのように」

　左衛門尉は、やり方をきいた。定正はこまごましたことを配下に教えることが好きだったために、口もとをゆるめつつ、どこに鹿柴《ろくさい》を植え、どこに柵《さく》を植えよ、ということまで指図した。

「これなる宗瑞《そうずい》が」

　と、定正がいった。

「戦《いくさ》は野《の》でせよ、と言い張ってきかぬ。野で合戦するとなれば、高見原であろう。そのとき、鉢形城から敵の人数が繰り出して来ぬよう、そこもとが食いとめるのじゃ」

「それがし一手《いって》にて？」

　人数が、すくなすぎる。

「それがために、鹿柴・柵をこそ植えよと言いつるわ。空堀《からぼり》も掘れ」

「それがしの一手で十分でござりましょうか」

「十分ではない。しかし当方もいくさを速戦し即決にもってゆく。荒川を越えてでも、はやきいくさをする。鉢形城から人数がくだってくるいとまもないほどの勢いでやってみせる」

　北進するにあたって、全軍は幾筋かの道をとった。

　本道は、市野《いちの》川ぞいの道である。市野川は、鉢形城の山をふくめる男衾《おぶすま》山塊に水源を発する細流で、地形に変化が多いため、ときに急流になったりする。この市野川ぞいの道は、奈良梨《ならなし》という古邑《こゆう》をへて高見原に達する経路で、しばしばこの付近で合戦をしてきた上杉定正にすればわが林泉の径《みち》のように勝手がわかっている。

「この道を通るのも、今日が最後だ」

と、早雲がその場に居あわせなかったが、定正はいったらしい。

早雲の隊は、別の道をとっている。

本道より西の山間を通っており、南の玉川から北の鉢形城の山の西麓《せいろく》に出る道である。途中、山中の古い邑《むら》である小川《おがわ》を経る。小川は槻川《つきがわ》という急流の渓谷にあって、板ぶきの小屋のような民家が、低い尾根や渓谷ぞいに散在していて、春の夕靄《ゆうもや》が似合いそうなむらである。

鉢形城のおさえとして役割をあたえられている上田左衛門尉《さえもんのじょう》の二百人は、この道をとった。それに後続して、早雲の隊も、一列にならんで、長蛇《ちょうだ》をなした。

ただ小川から上田隊は勝呂《すくろ》をへて鉢形へむかうが、早雲の隊は山中、雑木をわけて杣道《そまみち》に入り、さらに筬《ささ》ばかりの尾根に出、やがて四津山《よつやま》に出る。眼下の原が、高見原である。

四津山に砦《とりで》ふうの城があって高見城とよばれることもあったが、定正軍としてはこの丘はおさえておかねばならない。その役を、早雲に命じた。早雲としては一七五メートルの丘陵上から戦況を見つつ、いざというときに駈《か》けおりるのである。

定正の本隊は、ほとんどが相模《さがみ》の者で、そのうちの主力をなす隊が、小田原の大森氏が貸した兵だった。かれらは氏頼《うじより》が死んだためか、士気が冴《さ》えない。

全軍が配置についたころ、朝靄がはれて荒川の蛇行するすがたが、銀を流したようにかがやきはじめた。

顕定《あきさだ》とその主力は、北岸の花園《はなぞの》城にいるようであり、西北の用土《ようど》城からも部隊が花園をめざしており、北の深谷《ふかや》から南下している道路にも、武者《むしゃ》がひしめいていた。

すでに荒川北岸に展開している隊もある。こちらを圧迫する力をもっているように思えるが、あるいは、気のせいだろうか。

(なるほど、思った以上に、大戦《おおいくさ》のかたちをとっている)

さすがに、早雲の胸が、怖れとも期待ともつかぬ感情でふるえるおもいがした。自分が最初から手がけて指揮をするいくさではないだけに、不安のほうが大きい。

敵はざっと三千、味方は二千人である。


上杉定正の主力も、展開した。が、定正方の左翼として鉢形《はちがた》城のおさえに任じている上田左衛《さえ》門尉《もんのじょう》の隊が、早雲が予想した以上に弱点をさらしはじめた。

定正から命じられている上田隊としては、戦闘よりもまず鹿柴《ろくさい》・柵《さく》を植えるという黒鍬《くろくわ》(土工)のしごとからはじめねばならなかった。

(そのためには、主力が前夜から高見原にきて、背後から援護してやるべきなのだ)

早雲はおもった。もし上田左衛門尉が、あのように、定正の命令だけでうごく傀儡《くぐつ》のような男でなかったなら、

——きょう合戦があるというのに、きょうから黒鍬しごとをしてもおっつきませんよ。

と、不服を言ったろう。

もっとも、定正にも理由がないわけでもない。かつてこの形で顕定《あきさだ》と対戦したとき、両軍が展開していながら数日にらみあって動かなかった。

——こんども、おそらくそうだ。

そう考えるのが、定正という男なのである。

——顕定ごとき怯者《きょうしゃ》になにができるか。

と、おもっていたにちがいない。定正は、かつて二、三の局地的な戦闘で顕定に敗走させているのである。

そのことが裏目に出ていて、定正を驕慢《きょうまん》にし、顕定を利口にしているようだった。

顕定は諸将をよんでは意見をきき、何度も軍議をひらき、いかにすれば勝つかということを練りあげてきている。

(そこが、顕定という凡将のよさだ)

と、早雲は、後日、思った。が、この場合、顕定の手のうちまではわからなかった。

「鉢形城」

これが怪しい、と早雲は思うべきだった。

諜報《ちょうほう》では、鉢形城は、この付近最大の豪族である藤田党に守らせてある。藤田党がかり催す人数ならせいいっぱい二百人ぐらいとみるのが常識だった。

顕定は、定正方がそう思うであろう常識の裏をかいた。藤田党は表看板で他党もここに入れ、総勢八百という鉢形城の規模としては過剰すぎる人数を入れていたのである。

その八百人が、鹿柴などでいまから野戦築城をしようとしている上田勢二百に対し、主力戦がまだはじまらぬというのに、城門を八ノ字にひらいて打って出た。このことは、四津山《よつやま》の上の早雲を仰天させた。

早雲が、高見原に視線をうつすと、定正の旗はうごかず、上田勢を見殺しにするかのようであった。上田勢は、高見原にむかって逃げはじめた。

早雲は意を決して、全軍——といっても二百人だが——に命をくだして丘を、ふもとの牟礼《むれ》にむかって駈《か》けおりさせた。上田勢をたすけ、鉢形の人数の横腹を衝《つ》くためだった。

上杉顕定《あきさだ》の作戦の秘密のカードこそ、敵陣（定正方）に置きすててある鉢形城《はちがた》だった。定正方に、

——鉢形城は、小人数《こにんずう》しか入れていない。

といううそのうわさをしきりに流させ、定正に信じこませた。早雲すら、その諜報《ちょうほう》をまにうけた。

いま、鉢形城から八百の人数が黒煙りをたてて突出してゆくのを見たとき、やっと顕定の作戦がわかった。

顕定とその主力は、荒川のむこうにいる。

鉢形城は、荒川のこちらにある。元来の常識なら、顕定としては鉢形城には出戦させず、あくまでも籠城《ろうじょう》一途《いちず》に城をまもらせ、それによってわずかでも定正方を牽制《けんせい》し、人数の一部を割《さ》かせる、というものであったろう。それが、敵中（定正方）に置かれた城の効用《こうよう》というものである。

定正もそうだと思っていた。だからこそ、主将の顕定は鉢形城を出て、荒川をむこうにわたり、川に沿って主力を展開したのではないか。

ところがふたをあけてみると、鉢形城の人数は主力そのものでないにしても、準主力というべきものだった。上田勢を蹴散《けち》らすばかりか、定正の本営に迫れるほどの突撃力をもった部隊だった。

（やるわ）

と、早雲は丘を駈《か》け降りながらおもった。

（うかうかすると、当方の負けぞ）

早雲は、駈けおりてゆく木《こ》の間《ま》がくれに、野の様子を見た。荒川のむこうもみた。なんと、顕定方の最左翼が、渡河しはじめたのである。かれらは、定正方の右翼を衝《つ》く。定正としては左翼を鉢形勢で混乱させられるばかりか、自分の右翼に対し兵を増強させねばならず、右往《うおう》左往《さおう》してついには四分五裂してしまう。

（負ける）

これをすこしでも食いとめるには、早雲がとびこんで定正軍の左翼の危機を救うことだけだった。

牟礼《むれ》まで降り、富田へ進み、そこから矢を射かけ、射つつ進み、さらに近づいて矢を射た。

鉢形勢の隊形は東西にのびきっており、早雲の突撃によって分断されることをおそれた。いったんは逃げた上田勢も、早雲の隊の出現で気をよくし、ひきかえして鉢形勢を攻めはじめた。

早雲は、ついに敵を分断した。

敵の後半分《あとはんぶん》はおそれて鉢形城にひっかえしてしまい、前の半分はそうにもならず、荒川へとびこみ、浅瀬・深瀬をえらばずに対岸の自軍の主力へ合流しようとした。

「矢のみにせよ」

と、早雲は追尾をひかえさせた。主力の定正がうごかないのに自分たちだけが荒川をこえて敵陣に入ってしまえばどうにもならない。それに、早雲は兵の損傷をおそれた。

両《りょう》上杉家の内紛のいくさで兵を損じるほどばかなことはなく、幸い、いままで一兵の死傷もなかった。

早雲が定正の陣所にゆくと、

「宗瑞《そうずい》、やわ、遅きや」

なんじ、なぜ遅くきたか、と定正は叱《しか》った。早雲が、左翼にあって上田左衛門《さえもんの》尉《じょう》の隊を潰走《かいそう》から救いだし、敵の鉢形《はちがた》勢を分断して一つは城へ他は荒川の彼岸《ひがん》に追いちらしたことを、定正は知っているはずだが、ひとの苦労をねぎらえないたちなのであろう。

早雲も、べつに憤《いきどお》りもせず、かといって自分の功をとりたてて言うつもりもなかった。早雲からみれば定正など蠅《はえ》が鳥のまねをしているにすぎず、こういう男についてとやかく思うことはむだだと思っている。

「いまから、餉《かれい》(食事)をつかわせます」

早雲の隊は、めしを食いはずしている。

「のどかなことを。わしはいまから岸まで馬をすすめるぞ」

「さらば、あとより追いますゆえに」

「なぜ、先駆《せんく》せぬ」

「みなに餉をつかわせます」

「いま、きいたわ」

定正は、そっぽをむいた。関東管領《かんりよう》か何か知らないが、この人物とやりとりをしていると、一《ひと》戦《いくさ》して身のうちに充満した戦意が、破れたふいごの気のように抜けてしまう。

(無視しろ)

早雲は、自分に言いきかせ、かまわずに隊にめしを食わせた。戦場で士卒にめしを食わせぞこねると、思わぬ負けを喫《きつ》するものなのである。

定正は、馬に乗った。草場《くさば》であぐらをかきながら、定正をふりかえると、頸《くび》すじから頬《ほお》にかけて膨《は》れたように白っぽい感情が走っていた。

(わしに怒っているのではない)

それは、わかる。定正はそれどころではなかった。いまから敵にむかう。一尺、一間《いっけん》、一町でも敵に近づくというのは、人の心を異常にさせるものだ。

（それにしても、癇《かん》が走りすぎているような）

と、早雲はおもった。

定正の主力軍の先鋒《せんぽう》はすでに北上を開始している。全力をもって荒川の南岸に展開するつもりらしく、早雲もめしを食いしだい、追っつかねばならない。

そういうひとくだりがあって、やがて早雲は隊をひきいて荒川南岸に至った。

堤などはなく、川は広い河原を形成しつつ、自然にながれている。

このあたりの在所を、赤浜という。川の流れが速く、ところどころに小岩が突き出ていて、白波立っていた。

川むこうは、顕定《あきさだ》方の人馬がひしめいていて、敵ながら壮観である。

（当方から渉《わた》るのか、それとも敵の渉るのを待つのか）

早雲には、定正の胸の中がわからない。

ともかくも、早雲はこの場で甲冑《かっちゅう》を着、兜《かぶと》をかぶった。

そのあと、対岸の顕定の軍は、動かなくなった。

かれらは、当初、能動的だった。定正軍の右翼を衝《つ》き、また鉢形《はちがた》城の兵をもって左翼を混乱させたりしたが、それぞれ撃退されて失敗におわったとなると、それ以上、手を出すことをひかえるというふうであった。

（自重《じちょう》しているのだろうか）

早雲は、いぶかしくなった。

もともと、川をへだてて両軍が対峙《たいじ》した場合、さきに手を出したほうが負けになる場合が多い。

（顕定は、こちらから渡河させようとしているのか）

早雲は、敵を見つめつづけた。

なんといっても、坂東《ばんどう》の地は平安末期に、武士が勃興《ぼっこう》した地である。兵はつよく、士心に富み、はなはだしく名誉を重んずる。

現在、赤浜にいる。その東隣のむらが、畠山である。源平のころ、そこから畠山荘司《はたけやまのしょうじ》二郎重忠を出し、ここからすこし北の熊谷からは熊谷次郎直実《くまがいのじろうなおざね》を出すといったように、坂東一円はその後の武士の典型となる人物を多く生んできた。

早雲は、この地にきてしばしばみごとな武者ぶりの男を見かけ、そのつど、

（とても上方《かみがた》には見られぬ人の景色のよさ）

と、感心した。

ただ、武者の個々はいいが、坂東の社会は族党がこまかく分裂し、本脈・支脈が相争い、隣村はたがいに仲がわるく、本来の力を発揮できずにいる。

その上、源平のむかしから中央からきた貴族に対する崇拝心がつよく、みずからこの地で崛起《くっき》して坂東を統《す》べようとする者が出ず、もし出ようとすれば同族に嫉妬《しっと》されて足をひっぱられてし

まう。上杉顕定も定正も、流離《りゅうり》してきた貴族を別格としてもてなす土俗の気分の上に載《の》っかった大将なのである。

従って、顕定につく者も、定正に従う者も、忠誠心があってのことではなく、慣習としてかれらをかついでいる。叔父が顕定方につくとなると、おいは定正方をえらぶといった程度のもので、いずれにも所属しないということが不安なのである。

ただそれだけで集まっている衆であるために、いわば見せかけだけのいくさをしがちであった。とくに顕定方にその傾向が濃く、

（このような武者ばかりならば、かつての京の骨皮道賢《ほねかわどうけん》のほうがはるかにつよかった）

と、早雲はおもったりした。

（いっそ、当方から押し出し、余人は目もくれず、顕定の本陣に切り入って首をあげてしまえばどうだろう）

と、早雲は思い、定正の陣所に行った。

騎乗の早雲が、上杉定正の馬に寄せてゆくと、

「やあ、宗瑞《そうずい》か」

と、定正は、いつもの権高《けんだか》な顔つきを、蛇が皮でもぬぎすてたようにべつの顔に更《か》えた。幼児が乳母にあまえるような表情だった。

「よびにやろうと思っていた。もはや、そこもとが頼りじゃ」

（なにごとであろう）

早雲は、眼裂《きれ》のながい両眼で見つめている。

「敵は、弱気であると思わぬか」

「弱気と申しまするよりも、御大将《おんたいしょう》（上杉顕定《あきさだ》）のおそばの衆の姿、動きが、漫《そぞろ》なように見うけまする」

「もっと、言え」

「まことに煌星《きらぼし》のごとくにて」

敵の顕定のまわりには、綺羅々々《きらきら》しい甲冑《かっちゅう》を着けた大将級の者が集まりすぎているのである。かれらは自分の家来のいる持場《もちば》々々から離れて、顕定に気に入られるようにそのそばにいる。あの様子では、部署々々には、それぞれの大将が不在にちがいない。

「そのわりには、御馬のまわりの人数がすくのうございます」

「おう、すくないわ」

定正も、そう見ていた。顕定個人をまもる親衛隊の人数がすくなすぎる。顕定はそのぶんだけ、諸将を持場から離れさせて、身のまわりを豪華な甲冑の者でかためさせているのかもしれない。

「突くぞ。宗瑞、いかに」

「とは？」

「わしみずからが、物共《ものども》の真先に立って顕定の鼻先へ馬を入れようというのじゃ。わしが一騎先んじて川を渉《わた》れば、味方は憶病者にいたるまでふるいたって馬を河中に入れるだろう」

そのとおりである。

両軍対峙《たいじ》しているうちに、全軍、気こそ昂《たかぶ》ってゆくが、同時に血が凍るような極度の恐怖にも支配されている。それを突きやぶる者が、一番槍《やり》というものだった。ただ一騎、まっさきに駈《か》けだす者とその行為の価値は測りしれない。一騎がかけだしてこそ、味方はどよめき「誰某《たれそれ》を討たすな」と叫びつつ駈けだすのである。

ただ、日本国の軍《いくさ》というのは主将が駈けだすことがない。主将が不用意に討たれたりすれば士卒は散り、そのまま敗軍する。そのため主将軍は後方にあって重厚に守られているのだが、上杉定正はこの点、奇妙な勇者だった。みずから一番を駈けるという。

なんといっても、この一戦で顕定《あきさだ》の首をあげねば、定正としては勢威を回復する機会は二度と来ない。すでに定正は、前代未聞のことながら、主将自身が一番駈《が》けすべく逸《はや》っている。早雲は、この一挙は成功するとおもった。

ただ、やみくもに駈けても、意味をなさない。

まず、全軍に対し、御大将《おんたいしょう》が敵の顕定と一騎討ちすべく先駈けするという旨をつたえ、

「おのおの、遅るるな」

と、歩卒にいたるまで逸らせねばならないとした。

さらに、

「御敵《おんてき》の殿輩《とのばら》を左右に散らさねばなりませぬ」

と、いった。殿という言葉は、領地を持つ者に対する身分敬称で、同時代の西洋でいえば、貴族に相当するだろう。殿輩は、忠義顔をして顕定の馬廻《うままわ》りにむらがっているが、敵の左翼と右翼を同時に攻めれば、かれらは自分の家来たちが打撃をうけることに耐《た》えられず、いそぎ顕定のそばを去ってそれぞれの部署に駈け去るだろう。

「しかるのちに、御馬を川にお入れ遊ばすように」

と、早雲はいった。

「わかった」

定正の両眼に狂気が宿った。かれは、ただ一騎になっても敵陣に突き入り、たとえ骨に矢が立とうが、歯が残っているかぎりは顕定ののどくびを食いちぎってやるぞ、といった。

「宗瑞《そうずい》は、敵のどこを食うか」

早雲の部隊は、味方の右翼にいる。部隊をいまから移動して中央に持ってきたりすると、敵に意図を気《け》どられてしまう。早雲としては右翼から川をわたり、敵の左翼を突きくずし、敵中を駈けて顕定の本営を衝《つ》く、といった。

「おそらく、それがしのほうが早く山内殿《やまのうち》（顕定）の御首級《おしるし》をあげるかもしれませぬ」

「そうはさせぬ」

定正は、好意をこめて早雲の肩をたたいた。

早雲は、定正の使番《つかいばん》に指示し、全軍に意図を報らせたあと、馬をあおって自陣にもどった。

「押すぞ」

と、早雲はいった。

川を渉《わた》るときは姿《なり》は大きくするな、騎馬の者は顔を伏せよ、徒歩《かち》の者も身をかがめよ、たじろぐな、たゆたうと射られるぞ、敵の矢を思うな、ただひたにひたに渉れよかし、とどなった。といって早雲にこういう大戦《おおいくさ》の経験があるわけではなく、物の本で読んだだけのことである。

早雲は、齢を忘れているのだろうか。

勢いよく馬を河中に入れた。手綱《たづな》を左右にさばきつつ、浅瀬から浅瀬へ跳び、ときには深瀬に落ちたが、やがて対岸に駈《か》けあがったときは、かれのまわりにすでに家来がひしめいていた。

「組むな」

早雲は、命じた。敵と組み打っているようなことでは顕定《あきさだ》の本陣に近づけない。

「御本陣を突き参らせよ」

とさけび、かれをめがけてくる敵に対しては、得意の騎射を用いた。一矢《いっし》ごと、敵の顔を射ぬいた。

早雲の隊でめざましかったのは、物頭《ものがしら》の筆頭在竹大蔵《ありたけだいぞう》である。駿河《するが》にくだったときについてきた伊勢の国人《こくじん》の出身で、眉《まゆ》ふとく軀《く》幹《かん》長大で、薙刀《なぎなた》をふりかざして押し出す一隊のために道を切りひらく働きをした。

「大蔵、みごとであるぞ」

と、早雲が叫ぶと、ふりむいて、殿の御弓《おんゆみ》こそ心地《ここち》よけれ、と笑い、さらに敵を薙《な》ぎ伏せた。

早雲が予定したとおり、顕定の馬廻《うままわ》りは、目もあてられぬほど動揺した。殿《との》とよばれる連中はみな顕定を置きすててそれぞれの部署に散った。かれらにとって大切なのは自分の直接の寄親《よりおや》であり、顕定ではない。さらには、自分の寄子《よりこ》（寄騎《よりき》）や郎党こそ大切で、かれらを失っては在所における自分の権力がなりたたない。

上流にいる定正方の左翼も、川を渉《わた》りはじめた。顕定方は、そのほうにも走った。

「いまぞ」

定正は叫んで、馬を入れた。水しぶきが立ち、旗本衆がこれをかこんで押しすすみ、その左手を大森氏の兵が口々に矢声《やごえ》をあげて進んだ。

かれらが対岸に上陸すると、矢を顕定にむかってひとしきり集中し、つづいてかたまりになって押した。

「押せや、押せや」

定正は、鞍壺《くらつぼ》をたたいて叫び、やがて太刀を抜いた。

「みな、わが行手《ゆくて》を露ばらいせよ」

小田原氏の大森勢は、強かった。かれらは定正をかこんで進み、顕定の陣にせまった。

顕定は、狼狽《ろうばい》した。

「散るな、来《こ》よ、来よ」

と叫びつつ、後退した。

定正は、追った。

そこへ早雲とその隊が駈けつけ、顕定《あきさだ》の馬廻衆の左脇《わき》を痛撃した。

顕定の左側が混乱するなかを早雲は馬をすすめ、

「組むな、山内殿《やまのうち》(顕定)を討ち参らせよ」

と叫び、気をとりなおした顕定方の士卒がひっかえしてくると、はげしく戦い、追いちらし、さらに前進した。

乱戦になった。

定正方の勢いはすさまじく、顕定方は崩れたち、顕定自身、矢傷を負ったが、馬を後退《あとじ》らせるだけで、背は見せない。関東管領《かんりょう》たる者がひとたび背を見せれば、坂東《ばんどう》の風としてのちのちまで物笑いのたねになってしまう。

やがて顕定のまわりに定正方の歩卒の長柄《ながえ》や熊手《くまで》が幾筋も伸び、あやうく馬からひきおとされそうになった。

それでも体面があって、馬首をひるがえして逃げるわけにはいかない。

こういう場合、気のきいた物頭《ものがしら》がいれば、顕定の馬首をむりやりに後方にむけ、長柄の柄で尻《しり》をたたいて奔《はし》らせるものであった。

そのようにすれば、顕定の体面は救われる。

定正は、顕定にむかって馬を駈《か》けさせつつ、十《とお》のうち九つは勝ったと思い、あとの一つは顕定の首ぞとあえぎつつ馬をあおった。が、思わぬ窪《くぼ》みがあって馬が跳びこえぞこね、落ちて前脚を折ったために、定正の体は前へほうりだされた。そこへ顕定方の物頭が、顕定を救うべく駈けてきて、目の前に敵の主将がころがったのを見、馬からとびおりざま抱きつき、小刀《さすが》でもって頸《くび》を掻《か》っ切ってしまった。

その物頭も、定正方の軍兵《ぐんぴょう》に討たれたが、そこへ勢いを盛りかえした顕定方が押しよせ、両軍ははげしく接戦した。が、顕定方のたれかが、大音《だいおん》をあげ、

「扇谷《おうぎがやつ》殿の殿輩《とのばら》、益《やく》なき接戦《せめあい》は後生《ごしょう》によからず。すでに扇谷殿は討たれ了《おわ》んぬ」

といったため、両軍ともにわかに勢いをうしなった。早雲も、その場にいた。

かれはこの戦場で、扇谷衆から自然の信望を得ていたから、すぐさま敗軍をまとめねばならぬと思った。

混戦のなかで、まだ首のついている定正の死体を自軍の中に収容させ、いちいち指揮して追いすがる敵を蹴《け》散らしては、逐次、川をわたり、南岸にひきあげた。

そこで定正方の旗本衆をよび、

「われらは外様《とざま》でござれば、ご遺骸《いがい》に手を触れ奉ることはできぬ。このあたりの寺をみつけ、寺僧に金穀など与えて、後生の事を頼み参らせよ」

と、ねんごろに言いふくめた。

外様といえば、大森氏の兵も同様である。上杉定正の家来ではなかったから、この連合軍の主将が討たれた以上、この場で解散せざるをえない。

ただ、どのように退却するかである。追尾《ついび》してくる敵からのがれつつ逃げるのは困難なことであった。

「宗瑞《そうずい》どの、われらに下知《げち》（命令）を賜《たま》え」

と、大森衆の頭《かしら》だつ者たちが頭を下げた。


この時代、鉄砲は存在しない。

明応三年（一四九四）の高見原合戦は、鉄砲伝来（一五四三）をさかのぼること、ほぼ半世紀である。

鉄砲は、十七世紀初頭、種子島家が僧に書かせた『鉄砲記』（漢文）によれば、

このもの、一たび発すれば、銀山を摧《くだ》くべく、鉄壁を穿《うが》つべし。


と、漢文特有の誇張ながら、弓矢とくらべて格段の差のある威力が強調されている。鉄砲の普及が戦いの様相を変え、同時に、戦国を統一にむかわせる唯一無二の動因をつくった。

飛び道具といえば弓矢しかなかった高見原合戦は、源平のころのいくさと本質的には変っていない。

ただ源平のころの合戦には、武者個々に倫理的なきらびやかさがあったが、いまはそれが薄い。ひとつは、

「殿《との》」とよばれる階級が、当時のような精神の張りをもたなくなったことにもよる。

さらには、下の者が、当時とはちがっている。源平のころの家ノ子や郎党には、つねに主を仰ぎ見て憬慕《けいぼ》の心がつよく、「お主《しゅう》」というもののために生死《しょうじ》を捧《ささ》げきることが当然だと思っていた。この気分を奴隷《どれい》根性といってやるべきものではなく、武士社会が未成熟な段階における人の心の初々《ういうい》しさとして解してやるべきであろう。

室町期に入ると、社会の農業生産力が、源平時代にくらべて別社会のように飛躍した。当然、旧階級は衰え、下の者が力を持ち、あたらしく武士階級にせりあがり、時勢の主役になろうとしているが、しかしそのことについての自覚は育っておらず、おのれの行動を美しくしたいという倫理感覚も熟していない。

高見原合戦は、そういう時期の合戦である。

源平のころの殿輩《とのばら》や郎党たちの霊がこれを見るとすれば、

――なんと、しどけなき合戦か。

とあきれるであろうし、半世紀のちの鉄砲時代の戦国武者からみれば、こどもの石合戦のようないくさだと笑止におもうにちがいない。

主将が、討たれた。

あとは、ただ逃げ散るのみである。大切なのは自分の領地であって、旗のかわりにかついでいた関東管領《かんりょう》ではなかった。関東管領といえば敵方の顕定《あきさだ》も関東管領であり、死んだ上杉定正の存在は絶対の価値というものではない。

時代に、そういうしどけなさがある。

早雲は、荒川南岸に敗兵をあつめたが、すでに早雲にもことわらずに逃げてしまった者が多く、踏みとどまっているのは、外様《とざま》では早雲の隊と大森氏の隊ぐらいであった。

「私が、殿《しんがり》をつとめよう」

と、早雲はいった。追いすがる敵を食いとめ、味方をぶじ退却させるもので、死傷率は高く、しかも功名のたねにはならず、たれもがいやがる役目である。

大森氏の兵は、小田原城主である大森藤頼の一族で板橋越後という見るからにずるそうな男がひきいていた。

「ああ、そうか」

越後は、早雲に感謝するわけでもなく、むしろ早雲の頭上にあってその申し出を許可したという態度をとった。こういう場合、作法がある。殿軍《でんぐん》をひきうけた者に感謝するだけでなく、

「わずかなりとも、馳走《ちそう》し参らせん」

として、いくばくかの人数を置いてゆくものなのだが、板橋越後はそれもせず、さっさと自分が退却してしまった。

「越後どののなされ方よ」

と、大森勢のうち、早雲に同情して憤《いきどお》る者が多く、なかには、みずから志願して早雲の手の

下につき、殿戦《でんせん》の苦しみをともになめようとする者も多かった。

やがて、早雲は退却戦を開始した。

南岸にまで滲透《しんとう》してきた敵に対し、一度だけ痛烈な打撃をあたえ、一団ごと後退させた。

かれはすでにこのあたりの地理にくわしくなっている。中間目標を由井《ゆい》（八王子付近）にさだめ、なるべく、山間の小径《こみち》を通った。川越《かわごえ》城の方角をとらず、由井の方角をとったのは、そのあたりの諸豪族が顕定《あきさだ》方ではなかったことによる。また由井には、

「由井別当殿《べっとうどの》」

と、土地で古くから尊称される豪族がいて、当主の別当は兵十人ばかりひきいて定正方の陣にくわわっていた。別当は齢若く、歯ぎれのいい性格で、陣中、早雲になつき、いまは慕うような気分でいる。

「それがしは武蔵国《むさしのくに》、それも国の西の端にいて、頼るべき寄親《よりおや》もござらぬ。あわれ、伊豆に住んでいれば宗瑞《そうずい》どのに近侍《きんじ》いたすものを」

と、いったりした。

早雲は、中間集結地として由井館《やかた》を借りることにした。

一方、板橋越後は川越城に入ったところ、すでに敗軍をきいて古河公方《こがくぼう》は去っており、留守をしていた者はもとから山内上杉《やまのうち》（顕定）方で、この場合、ひとたび扇谷《おうぎがやつ》（定正）についたことを悔い、顕定への機嫌をとりむすぶために越後を殺してしまった。

早雲は後日これをきき、しばらくまばたきもせずにこの衝撃に耐えた。

鎌倉時代、各地方の豪族が幕府に対する公役《こうえき》をはたさねばならぬために、鎌倉への公道が開発された。あるいは幕府が、鎌倉から各地方に飛脚《ひきゃく》を発するためにも、その道はつかわれた。

その公道は、

「鎌倉往還《おうかん》」

とよばれた。往還とは、街道のことである。

この名を冠《かん》する街道は諸地方にあって、一筋の道ではない。要は「鎌倉へゆく公道」ということである。

鎌倉幕府は天下を制したが、しかしその直衛軍《ちょくえいぐん》たるべきものはひざもとの関東・奥州にいる御《ご》家人《けにん》たちであり、狭義の鎌倉往還は、関東の各地や奥州に通ずる道である。

そのおもな「往還」は、最初二筋あり、上ノ道、下ノ道とよばれた。いずれもいったんは武蔵《むさしの》国《くに》を通過し、そこから関東一円の豪族の居館を縫って通っている。

やがて、中ノ道という往還が開鑿《かいさく》された。この往還にかぎっては、

「ハヤ道《みち》」

と、通称されていた。速くゆける道の謂《いい》である。つまりはかならずしも豪族の居館を縫ってゆかず、言いかえれば、上ノ道のバイパス道路であった。

八王子付近の由井《ゆい》で全軍を収容した早雲は、まず相模《さがみ》の鎌倉をめざすべく、多目権平《ためごんぺい》らを先発させ、道の要所々々の農家にかけあわせて兵糧を集積した。

かれは、中ノ道をとることにした。

鎌倉から発している中ノ道は、多摩丘陵を南北に通っていて、北端は武蔵府中で上ノ道と合流して消える。

由井を発した早雲は、中ノ道に入るべく、山路をたどり、大塚を経、多摩川南岸の関戸に出た。

関戸は、むかしは霞ケ関などとみやびた名でよばれた地で、多摩川を北へわたれば武蔵府中であるために、宿場《しゅくば》としてやや集落も大きく、百姓屋敷なども人を泊めるために間数《まかず》が多かった。

早雲の退却行の用心ぶかさは、この関戸においても、後続の兵を待ち、部隊の人数をととのえたことである。

「決して、道をいそぐな。病人・けが人はしとみ戸《と》にのせてはこべ。小人数になるな。はぐれるな。はぐれると、落武者《おち》になりはてて狩りとられるぞ」

と、士卒をいましめた。めしも、十分に食わせた。

このため士卒に力があり、また隊伍《たいご》をととのえているために、土地々々の豪族、百姓どもも、

「勝ちたる山内《やまのうち》殿に手柄《てがら》見せん」

などといって襲撃してくるということもなかった。

武蔵関戸から、多摩丘陵を南下する中ノ道に沿って、はるかに鎌倉をめざした。

早雲が、武蔵《むさし》関戸から多摩丘陵を南下して鎌倉をめざした「鎌倉往還《おうかん》中ノ道」は、いまは山

間、田野《でんや》に古道がきれぎれにのこるのみで、一貫してたどることは困難かもしれない。

かれは隊をひきいて南下をつづけ、相模国《さがみのくに》の秋葉という村に出た。

こんにち広域化された横浜市の戸塚区に入る。ついで柏尾《かしお》という村に入った。ここに永谷川《ながや》(戸部川)という細流が南流している。

笠間をへてやがて大船《おおふな》に入った。大森勢をあわせて約四百の人数が宿営するには集落が小さすぎたが、東に山があって、西に田園がひろがり、万一敵に攻められた場合、地形を要害としてつかうことができる。

もはや、鎌倉は近い。

早雲は、大船から三浦義同《よしあつ》に使者を出した。

鎌倉はすでにこの三浦半島の油壺《あぶらつぼ》付近を根拠地とする三浦義同の勢力の最北端になっており、義同にことわりを言わねば、軍隊の宿営はできない。

早雲にすれば、相模の陸路を通って伊豆にかえるには、危険が多すぎる。扇谷《おうぎがやつ》上杉氏の定正の戦死のために、沿道の諸豪族の動向がはかりかねるのである。

ついては鎌倉に伊豆の水軍をよびあつめ、海路伊豆半島にもどりたい。水軍の集結まで十日以上はかかる。このため半ヵ月ほど鎌倉で兵を駐《とど》めたいが、ご意向どうか、という使者なのである。

早雲は、ごく気軽でいた。三浦義同への申し入れはごく儀礼的なもので、義同とその義父時高との戦いには、あれほど力を貸したから、義同はみずから鎌倉まで出てきて早雲を出迎え、戦いの労をねぎらうだろうとおもっていた。

しかし、返答は意外だった。

その内容は、要領をえない。世間への憚《はばか》りがあるゆえ鎌倉には半夜もとどまらず、他の地へ行ってほしい、という。

早雲は、さすがに驚いた。

（定正の死だ）

それが、義同の心を変えさせた、とおもった。もともと三浦家は山内《やまのうち》上杉氏（顕定《あきさだ》）に属していたのだが、義父時高を攻めるについて便宜上――あるいは心ならずも――扇谷上杉氏の定正の傘下《さんか》に入った。おそらく定正の戦死後、旧《もと》に復すべく山内上杉氏の顕定に戦勝祝いの使者やら人質などを送っているのではあるまいか。

早雲は、二度の使者は出さなかった。押して鎌倉に宿営させてもらったところで、三浦義同が上杉顕定への忠義だてから襲って来ないともかぎらない。

結局は、陸路、西へむかった。

三島明神

早雲は伊豆にもどると、窮迫した財政のなかで身をちぢめつつ、ただ一点を考えた。

(坂を越えよう)

ということであった。坂とは、箱根のことである。越えるとは、関東に入ることであった。関東とは、具体的には小田原のことである。つまりは、大森氏をほろぼす。

——大森氏に、罪があるか。

なんの罪もない。

歴世、小田原を治所とし、相模《さがみ》の西半分を治めて、大型《おおがた》の地頭《じとう》としては治績もわるくなかった。領内でいくつかの禅宗(臨済《りんざい》宗・曹洞《そうとう》宗)の寺を興したのも、よきことの一つとしてあげられる。

この時代、他宗とはちがい、禅寺《ぜんでら》は、西洋の中世でいう学林《コレジヨ》に相当した。僧を教えるだけでなく、士民に教養をあたえる場であったから、禅寺を興すことは文教をさかんにすることにひとしい。この時代の守護や地頭としては、大森氏は天下をあらあらにながめてよくやったほうといえるのではないか。

（それを攻める。……）

早雲は、世間から妄行妄作《もうぎょうもうさ》といわれるだろう。このことばは宋《そう》の禅語が日本に入って、放埒《ほうらつ》なふるまいとか悪行などの意味に用いられた。

年少のころから、早雲はおとなしい男といわれてきたし、みずからを律し、埒《らち》を越えることはやったことがなく、さらには人にもやさしかった。貧民や飢民《きみん》に対する思いやりのあつさはうまれついてのものであったし、また貴人の暴慢さに対する憤りも、本来のものであった。

かれは、すでに地頭である。非合法ながらも、伊豆一国をおさめている。農民たちのかれをよろこぶことは、この時代に比類がない。地頭でありながら、かれ自身は栄華をせず、暮らしのつましさは、小規模な国人《こくじん》ほどでしかない。

しかし、伊豆一国の行政費にかれは窮している。

もともと税率の安さのためにその点の窮屈さがあったが、こんどの戦費がこたえた。両《りょう》上杉の争いの一方に加担して、その動員に応じて出かけるなど、無駄を厭《いと》う早雲にふさわしからぬことであったが、しかしあの陣に参加することによって、早雲の伊豆統治が世間の黙認を得ることになった。ただそれだけがあの陣に参加した早雲一個の目的であり、そのことはかなえられた。でなければ、早雲は単なる領地泥棒になったろう。それにしても、費用が高くつきすぎた。

かといって、税率をあげるわけにはいかない。

税率が法外に低いということだけが、農民（国人・地侍《じざむらい》をふくむ）にとっての早雲の唯一の存在理由であった。

（坂を越えるしかない）

と、早雲は思うのである。伊豆を維持するためには他国を併呑《へいどん》せねばならず、それをやれば、早雲は諸国の武家貴族たちから梟雄《きょうゆう》といわれるだろう。あるいは後世もまたそう思うにちがいない。

早雲は、坂を越えたい。

しかし越ゆべからざるものを感じている。無名《むめい》の師《し》をおこすということが、あってよいものか。

ここ十日ばかり、

「乱世」

ということばを三度もきいた。

まさか、早雲はそういう俗信を信じないが、この野の辻《つじ》に立って四方をながめていると、田仕事をする家族が語らっていて、どういう前後の話なのか、そのうちの一語だけが風に運ばれて早雲の耳に入った。

「乱世」

ということばだった。ふつう、辻占《つじうら》をなす者は、黄楊《つげ》の櫛《くし》をふところに入れて四つ辻に立ち、辻の神を念《ねん》じつつ、最初に通りかかった人の話し言葉によって吉凶《きっきょう》をうらなう。さらにいえば、辻の神に通ずべく、歌を三度となえる。

辻や辻　占《うら》正しかれ　辻うらの神

まさか、早雲がそういうことをやるはずもない。

ついで、北条館《やかた》の裏山をのぼっていると、きこりが三人めしを食っていて、なんの話か、

「乱世」

といった。三度目は、館うちの武者の詰間《つめま》から、乱世ということばがきこえてきたのである。

こういう場合には口占《くちうら》といい、人の口から出る言葉をとって吉凶をうらなう。

この占の欠点は、この世がまぎれもなく乱世で、たれもが口にし、目にしていることであり、尋常《ただ》のことばでありすぎることだ。が、その乱世でさえ、早雲がひそかに考えていることからみれば、こどもだましのようなものである。なるほど、足利の世は当初から乱れ、いまも乱れて、あちこちに大小の合戦、小ぜりあいの種のつきることがない。

それは、小は地侍《じざむらい》・国人《こくじん》、中どころは地頭《じとう》、大は守護、さらには管領《かんりよう》、上《うえ》つ方《かた》は足利家にいたるまで、家々の名跡《みようせき》をわがものにすべく一族があらそい、たがいに党類をひきよせて戦《いくさ》の火を大きくしているだけで、他人の武力勢力の領土まで押し入って奪おうとはしていない。もっとも、寺領や社領、公家《くげ》領の押領《おうりよう》は朝飯前のことで、いまもつづいているが、それらは武力をもたないために、近在の武士にとっては道に落ちたものを拾うようなものだ。早雲が考えているのは、そ

ういうことではない。

乱世以上のことである。

近隣を斬《き》り取るということであった。仮りに早雲が小田原の大森氏の叔父かなにかで多少の相続権らしいものがある場合、それを武力でかちえても、これは乱世の域を出ない。

(わしが、小田原をとれば、もはや乱《らん》などではなく、おそるべき世になるだろう)

たとえていえば、唐土でいう春秋戦国の世になるかもしれない。『孟子《もうし》』に春秋に義戦なし、といっているではないか。そういう世になる、と早雲は思った。

早雲は、身辺の者にも明かさない。

ただ、大道寺太郎にだけは、

「三島に参籠《さんろう》しようと思う」

と、いった。三島明神のことである。

「なにゆえのご参籠にや」

大道寺太郎が、露骨に質問した。従者というものは主人の言葉に対し容易に反問せぬのが礼というものであったが、かれらの間はまだ型どおりの主従の関係にはなっておらず、むしろ義兄弟といった気分のほうが濃い。このため大道寺太郎は不審があればずけずけと問う。

「わしは、伊豆一国を持ちかねている」

行政費にこまっている、ということである。

「伊豆は小そうござるな」

日本国は六十余国にわかれているが、陸奥《むつ》のように広大な地も一国であり、小豆粒《あずき》のような伊豆も一国である。

「国さえ広ければ、殿の安き税というやりかたはうまくゆくと思うのでござるが、いかにせむ、伊豆一国では兵も養えませぬ」

「わしのやり方を、仁《じん》と思うか」

早雲は、そういうことにこだわっていた。

「いかにも、仁でありましょう」

「孟子《もうし》という男は」

と、早雲がいった。

「力ヲ以テ仁ヲ仮《か》ル者ハ覇《は》ナリ、といった」

仁は、孔子の教えにおける最高の道徳である。『孟子』は王の定義を、徳をもって仁をおこなう者、とした。孟子がもっともいやしんだのは、武力で天下を切りとろうとする覇である。孟子における覇の価値は、ほとんど盗賊というほどに低い。ところが、覇も仁を仮りにとなえる。仁を布くために武をおこなうのだ、という。孟子は、覇のそういう性根《しょうね》をいやしむのだが、早雲の書生じみたおかしさは、この期《ご》になってそういう倫理観にこだわっているのである。

「しかしわしは、仁を仮る者ではない。本気で仁を布こうと思っているのだ」

――関東に、である。

「そのために、武をつかう。武略も用いる」

「はて」

「あざむきもする」

「はて、はて」

大道寺太郎は、早雲の暗い形相《ぎょうそう》を見て、返答をすることも憚《はばか》っている。

「鎌倉の右大将の君（源頼朝）が、山木《やまき》ノ判官を不意討ちしたことを仁と思うか」

「それによってめでたき世を開かれましたるゆえに、仁でございましょう。たれもが、当時の佐《すけ》殿《との》（頼朝）が、平家のこの地における代官山木ノ判官を討って武家の世をまねきよせたることを不義とはしておりませぬ」


伊豆の三島は、集落としては鎌倉時代に興った。

箱根山塊のふもとにあり、東海道を東にゆき、ついには箱根を越えようとする旅人は、かならず三島で泊まる。

ここに、三島明神が、大きな神域に鎮《しず》まっている。もともと伊豆一宮《いちのみや》といわれた神社であったが、古くは他の場所にあり、いつのほどか、この地に動座したものの、さほどにふるわなかった。

三島明神が歴史のなかでにわかに高名になるのは、源頼朝が大いに尊崇し、社領などを寄進してからである。

の
頼朝は、ひろく知られているように、もとは流人《るにん》であった。いま早雲が居住しているそばの蛭《ひる》ヶ小島という湿田《しつでん》地帯に住まわせられていた。それを監視すべき役が、ほんのそばの山木という在所に館《やかた》をかまえていた平家の伊豆代官山木判官であったことは、すでにふれた。

頼朝が平家討滅の挙兵をすべく、ひそかに密謀をめぐらしたが、その計画の第一にやるべきことは山木判官を急襲して旗上げのための血祭にすることだった。むろん、山木判官に対して頼朝には個人的な怨恨《えんこん》はなく、いわば革命戦の定石《じょうせき》として伊豆における平家政権の代表たる山木判官を討つのである。

頼朝は、信心ぶかい男であった。

かれは、小人数しかもたず、しかも伊豆という僻地《へきち》で挙兵するということに、はたして成功するかどうかという危惧《きぐ》を感じていた。

このため、挙兵の前にひそかに三里の道を北上して三島明神に参籠《さんろう》し、戦勝を祈った。かれは挙兵の日を選ぶについて、三島明神の神事の日に合わせたほどに、ふかくたのんでいた。幸い、平家討滅が成功したため、社領を寄進しただけでなく、しばしばみずから参詣《さんけい》し、神事には奉幣《ほうへい》使《し》を派遣するなどして、格別のあつかいをした。以後、三島明神は大いに盛んになるのだが、早雲もまた三百十余年後に、流人の頼朝がたどったのとおなじ道を歩いて、三島明神にいたっている。

頼朝が初秋の八月であったのに対し、早雲は田の面《も》の凍てついた十二月であることがちがっている。ひそかに、

（兵を挙げる）

という一点においては切実に合致していた。早雲は、あきらかに伊豆時代の頼朝にあやかろうとしていた。

という以上に、挙兵前の頼朝のごとく三島明神に参籠することによって、自分の挙兵を「妄行《もうぎょう》妄作《もうさ》」の悪事でなく正義の色合いだけでも付加したいとおもった。同時に、頼朝のごとく天下のぬしになるということも、可能性は皆無にちかいながら、早雲は思わぬではなかった。

この時代までの日本の権力者たちは、自分の宮殿、あるいは城郭のために巨大な建造物をつくろうとはしなかった。

京にあるみかどや将軍《くぼう》の殿舎もさほどのものではなく、まして諸国の守護の館《やかた》にいたっては、人目をおどろかす類いのものではない。

そのくせ、巨大建造物は存在している。たとえば、大和国《やまとのくに》には東大寺があり、興福寺があり、法隆寺がある。諸国の代表的な社寺も、地上の権力者たちの館からみれば、巨大な敷地と殿舎をもっていた。

三島明神のような、いわば伊豆の片田舎ともいうべき地にある神社でさえ、となりの駿河《するが》や地元の伊豆の地頭《じとう》たちの屋敷にくらべれば、宏大《こうだい》なものであった。

鎌倉のむかし、京の公家《くげ》屋敷で人生のなかば以上をすごした人が、何をおもいたったのか、東《あずま》くだりの旅をした。めざしたのは、武家の都である鎌倉の府であり、ふかい感動をこめて、旅のこと、鎌倉のことどもを紀行として書いている。『東関紀行《とうかん》』とよばれる。

三島のくだりについては、

伊豆の国府《こふ》（註《ちゅう》・三島）にいたりぬれば、三島の社《やしろ》のみしめ（註・しめなわ）うち拝《をが》み奉るに、松のあらし、こぐらくおとづれて、庭のけしきも、神さびわたれり。


とある。境内の松の林の木暗《こぐら》さが神寂《かみさ》びていたというあたり、いかにも一国の一宮《いちのみや》の風趣である。鎌倉三代の将軍、九代の執権《しっけん》（北条氏）、みな恭礼《きょうれい》をあつくしてこの社のために堂塔殿舎を寄進したため、神寂びよりもむしろ俗世の贅《ぜい》を感じさせる。

神仏混淆《しんぶつこんこう》の世であるため、神社にはそれを護持する社僧がおり、僧の長《ちょう》を別当《べっとう》といい、愛染院《あいぜん》に住み、ほかに大徳院、竜法院などの寺もある。

神主は、べつにいる。その長は世襲の矢田部《やたべ》氏で、社家《しゃけ》三十余人をひきいていて、俗世にあっては大いなる地頭ともいうべき存在だった。

早雲は、神主矢田部長門《ながと》と一面識の仲であったため、参籠《さんろう》すべく社域に入り、矢田部館にあいさつにゆくと、長門が出てきて、思いもよらず、

「わが館に泊まられよ」

と、すすめてくれた。

矢田部氏は、古代から伊豆において神聖家系とされている。その当主が、伊豆でにわかに俗権

をもった早雲に対し、重くはあつかわないまでも、そのような好意を見せてくれたことは、早雲の政治的立場を固くする上で、容易ならぬ遇し方といえた。いつもの早雲なら辞退して籠堂《こもりどう》を借りることにしたろうが、すでに不退《ふてい》を決意している早雲はありがたくうけた。

「神には、舞いをささげまつるべし」

と、早雲は社家《しゃけ》の矢田部長門《やたべながと》にいった。

神が舞いをよろこびたまうというのは、世々《よよ》、ひとびとの信じてきたところである。

「舞台が候《そうろ》うほどに」

長門は、当然うけた。十《とお》ばかりの篝火《かがりび》が、神殿の前の舞台のまわりに用意された。衣装というほどのものは、早雲は用意してきていない。烏帽子《えぼし》をかぶり、すずやかな大紋《だいもん》を身につけた。

大紋は、この時代の武家の礼服である。大きな家紋をつけるためにこのようによばれる。早雲は伊勢平氏の紋であるところの蝶《ちょう》をつけていた。ただし、大紋の着用は、厳密には従五位《じゅごい》以上の武家でなければならず、実際には守護階級でなければならない。無位無官の早雲がつけては、礼の紊《みだ》れとも言われかねないが、矢田部長門が早雲の姿をみて、心から、

「さすが伊勢家の御流《おんなが》れ。大紋のゆかしく映ゆることよ」

といってくれた。事実、礼の家である伊勢家の者が、礼服として大紋を用いないのが、むしろ常識としておかしい。さらには早雲は容儀のよい男で、大紋がよく似合った。

早雲は、能を演ずるという。矢田部長門が、なにをなさるか、と問うと、

「春栄《しゅんねい》」

と、答えた。

『春栄』は、世阿弥《ぜあみ》の作といわれる。愛というものを、それも異常な兄弟愛を主題にしたものだが、この愛は衆道《しゅどう》（男色）ではあるまいかとされており、早雲自身もそう信じている。時代を鎌倉の世に借り、よき武者たる兄が、鎌倉殿のとがめによって死刑になる美少年の弟春栄丸とともに死にたいと上訴《じょうそ》し、ゆるされず、しかしながら兄は一歩もさがらない、という筋である。兄の名は、増尾《ましお》ノ太郎種直《たねなお》という者で、弟の増尾ノ春栄丸とともに京の南の宇治川の橋合戦に出陣し、敗者の側に立った。合戦のさなか、兄の種直は左肩を射られてその矢を抜くべく退《さが》っているうちに弟の春栄は敵陣に深入りし「やみやみと生《い》け捕《と》」られた。その後、鎌倉方は、敵方の捕虜をこの三島の里にあつめたが、そのなかに春栄もおり、他の者たちとともに斬《き》られる運命にあった。

その三島の里に兄の種直がたずねてきて、捕虜《めしゅうど》の管理をしている高橋権頭家次《ごんのかみいえつぐ》という者の陣屋にゆき、家次に会い、
一所に誅《ちゅう》せられんがため、遥《はる》ばる参りて候。春栄に引き合はせられてたまはり候へ。

と、懇願するのである。早雲が、数ある能のなかでなぜ『春栄』をえらんで神前に奉《ほう》じようと

しているのか、むろん矢田部長門にはわからない。

早雲が『春栄《しゅんねい》』をえらんだのは、その舞台がこの三島だったからである。後半に、三島明神の神徳をたたえる地謡《じうたい》もうたわれる。

なほ喜びの杯《さかづき》の
影も巡《めぐ》るや朝日影《あさひかげ》
伊豆の三島の神風《かみかぜ》も
吹き治《をさ》むべき代《よ》の始め

筋でいうと、兄の種直《たねなお》は、死罪になるべき弟の春栄のために、さまざまに、鎌倉殿の家人《けにん》高橋権頭家次《ごんのかみいえつぐ》にかきくどく。弟とともに死罪になりたいと頼み、それもかなわぬと知ると、もはやここで死にたい、と言い、

いやとにかくに命を捨《す》つるまで。

と、うちみだれ「種直これにて腹切らん。……ご芳志《はうし》に刀を賜《たまは》り候へ」などという。さらに種直は高橋権頭家次にとりすがって、

ひらに、おん私《わたくし》をもつて（あなたの私的なおはからいでもって）それがし誅《ちゅう》し、春栄を助けてたまはり候へ。

自分を死罪にし、弟をたすけよ、という。物語がすすんで、鎌倉から早打《はやうち》の命令書がとどき、この三島明神の若宮《わかみや》の別当《べっとう》のとりなしで、斬《き》らるべき捕虜のうち、何人かの助命がかなえられた。そのなかに春栄の名もあり、

祝ふ心は万歳楽《まんざいらく》

ということで大団円する。一座の鎌倉方もみなよろこび、種直に対し「これほどめでたき折《をり》なれば、そと、一《ひと》さしおん舞ひ候へ」とすすめる。種直は両手を顔の前であわせるようにして立ちあがり、急調子の囃子《はやし》につれて地を踏み、勇壮に舞う。

東路《あづまぢ》の
秩父《ちちぶ》の山の
松の葉の

千代に影添ふ
若緑《わかみどり》かな

このことばに、早雲は関東を制覇する野望の成功を祈ろうとするのだろうか。あるいは早雲がわざわざ『春栄』をえらんだのは、春栄を小田原の若い城主大森藤頼に擬したのかもしれない。

むろん、話の筋はちがっている。早雲が種直《たねなお》であるならば、春栄である藤頼のぶじこそ早雲の願いであらねばならない。種直の春栄に対する愛は、男色《なんしょく》の愛としか思えないほどに、自己犠牲をともなっている。早雲は、この神前で、大森藤頼への擬似《ぎじ》の愛を演じ、その愛を神に感応してもらい、罪もない藤頼を討つことの免罪を得ようとしたのか。それにしては、能の筋とは天地のちがいがあるが、いずれにしても、この期《ご》に愛を主題とする演能をする早雲の心事は、尋常でない。

神は、浄闇《じょうあん》を好むのであろう。神事の多くは、夜のふけるころからはじまる。富士も箱根も闇《やみ》の中で眠りはてた刻限、三島明神の神殿の前の舞台のまわりの篝火《かがりび》が、にわかにさかんになった。

シテの増尾《ましお》ノ太郎種直は、早雲である。ツレである従者小太郎は、山中小次郎であった。ふたりは都からはるかに伊豆へ道行《みちゆき》して三島の高橋家次《いえつぐ》の陣屋にまでやってくる。

鎌倉殿の家人《けにん》（正規の直属武士）である高橋家次は、大道寺太郎がつとめている。

美少年である春栄《しゅんねい》の役は、老いすぎているが、荒木兵庫《ひょうご》であった。早雲をふくめてこの四人は、山城《やましろ》の田原《たはら》の里以来の仲であり、主従というよりも盟友にちかい。

「山城の宇治の奥の田原」

かれらは、この里を懐しんでいる。すでに早雲の小田原攻めの胸中を察している荒木兵庫などは、参籠《さんろう》の早々、夕食のとき、ふと顔をあげて、

小田原が

小田原であることのたのもしさよ

と、つぶやいた。日本の地名につく小《お》は、物の大小をあらわすよりも、その地へのいとおしさをこめた場合が多い。京の近郊にある小野も大原も、単に野といい、原といえばいいところを「お」をつけてその耕作地に愛情をこめてよんだというところから出た。山城の宇治の奥の田原の里に、いとおしみのおをつければ小田原になるではないか。

高橋家次の従者の者は、伊勢で商いをしていた多目《ため》権平《ごんぺい》であり、鎌倉からの急使の役は、若いころ伊勢の津《つ》第一の美男といわれた御師《おし》あがりの荒河又次《あらかわまたじ》である。地謡《じうたい》は、伊勢の人在竹大蔵《ありたけだいぞう》らがつとめた。

これら七人こそ、上方《かみがた》から駿河《するが》にくだった同勢《とうぜい》であった。

かれらをのぞき、もっともふるい譜代衆《ふだいしゅう》は、駿河衆である。駿河は今川氏の国だけに、能や連《れん》歌《が》のさかんなことは都にもおとらない。列座して地謡をうたう者、能管《のうかん》を吹く者、大小の鼓を打つ者、じつにみごとなものであった。

「このことは」

と、最初、早雲は『春栄』の主題について念押しした。

「煩悩《ぼんのう》ぞ」

愛という言葉をつかわないのは、この時代、愛も煩悩も似た語感としてあつかわれていたからである。早雲は、さらにいった。

「煩悩即菩提《ぼだい》というが、煩悩も、種直のごとく春栄のごとく一途《いちず》であれば神明《しんめい》も感応したまうということぞ」

早雲は、なんと閑々《かんかん》としていたことか。三島明神に参籠《さんろう》して年を越えてしまった。

「かのよき人は」

と、伊豆の士も民も早雲のことをそのようによぶ。

「三島さまの禰宜《ねぎ》にでもおなりあそばすおつもりか」

そのように不安がった。

禰宜とは、神職の階級の一つである。神主を最高とし、そのつぎに位置し、神事や事務をあつかう。禰宜の下に祝《はふり》という階級がある。伊豆一国の事実上のぬしである早雲も、三島明神のなかでは、比喩《ひゆ》ながら禰宜としてしか見られないところに、この神社の権威がある。

神主の矢田部《やたべ》長門《ながと》も、館《やかた》のなかで起き伏しを重ねる早雲を見るうち、なにか滲《し》み入るような親しみを覚えはじめているらしく、ふと軽忽《きょうこつ》な口をきいた。

「骨が透《す》けるようなお姿になられた」

俗気がすくなくなった、ということであろうか。

しかし、早雲の魂胆《こんたん》は俗気がないどころではない。

小田原を略《りゃく》し、関八州の山川《さんせん》を制覇しようとしているのは、はちきれるような俗ではあるまいか。

ただ、昔の早雲が残っている。小田原の大森藤頼を討つことの心苦しさである。それも参籠のおかげで苦しさがまぎれ、あるいはしびれたのか、痛みがにぶくなってはいる。

あとは、諸人《しょにん》にどう納得させるかであった。家来や被官《ひかん》どもに対しては、この一挙に勇奮させねばならない。同時に小田原の大森領の農民どもにも、歓声をあげて早雲の到来を迎えさせねばならないのである。

早雲は、元旦《がんたん》を籠堂《こもりどう》でむかえた。

二日の夜、目がさめると雪が降っている。暁《あかつき》までよほど間があるため、もう一度眠った。その浅い眠りのなかで、地平《ちへい》まで見はるかすほどの野があらわれた。

そこに老いた杉が二本はえている。ふたつの杉は、幹《みき》に虚《うろ》ができ、根あがりして、うらぶれていた。そこへ野ねずみがいっぴきあらわれ、二つの杉の根を食いはじめた。杉を食いきってしまうと、ねずみは虎になった。

（馬鹿な初夢を見たことよ）

と、起きあがって湯殿にゆき、冷水を三杯かぶって、乾いた布でたんねんにこするうちに、夜の闇《やみ》が追いはらわれて、境内につもった雪がかがやきはじめた。

　浄衣に着かえ、雪を踏んで神前にすすみ出、つまらぬ夢ながら、吉夢《きつむ》になるように念じた。顔をあげたとき、

（ああ、あの杉は、山内《やまのうち》上杉と扇谷《おうぎがやつ》上杉をあらわしていたのか）

　と、気づいた。というよりもこじつけたというほうが正確である。では、ねずみは何か、おのれではないか、早雲は永享《えいきょう》四年子年《ねどし》の生まれである。両《りょう》上杉を倒せということであるか、と、初夢など信じぬ早雲が、時期が時期だけにことさらにそのように思おうとした。


　早雲は韮山《にらやま》盆地の北条館《やかた》にもどると、初夢の話をした。

　相手は、身辺の者ではなく民政の担当者だった。

　江川左馬助英住《さまのすけひですみ》という。韮山の国人《こくじん》のひとりで、頭のなかに資料庫が入っているような異能の人であった。

　早雲は、江川左馬助から伊豆一帯の農村のことについて報告をうけていたが、そのあとふと、

「夢を見た」

　と、二本の杉とねずみの話をした。

江川左馬助はつつましい表情で聴いている。

「そのねずみが、たちまち虎《とら》になった」

と、早雲はいったが、左馬助は無言でいた。この寡黙な男なら、早雲との私語はいっさい洩《も》らさないだろう。

「左馬助、洩らしてもよいぞ」

早雲はいった。江川左馬助は聡《さと》い人間だから、早雲の意中を察した。むしろ積極的に洩らせ、ということだろうと思い、そのようにした。

うわさは、家中《かちゅう》にひろまった。大道寺太郎などは十日ほどして耳に入れ、早雲にまことでございますか、と反問した。

「みな、どのようにいっている」

「殿が、両上杉《りょううえすぎ》を倒して関東のぬしにおなりあそばすといっております」

「明るく言っているか」

「明るうございます」

「………」

早雲にすれば、かれが抱《いだ》いている野望は世の秩序をこわすことであるだけに、家中がおびえ、気分が暗くなってしまうと、結束が遂げられない。そうか、あかるいか、と早雲はとびきり陽気な表情をつくってよろこんでみせた。

「おそらく、小田原衆もよろこぶ」

「まさか」

大道寺太郎は、常識家である。小田原を攻められて小田原衆がよろこぶはずがあろうか。

「よろこぶ」

「殿も、三島ご参籠《さんろう》このかた……」

「面怪《おか》しいか」

早雲は、笑った。

かれは小田原の大森方のことを「小田原衆」と称《よ》んだが、この当時、そういうよび方はなく、称するとすればせいぜい、西相模《にしさがみ》衆というべきであろう。大森氏を頂点とする西相模の土豪集団は「小田原衆」とよばれるほどには団結していなかった。

大森氏は、のちにやってくる戦国の領国大名ではない。西相模の土豪たちにとっては、多分に、

「触頭《ふれがしら》」

というべきもので、戦国ふうの家臣団というような強固な主従組織ではなかった。

「かれらは、早くから伊豆でのやり方をよろこんでいる。そのやり方を相模《さがみ》にもちこむことをよろこばぬはずがない」

早雲は、わざと野放図《のほうず》な調子で言ったが、大道寺太郎は顔を曇らせた。早雲がぼけたのではないかと本気で心配になった。

三月になると、相模から伊豆韮山《にらやま》の早雲のもとに訪ねてくる者が多くなった。

「修善寺《しゅぜんじ》に湯治《とうじ》いたさんがため」

という口実を、この国にくるたれもがつかった。でなければ、西相模の旗頭として押しあげている大森氏の手前、あやしまれるからであろう。

訪客の多くは、高見原《たかみはら》崩《くず》れのとき、早雲の退却戦指揮のおかげで命びろいしたひとびとだった。あの敗戦で、もし早雲がいなければ、追撃されて草のように首を狩りとられていたに相違ない。

もっとも、この韮山詣《もう》での現象については、伊勢の御師《おし》（諸国を巡回する下級神職）あがりの荒河又次《あらかわまたじ》の根まわしによる。かれは西相模の土豪のおもだつ者を巡訪し、高見原合戦の思い出ばなしなどをしたあげく、

「修善寺に湯治かたがた、お遊びにわたらせられよ」

と、すすめてまわったのである。

——伊勢に参られよ。

と、すすめてまわる御師の口調《くちょう》そのままであるだけに、かえって相手は、

「修善寺の湯は効《き》きますか」

などと、真顔で乗り、小田原の大森氏への配慮をわすれた。その上、かれらは早雲に再会したかったし、敗軍のときの礼も言いたく、さらには、早雲治下の有名な伊豆の民政をこの目でたしかめたいという気持もあったろう。

韮山では早雲がいちいちあい、修善寺の湯のそばの肖廬山《しょうろ》修禅寺では、早雲のおじである住持の隆渓《りゅうけい》が親しく接待した。曹洞禅《そうとう》をきわめた隆渓は名僧として相模一円に知られていただけに、たれもが感激した。

なかには一族十数人でやってきて、二十日以上も修善寺に逗留《とうりゅう》する者もいた。

長逗留の者のなかには、

「在所にいるとわずらわしいことが多く、留守するほうが安気《あんき》でござる」

と、いう者もいた。

相模は、火が消えたようになった。扇谷《おうぎがやつ》上杉氏は定正の討死のあと、朝良《ともよし》という養子が継いだが、人望がなかった。

勝利者の山内《やまのうち》上杉氏の顕定《あきさだ》も、奇妙に勢威がなくなった。かれについていた関東の地頭《じとう》や国人《こくじん》・地侍《じざむらい》が、連年の無意味な合戦にいや気がさし、領地や在所からあまり出て来なくなったのである。

その上、小田原の大森氏の衰えがはなはだしい。氏頼《うじより》の死後、あとをついだ藤頼については、その統率力のなさのために、うかつに陣触《じんぶ》れに応じて馳《は》せ参じ、下手《へた》ないくさをされて命をおとすのもばからしいという気分が、西相模の山野にみちている。

みな、息をひそめている。在所にいて、上杉氏や大森氏から使者がきて応接するとかえってやっかいだとたれもが思っているらしい。

このとしの若葉のころ、修善寺《しゅぜんじ》の湯に、総勢十人ばかりで湯治《とうじ》にやってきた武士たちがいた。湯小屋を三軒借りきり、土地の女衆をやとって煮炊きをさせた。衣装などもすずしく、挙措《きょそ》も下品ではない。ことばは、関東である。

それも、西相模《にしさがみ》の奥のほうの尻《しり》あがりななまりがあった。

（どこの衆だろう）

修禅寺に住《じゅう》する隆渓《りゅうけい》はふしぎにおもった。伊豆にやってくる相模の者は、かならず韮山《にら》に入り、

「早雲庵主」

と、相模衆がよぶところの早雲に会って、あいさつをし、物語りなどして修善寺の湯にくるのだが、このひとびとは韮山を経ていないらしい。もし韮山に寄っていれば、韮山から隆渓のもとに、

――相模のどの在所の何某がそちらにゆく。

という連絡がある。それによって、隆渓は粗略なく応接できるのである。

（べつの道からきたか。それとも、韮山の早雲によき心をもたぬ者か）

隆渓は、一族のひいき目ではなく、おいの早雲が大好きであった。早雲を嫌う者がいたとすればそれは私専一《わたくしせんいつ》なる奸物《かんぶつ》であろう、と思うほどであった。

修善寺の湯は、修禅寺のいわば寺域にあると解釈されていて、守護不入《しゅごふにゅう》であった。この時代、大きな神社仏閣に対しては政治権力は入らず、治外法権がみとめられていた。その

ことを守護不入というのだが、このため、何国の何者がやってきて、この湯にどれほど逗留《とうりゅう》してもかまわない。

隆渓は念のために韮山へ使いを走らせたが、やはり韮山でもこの一行のことは知らなかった。湯治に入って五日ばかり経った朝、そのうちの頭《かしら》だつ者が寺にやってきて、賽《さい》をおさめ、僧堂には米を寄進した。隆渓が方丈で対面すると、

「相模国松田の住人にて、松田左馬助《さまのすけ》と申しまする」

と、まことに鄭重《ていちょう》な物腰であった。色白で若くみえるが、物言いの落ちつきようからみて、齢《とし》は三十前後であろうか。ただ、真顔でいるのに笑って見えるような貌《かお》をしていて、隆渓にえたいの知れなさを感じさせた。

「伊豆は、雨が多うござる」

隆渓は、わざと無意味なことをいった。べつに雨が降っているわけではなく、このところ十日ばかり、目に痛いほどの好天がつづいている。

「雨多きわりには、伊豆は山多く、田がすくなく、家まずしく、天水はむなしく激《たぎ》つの勢いをなして海に失われるのみ」

隆渓がいうと、松田左馬助は、

「伊豆の川は滝《たき》つ瀬《せ》のみではありますまい。韮山の野のあたりではゆるやかに流れておりますものを」

と、暗に早雲の存在をつよく意識した物言いをし、隆渓の表情をうかがった。

西相模《にしさがみ》の足柄郡《あしがらごおり》は、足柄山塊がかさなりあって、ほとんどが山地である。野は、ある。北から南へ流れる酒匂川《さかわ》とその支流群がつくっている平野で、その河口付近に小田原があり、その中流に松田がある。

松田は、ゆたかな田園である。

その背後の山々を縫って中津川、四十八瀬川が流れ、やがて川音川《かわおと》として合流し、松田にいたって野に入る。と同時に酒匂川に合流する。

合流点では洪水が多いが、しかし低地で水田をつくるというのは、洪水とのかねあいのようなものであり、洪水のない年の稔《みの》りのゆたかさというのは、こたえられない。

この付近一帯を領する者が松田氏を称した。源平合戦のころから松田の某《なにがし》があらわれ、功によって松田庄《まつだのしょう》をあたえられた。

どの土地にも、異常に家柄を誇る家系があるものだが、西相模では松田氏であった。

「わが家は、頼朝公以来の家である。相模で三浦氏をのぞいては、わが松田あるのみ」

などと、郎党などにもいっている。三浦氏とはくらべるのが滑稽《こっけい》なほどに卑《ひく》い家だが、名家の名をひきあいに出すというところに、松田氏らしい家系誇りがあった。

相模は、西は箱根、東は相模川（馬入川《ばにゅう》）までが小田原の大森氏の勢力圏《けん》で、当然ながら松田庄という土地もその圏内に入る。が、松田は代々大森氏を嫌うことはなはだしく、しかも政治的理由らしいものはなく、感情だけといっていい。

「大森ごときに従えるか」

という、子供っぽく、かつ土くさい感情である。この感情も、代を重《かさ》ねると重くなり、伝統になってしまう。

大森氏が、両《りょう》上杉のうちの扇谷《おうぎがやつ》上杉の味方でありつづけたことは、すでにふれた。このため松田氏は扇谷ぎらいで、一度もその陣触《じんぶ》れに応じたことがない。

といって、扇谷上杉の敵である山内《やまのうち》上杉にも属しなかった。属せば、もろに扇谷上杉氏から攻めつぶされるためである。松田氏は、

「われらは、公方《くぼう》にのみご奉公したてまつる」

などと言いつづけたが、かといって公方が山内上杉にかつがれていたころも、出兵しなかった。

大森氏の大《だい》を支えていた氏頼《うじより》が死んだあと、西相模を照らしていた小田原の光度がはなはだしく落ちた。

累代の大森ぎらいである松田氏としては、これを機に小田原を攻めてもいいのだが、それほどの実力もない。

小田原の大森氏のほうにも、

「松田を攻めつぶすか」

という声がないでもないが、先代の氏頼でもそのままにしておいた松田氏が、当代の藤頼の手に負《お》えるものではなかった。

松田左馬助《さまのすけ》としては、

「伊豆の旅の者」

という蔑称《べっしょう》のある早雲の手を借りたい。しかしながら、膝《ひざ》を屈《くっ》して韮山《にらやま》にゆき、早雲に物乞《ものご》いをするようなまねは、松田氏としてはしたくない。

このため、一族のおもだつ者をつれ、海路、伊豆半島の東岸の伊東に入り、そこから山越えの道をとり、さらには渓流をつたって修善寺《しゅぜんじ》に入った。ことさらに、韮山を避けたのである。

といって、韮山の早雲に会いたい。ただし、会えば腹が立つ。

——かれは、伊豆一国をもつとはいえ、ただの旅の者ではないか。松田家の当主としては、かれに対し、どういう容儀《ようぎ》をとればよいか。

こちらが上位である。しかし、力は早雲にある。早雲がもし尊大な態度をとれば、松田家の面《めん》目《ぼく》はまるつぶれになり、先祖の名をけがすばかりか、末代までの恥辱になってしまう……というようなほとんど何の実質もない自己肥大が、松田左馬助とその一族の面々《めんめん》の気持にあって、いつも細竹のさきのように傷つきやすく、小きざみにふるえていた。

「松田というのは、そういう家だ」

と、早雲は、韮山の館《やかた》を徒歩で出たとき、扈従《こじゅう》している荒河又次《あらかわまたじ》にいった。

御師あがりの荒河又次は、むろん、松田の館を訪ね、左馬助にも会ったことがある。しかしろくな処遇もうけずに辞《じ》した。

早雲も、松田家の累代のことは調べてよく知っている。当代の左馬助は、かゝさぶたのような家風にくるまれているものの、当人自身は愚鈍な男ではない。

ある朝、松田左馬助とその一統が川原の湯に入ると、湯のぬるい側で身を浸《つ》けている男があり、両眼がすわったように動かない。

「そちはこのあたりの者か」

一統のうちの一人が、声をかけた。相手はいうまでもなく早雲であったが、ただ目元を笑《え》ませてうなずいただけである。

松田左馬助《さまのすけ》は、

「貴殿は、僧か」

と、やや尊大に早雲にきいた。早雲はうなずき、しかし仏典もろくに読んだことがなく、ときどきこの修禅寺にきて、隆渓《りゅうけい》和尚に『正法眼蔵《しょうぼうげんぞう》』の提唱をきいております、と答えた。

「寺は、どこにある」

「韮山《にらやま》に」

「韮山といえば、伊勢宗瑞《そうずい》（早雲）と申される人がおわすが、かの人も僧形《そうぎょう》であるそうな」

「いかにも頭が、円い」

早雲は、湯のなかで自分の頭をなでた。

「どのようなお人じゃ」

「現前《げんぜん》、お目で見られているとおりの者でござる」

「貴殿が?」

松田左馬助は、うろたえた。大いそぎで湯から出、衣類をつけ、子犬のように湯小屋のわきでひかえた。

早雲も衣装をつけ、

「修禅寺の方丈にて物語りなど致すべし」

と、かるがると先導した。そのあとを、左馬助だけでなく、ぞろぞろと一族の者も従った。なにやら出鼻《でばな》をくじかれてしまい、容儀がどうとか、身分の上下がどうとかという身構えがけしとんでしまった。

このあと、早雲は松田左馬助らと修禅寺の方丈で四泊した。

その間《かん》、さまざまの話をした。

ただし、松田左馬助が、ともすれば、

「小田原の大森めが」

などと口走ったが、早雲は乗らず、政略の話はせずに、民治の話ばかりした。

「地頭《じとう》は民のためにある。地頭のために民があるのではない」

と、早雲はいう。早雲のこのことばは、相模《さがみ》にまできこえていて、松田左馬助は先刻知っていたし、べつに新鮮な感動は受けない。どちらかといえば、早雲の話は松田左馬助にとって退屈だった。それよりも、

――同盟して、小田原を討とう。

と、早雲が切り出してくれるほうが、当方にとって狂言の仕方もある。一応は否《いな》と言ってみたり、眉《まゆ》を曇らせたり、小首をかしげてみせたりする楽しみほど、男にとってずきずきすることはない。最後に条件をきりだして、相手を手玉にとり、事の主導権を得、できれば早雲の頭上にあって西相模の主になってみたい。そこまでは夢想であるにしても、早雲を翻弄《ほんろう》してみたい気持が左馬助《さまのすけ》にはあった。

が、早雲は乗って来ない。

かれが語りつづけているのは、農事の話ばかりで、松田左馬助は、領内の百姓と話しているような気分になってしまう。

「宗瑞《そうずい》(早雲)どのは、京にあって、むかし、室町殿《むろまちどの》(将軍)の申次衆《もうしつぎしゅう》をなされていたそうな」

と、話を早雲の華やかな過去に転じさせようとした。

「いや、弟君《おとうとぎみ》(足利義視《よしみ》)のほうの申次衆でござったゆえ、よき思い出ばなしなどはござらぬ」

と、早雲は、外《はず》した。

やがて、早雲は書画らしい一幅の大きな軸をもってこさせ、人をよんで壁にかけさせた。当初、左馬助は船載の絵の大幅《たいふく》でも掛けるのかと思ったが、壁いっぱいにぶらさがったのは、相模《さがみ》一国の絵図なのである。

ほう、と松田党のひとびとは声をあげた。この時代、絵図面などはめったになく、左馬助もその族党のひとたちも、おのれが住む相模国という一国を、絵図面のかたちで見るのがはじめてであった。

「ここに、松田が」

と、みな子供のように駈《か》けより、おのれの在所を見つけては、声をあげた。絵図面のなかを酒匂《さかわ》川が悠々と南流して、松田を経、吉田島を経、東に曾我《そが》や下曾我の丘陵地を見つつ、小田原城の東で海に入っている。

「宗瑞どのは、戦《いくさ》に絵図面をおつかい遊ばすのか」

「絵図面なくして、軍略などはたてられませぬ」

「軍略」

松田左馬助は、そういうあたらしい言葉に参ってしまった。

「しかし」

早雲は、突っこんできた横面《よこつら》を張るように、

「この絵図面はいくさのためのものではござらぬ。よくご覧《ろう》じられよ」

と、いった。よく見ると、松田郷は百三十八貫、その対岸の吉田島村は百二十貫といったように、米の穫《と》れ高がこまかく記入されている。吉田島のあたりは、よく洪水が出る。とくに低地の曾比《そひ》という字《あざ》などはむかしは田園だったという伝説があるがいまは砂礫《されき》の地になってしまって、農家もない。この曾比の地名横に、

――拓《ひら》ケバ百貫ノ高《たか》ハアルベシ。

と書かれている。

開墾できる場所は薄赤に塗られていて、山中にもそういう着色箇所《かしょ》が多く、それらをすべて開墾すれば、相模の人口はふえる。入植者をよく撫育《ぶいく》すれば、十年にしてりっぱな村があちこちにできるだろう、と早雲はいう。

松田左馬助《さまのすけ》には、まだ早雲がつかめない。

——宗瑞《そうずい》（早雲）は名人なり。

などという評判は関東にひろまっている。

名人ということばは漢語にもあり、盛名あってすぐれた人をいうが、日本ではふつう技芸にすぐれた人をいう。鎌倉幕府の公式記録である『吾妻鏡《あずまかがみ》』の文治二年四月八日のくだりに、頼朝とその御台所《みだいどころ》政子が、義経の想女《おもいめ》であった白拍子《しらびょうし》の静《しずか》御前をよんで舞わせたくだりがあるが、静について「彼は既に天下の名仁《めいじん》（名人）なり」とのべ、この言葉をつかっている。舞だけでなく、弓のよき射手《いて》についても名人とよぶ。

関東における早雲の印象は、合戦上手ということもふくめて、なにやら技芸家じみた感じがあったのであろうか。むろん、その評が、いかにも早雲にふさわしい。

高見原《たかみはら》の退却戦でみせた水ぎわだった能力は、それが攻撃につかわれても勝ち方があざやかであろう、と松田左馬助らは思っている。だからこそ早雲と同盟を結ぶべきであるなら結ぼうと思ってやってきているのだが、いくさの話をしない名人など、坂東《ばんどう》では考えられない。

早雲は二日目には、

「この者は」

と、品のいい顔をした小柄な人物をひかえさせ、江川と申し、名は貴殿とおなじく左馬助と申し候、といって、伊豆の民治についてこまかく説明させた。

（もう、よいわ）

松田左馬助は悲鳴をあげたくなったが、三日目ごろにはしだいに早雲のいおうとするところがわかるような気がしてきた。

言ってしまえば、

「伊豆のやり方でやれば、百姓もよろこび、国人《こくじん》や地侍《じざむらい》もうるおう。ひいては地頭《じとう》の安泰になる」

ということらしかった。松田郷においても、曾比《そひ》のような大洪水のために百年荒蕪《こうぶ》地になったような土地をすてておくことはない。酒匂《さかわ》川の堤を固くし、悪水を他に排《は》けさせ、他から客土を運んでくれば大きな田畑になりうる。その工事にはのべ五千という人数が要るかもしれないが、一国として黒鍬《くろくわ》衆（土工の専門家）を多数やしなっておき、必要な村々に投入すればわけもなくできることだ、という。

「その黒鍬衆は、いくさのときには仮りの堀をほらせたり、道をつけたり、鹿砦《ろくさい》を植えたりすることに使えば、大いに役にたつ」

ともいう。ただ、農業土木や戦前での野戦木工をする人数を持つには、一国の規模が要る。相《さ》模《がみ》ならばそれができるのだ、と早雲はいった。といって、

「だから相模をとらねばならない」

とは露骨にいわない。いわずとも松田左馬助に通ずるからである。

関東に出ようとする早雲には、箱根の山嶺《さんれい》以上の障害がある。

三浦半島を不抜の根拠地とする三浦氏であった。

三浦義同《よしあつ》が、かれを殺そうとする養父時高を討って三浦家を相続したとき、早雲が応援したことはすでにふれた。が、その後は、たがいに他人になった。

「器量ならびなく、才覚人に越《こ》ゆ」

などといわれた義同も、養父時高を攻め殺してからは法体《ほったい》のほうが似合うようになっていて、

「道寸《どうすん》」

という道号を愛用し、しきりに和歌などを詠み、とくに古今集《こきんしゅう》の研究においては、関東にならぶ者がない。ときに歌会などを催していた。

同時に、野望もある。

「伊豆の旅の者（早雲）くさし。みな油断すな」

などと言い、三浦半島における累代の城である新井《あらい》城（油壺《あぶらつぼ》）を息子の義意《よしおき》にゆずり、みずからは隠居の体《てい》をとり、第一線の岡崎城を修復してそこにいた。

相模国《さがみのくに》が、相模川（馬入川《ばにゅう》）を境界線として、西は大森氏、東は三浦氏というぐあいにざっとした版図はできている。

ただし、三浦勢力圏の最西端の城である岡崎城ばかりは相模川を西に大きくこえて、西相模に踏みこんでいる。

岡崎城は、大磯の北方二里半の地点にあり、低い台地の頂上に位置し、まわりは深田でかこまれて、容易ならぬ堅城といっていい。

関東では、

――道寸こそ相模のぬしになるだろう。

という評判があった。小田原の大森氏が、氏頼《うじより》の死後、活力をうしなったのに対し、伊豆の早雲が併呑《へいどん》すべくねらっているなどとは、ふつうは想像しがたい。

――道寸殿こそ。

と考えるのが、三浦氏の伝統的な実力と道寸の武勇から考えて、ほぼ常識であったといえる。

道寸もまた、その気概があった。

ちょっと信じがたいほどのことだが、かれは実力をもって三浦家を相続したあと、古河《こが》にいる関東公方《くぼう》足利成氏にしつこく運動し、従四位下陸奥守《じゅしいのげむつのかみ》という尋常ならざる官爵《かんしゃく》を得ることに成功した。

三浦家の家系では、鎌倉幕府樹立の功臣義村でさえ、正五位下にのぼっただけで、従四位下というのはいない。その家系に守《かみ》を称する者が多かったが、いかに呼称だけとはいえ、陸奥守という大きな職名をもったのは、道寸だけである。道寸の弱点というのは、虚飾を好むことであった。それにしても従四位下陸奥守などと称するのは、版図の野望という点でも、小さくはない。

しかし早雲は一つだけを選択したのではなかった。

そのうちの一つは、

――箱根を越えて小田原を奪《と》る。

奪ることができれば、夢のように伊豆での方式が安定するが、困難であることはいうまでもない。

いま一つは、西相模《にしさがみ》（小田原が中心）と同盟し、東相模（三浦半島が中心）を攻めるかという案もありうる。

このほうが、実現性が高いともいえる。

東相模の三浦道寸《どうすん》は、早雲を警戒し、敵意を露《あら》わにしている。かつ、かれ自身は三浦半島を出て、大森領（西相模）に近接した岡崎城に進出しており、大森氏からみれば、短刀を脇腹《わきばら》に突きつけられているともいえる。しかし、三浦道寸にとって大森家は母の実家であり、養父時高との不和のときは、大森氏にかくまわれた。道寸はそういう恩義を忘れる男ではなく、まずまず大森氏を積極的に攻撃しようとは思っていないのにちがいない。

このことは、複雑である。

道寸の心を推しはかるに、

「大森の家も、恩ある氏頼《うじより》が死んだ。跡を継いだ藤頼はとかげのように冷たい血をもっている」

というぐらいには、思っているのではないか。だからといって大森氏を攻め潰《つぶ》そうなどとは思っていないにちがいないが。

ただ微妙なことは、道寸の気位《きぐらい》の高さである。かれは鎌倉以前からの相模の名家たる三浦氏としては、当然相模全域の守護であるべき家だと思っている。そうあるには、西相模の大森氏の力がつよすぎる。

——亡《な》き氏頼殿には徳望があり、大森の家格を超えるほどの威望もあって、三浦家も大森家に対してそういうむげなる態度はとれず、とるべきことでもなかったが、当代の大森藤頼となると、べつである。かれごとき小僧は、本来の家格どおり、三浦家に臣従してもよいはずだ。

そう思っているはずである。

が、早雲の見るところ、大森藤頼はそのようなことは思ってもいないばかりか、逆に、大森家こそ三浦家の保護者であり、上位だと思い、三浦道寸が、膝《ひざ》を屈して下風《かふう》に立つ礼を用いないことに、不満をもっている。

道寸が、古河《こが》公方《くぼう》に運動して従四位下《じゅしいのげ》陸奥守《むつのかみ》というたいそうな官位を持ったということを大森藤頼がきいたとき、それが、この時代独特の虚位虚職であることは知りつつも、不愉快の意を洩《も》らした。

「かれは、わが肩の上に登ろうとするのか」

と、藤頼は左右にいったというが、といって積極的に三浦氏に対して軍備をかためるというほどの気もない。

箱根別当《はこねのべっとう》

小田原城にいる大森氏の新当主藤頼が、知能が先代氏頼《うじより》に劣るとはおもわれない。

ただ、

「他人《ひと》への情《じょう》がない」

と、大森氏に名簿《みょうぶ》をあずけている地頭《じとう》たちはいう。国人《こくじん》・地侍《じざむらい》にいたっては、論《ろん》の外《ほか》なる御人《おひと》という。ひとへの思いやりが藤頼ほどないとなると、人《にん》を見るだけでぶきみな思いがする。要は、

「頼み甲斐《がい》がない」

ということである。

下は上を頼み、上は下を頼むというのが、源平このかた、日本国の風《ふう》というべきもので、おのれ一人が二本の脚で立つという独立自尊の気風は、ときに僧に見られるのみで、俗世にはほとんど見られない。

人は、頼もしくあらなければならない。人から頼られ、人の命をかばい、人の暮らしの立つようにしてやり、人の悲しみにはわがことのように泣く心をもち、人が田地を押領《おうりょう》されれば、たと

え非力でもその敵に立ちむかい、おのれの頸《くび》の骨に矢が立っても悔いはないという心を、つね日《ひ》頃《ごろ》から養っておかねばならない。

地頭たる者はその国人に対して頼もしげであるべくふるまい、国人は地侍にそのようにし、地侍は農民から、

「頼《たの》うだる人」

でなければならず、日本国の世はそのような力学で組織されている。

「頼うだお宿《やど》」

という言い方さえある。この時代でなく、この次の時代でいうところの「主家」のことをさす。「主家」といえば絶対のものだが、しかし「頼うだお宿」という程度ならば、頼み甲斐がなければ、頼うだ側からさっさと逃げだす場合がある。逃げだしたところで、のちの世でいう不忠とは、まずまず言われず、むしろ、頼みとされる側に落度《おちど》があったと非難される。

藤頼は、その点で失格者であった。

「いやなやつだ」

と、叔父である箱根別当海実《かいじつ》が、藤頼を見限ったという風説を早雲はきいた。

箱根権現《ごんげん》は、鎌倉の昔ほどには寺領がない。ひとつには、かつて頼朝が寄進した諸方の田地を大森氏の先祖によって蚕食《さんしょく》されたためだが、氏頼はそれを気の毒におもい、ときどき切米《きりまい》を寄進するという形で補ってきた。それが、大森氏頼の海実にとっての頼み甲斐というものであった。さらには氏頼の晩年、いずれは歴代の押領ぶんのいくらかを箱根権現に返したい、という

書状さえ書いたが、実現せずに死んだ。

海実《かいじつ》は藤頼に会い、これでは箱根権現の維持はなしがたい、先代の書状どおり、押領ぶんを返してもらえぬか、と頼むと、藤頼は嘲笑《ちょうしょう》を一つ残しただけで席を立ち、その後、会いに行っても所労である、として追いかえしただけでなく、穀《ごく》つぶしの箱根権現と縁を切る、とさえ左右にいっているらしい。

早雲は、箱根別当の海実とは親しい。

海実のほうから韮山《にらやま》に遊びにもきているし、早雲のほうも箱根に身を運んで、権現《ごんげん》社に参詣《さんけい》し、別当寺である金剛王院《こんごうおういん》にも宿泊したことがある。

六月、早雲は箱根にのぼり、金剛王院で海実と会った。

「参詣でござる」

と、早雲はそれ以外、目的をいわなかったし、第一、それらしいことは、ことし三歳になる第三子菊寿丸（のちの北条幻庵《げんあん》）をつれていることでもわかる。

菊寿丸は早雲に似て眼裂《がんれつ》が深く切れ、利発さは、尋常ではない。

「宗瑞《そうずい》（早雲）どのと瓜《うり》二つではないか」

と、海実はおどろいた。

早雲も、この児が自分にあまりにも似ていて奇妙なほどの思いがしている。菊寿丸はのち通称を三郎、元服して長綱、早く隠居して幻庵宗哲と号した。早雲と同様、うまれつき器用で、細工《さいく》物《もの》に長じた。後年、北条歴世のひとびとから重んじられ、いわば相談役として終始した人物となる。

早雲がこのとき菊寿丸をともなったのは、ゆくゆくこの児に箱根権現の加護を得んため、ということであったが、実際は海実に安心させるためであり、また世間に早雲が海実と密談したなどと、いがらっぽい噂《うわさ》をたてられぬようにする配慮もまじっていた。

菊寿丸の存在は、早雲の思惑《おもわく》などをはるかに越えるほどの妙趣を発揮した。海実がこの児にすっかり参ってしまい、

「宗瑞どの、この御児を賜わらぬか。わが後嗣《あとつぎ》にしたいと存ずるがいかがであろう」

と、頭をさげて頼むというさわぎになった。早雲は、めぐまれていた。三歳の児が、早雲の政略にとって重要な会談の思わぬ脇役《わきやく》を演じようとは思わぬことだったのである。

「まだ、幼うござる」

「宗瑞どのは、否《いな》とおおせあるか」

海実は、しつこかった。この場合、海実の肚《はら》では、累代《るいだい》、箱根権現の護持のために小田原の大森氏を大旦那《おおだんな》とのみ頼んできた現状から、いまや脱すべきだという策が動いていなかったとはいえない。早雲の子を貰《もら》って後嗣という資格の弟子にすれば、以後、早雲が、唯一の旦那でなくても、その一人になる。勢い、箱根権現においては小田原大森氏と縁が薄くならざるをえない。

「後嗣をお迎えあるなら、大森殿のお血筋こそ、しかるべし」

早雲はいったが、海実はかぶりを振った。

夜に入って、燭《しよく》が点ぜられた。

箱根の金剛王院《こんごうおういん》の小座敷では、もはや海実《かいじつ》と早雲だけが膝《ひざ》をまじえている。そばに酒器があり、肴《さかな》は味噌《みそ》だけである。

「伊豆の百姓どもは、みなみな早雲どのの門人じゃな」

と、海実が、かねて感じ入っている早雲の治政について溜息《ためいき》とともに言った。早雲が、百姓たちに日常規範まで教え、心がまえをさとし、

有るをば有るとし、無きをば無きとし、ありのままなる心地。


などと説いていることを耳にしていたのである。

「それからみれば、相模《さがみ》の百姓はあわれじゃ。……さてそのようなことより、宗瑞《そうずい》どのは相模をどのように見られている」

早雲は、小首をかしげている。西相模の大森氏にせよ東相模の三浦氏にせよ、海実の俗縁の縁族で、うかつなことはいえない。

海実のほうが、多弁だった。かつて初対面のとき、早雲はこの海実の物の言いようが舌渋《したしぶ》く、特有の粘《ねば》りがあって油断ならぬ人物と思っていたが、今夜の海実の口跡《こうせき》はむしろ、水の面《みずのも》を小笹《こざさ》でたたいて飛沫《しぶ》かせるようにかるがるとしていた。しかしその水っぽい言葉にどこまでしんがあ

るのか、早雲にはつかみにくい。

「早雲どのは、早川庄《はやかわのしょう》という土地をご存知か」

箱根の山中に、早川という、名のように滝のように奔《はし》る渓流が流れている。芦《あし》ノ湖が源《みなもと》であるらしいが、やがて入生田《いりうだ》、風祭《かざまつり》をへて、小田原の南郊に出、海に入る。海に入る野と、途中の流域を早川庄という。鎌倉のむかし、源頼朝が、当時の箱根別当行実《ぎょうじつ》に対し、御下文《みくだしぶみ》を出し、早川庄をあたえた旨、治承四年十月十六日という日付入りで『吾妻鏡《あずまかがみ》』に出ている。

それが、その乱のいつのころか、他人に押領《おうりょう》され、いまは大森氏の領地になっているのが、海実には不満であり、氏頼《うじより》の生前、それを返してくれと掻《か》き口説《くど》いた。

「いま、権現社《ごんげん》も金剛王院もしきりに雨洩《あまも》りするが、人も傭《やと》えぬ。寺領に山林ありというが、木《こ》挽《びき》をやとうこともできぬ。早川庄一つあれば百姓を夫役《ぶやく》できる」

と、海実はいった。

「わしは、藤頼が憎い」

海実の話が、飛躍した。

「かの者は、いずれ大森の家をつぶすだろう。おじであるわしにさえ心を持たぬ男が、とてものこと、他の寄子《よりこ》どもの寄親《よりおや》たりえぬ。寄子は離れ、やがて大森は朽つる。それを蛇のようにじっと見すえているのが、三浦道寸《どうすん》である」

早雲には、もう一つ厄介な課題がある。

駿府の今川氏親から、「甲州まで出陣してもらえまいか」

という依頼がきていることだった。

この依頼ばかりは断われない。早雲はいままで今川氏親の援兵をさんざん借りてきた上に、駿《する》河《が》の興国寺城主としては今川家の被《ひ》官《かん》なのである。あるいは客将とでもいうべきか。

早雲の存在は、まことに、えたいが知れない。

今川家の被官であるという面と、伊豆の実質上の国主である面をもつ。国主といっても、守護でも地《じ》頭《とう》でもなく、いうなれば本質的には旅の者であった。早雲は、自分を旅の者と思ったとき、ひどく気が軽くなる。この世でかれを拘束している恩義といえば今川家に対してだけであり、ほかに遠慮をせねばならぬ相手はない。その気分でいえば、大森氏などは攻めとってもかまわないのである。

「私は、駿府の御屋形（今川氏親）からご陣《じん》触《ぶ》れをうけております。兵《つわもの》、八百」

「八百」

箱根別当海《かい》実《じつ》はおどろいた。海実のみるところ興国寺城と伊豆の人数をあわせてせいぜい五百ほどぐらいだろう。あと三百をどう工面するのか。

「西《にし》相《さ》模《がみ》の衆が、それがしのために馳《ち》走《そう》してくれるでしょう」

早雲は、海実のとびあがるようなことをいう。

「西相模は、小田原大森氏が触《ふれ》頭《がしら》ではないか」

「ではあっても、西相模の殿輩《とのばら》銘々《めいめい》は、銘々の心にてそれがしに加勢する、と申しております」

「世は、変りつつあるのか」

室町風《ふう》の触頭の制度は、もはや有効でないのか、と海実がいい、

「さぞ藤頼が怒るであろう」

と、顔色を変えていった。

「もとより、大森藤頼どのには、当方から断わりを申さねばなりますまい」

「それで、済むことだろうか」

「されば、僧正《そうじょう》（海実）のお力によって、肝煎《きもい》りねがえませぬか」

同盟を結べば、そういうことが可能になる。

「わかった。肝煎りしてみよう」

それしかあるまい、と海実は思った。藤頼がどう怒ろうとも、早雲は、主《ぬし》のあいまいな畑の大根でもひきぬくように三百という人数をひきつれてゆくだろう。ここを穏やかに済ませるには、藤頼に早雲と同盟させるしかない。

「もし藤頼が断われば？」

海実がいったが、早雲はむだです、とつぶやいた。

ここで、今川氏親《うじちか》の動きについてふれたい。

今川氏にとって、故義忠以来、絶えまなき脅威は西方の遠州からやってくる。ときに討ち、と

きに示威し、ときに抑え、ときに政略を用いてきた。

「東方の伊豆は、宗瑞《そうずい》(早雲)がいるために安んじられる。西方の遠州はちがう。わが駿河《するが》にとって疼《うず》く歯のようなものだ」

いつか、遠州を攻略したい。

そのために、北方の信州の諏訪《すわ》氏と同盟してきた。

信州諏訪の国つ神を祭る上諏訪社の社家《しゃけ》である諏訪氏は、日本国の家系としては最古の氏族の一つである。当主は大祝《おおはふり》(神職の最高位)でありつつ、一面、武家として守護職に任じ、諏訪郡を領している。この時代の当主は安芸守《あきのかみ》を称する頼満という人物で、かれはかれで、ともすれば信州をおびやかす甲州の武田氏の膨脹《ぼうちょう》主義に弱りきっていた。

甲州武田家の当主は、第二十四代信縄《のぶつな》である。史上、有名な武田信玄《しんげん》(晴信《はるのぶ》)の祖父にあたる。

諏訪頼満が、駿府今川氏親のもとに急使を送ってきて、

「甲斐《かい》の武田が、またしてもわが辺境に兵を入れている。これと一戦しようと思うが、甲州に対する東方からの牽制《けんせい》のために、籠坂《かごさか》(加古坂)峠までお人数を出していただきたい」

と、申し入れた。

今川氏親としては、遠州への圧迫のために諏訪氏は大切な同盟者であり、すぐさま承知した旨の返書を書き、同時に早雲のもとに陣触《じんぶ》れ状を送ってきた。またしても戦《いくさ》である。早雲にとっては、手痛い物入りになるが、これをうけざるをえない。

すでに、早雲は駿河興国寺領と伊豆一国に陣触れを発し、同時に西相模《にしさがみ》の松田党のひとびとその他じっこんの人々に、

「馳走《ちそう》賜われ」

と、願い状を出した。かれら西相模衆は、松田左馬助《さまのすけ》がひきいてくることになる。

この事態は、小田原城主大森藤頼にとって足もとの砂がくずれてゆくような危険をはらんでいるが、藤頼はぶきみなほどに鈍感の体《てい》をよそおっている。

箱根別当海実《かいじつ》は、小田原を訪ね、藤頼に面会をもとめた。つね日頃《ひごろ》、藤頼に避けられてきたため、

「今日の用は、かねがねの社領のことにあらず、俗世のことながら、伊豆の伊勢早雲庵宗瑞に懇望され、申すべきことあって参上した」

という口上を申次《もうしつぎ》まで述べると、藤頼はさっそく会ってくれた。しかし早雲との同盟の件については乗らなかった。

坂を越ゆ

駿河《するが》にも富士、甲斐《かい》（甲州）にも富士、その裾《すそ》なる山野は広大で、頂きは天に属している。

富士の裾の西方は峡谷をなし、甲斐の水をあつめ、駿河の野を貫流して富士川とよばれる。裾の東は山嶺《さんれい》として大きく起伏し、足柄《あしがら》・箱根とよばれる。その南を駿河とし、北を甲斐とする。駿河にとって富士はめでたくあっても、甲斐の一部にとっては、この名山は単に陽かげをつくるあしき存在ともいえる。

伊豆から北上して遠く甲斐に入るには、一筋の道しかない。伊豆の三島から北をめざし、駿河の駿東郡《すんとうぐん》葛山《かつらやま》（いまは、富岡）に出る。葛山は、愛鷹山《あしたか》の東麓《とうろく》の渓谷で、水田多く、源平のむかしからこの水田地帯が葛山氏という大族を育ててきた。鎌倉のむかし、頼朝が富士の藍沢（鮎沢）で狩りをしたとき、葛山二郎惟重《これしげ》という者の館《やかた》でとまった。この二郎こそ、葛山という大族の首長だった。

その後も時勢とともにこの一族は生きつづけ、室町の世になって、この支族の大森氏が相模《さがみ》の小田原に行って大をなし、駿東郡の本家は今川氏に属した。早雲はおなじ駿東郡の海岸地方の興国寺領の領主になってから緊密な関係になり、伊豆を平定するときにも、葛山氏から兵を借りている。

甲州への道は、すでにふれたように葛山を経る。さらに北へのぼり、富士東麓の須走《すばしり》（駿河国）にいたる。須走より北にのぼれば、籠坂《かごさか》（加古坂）峠である。

ここが、甲州境いになる。峠をこえると、甲州の山中湖《やまなかこ》で、古道は湖西に沿っており、はるかに甲府《こうふ》に通ずる。

——宗瑞《そうずい》どのは、籠坂峠で勢威を張り、はるかに甲府を望んでもらいたい。

というのが、今川氏親《うじちか》が早雲に発した命令で、早雲は、そのとおりに実行しようとしている。

国境である籠坂峠付近は、甲州武田氏の勢力圏に入っていた。武田圏《けん》の最前線が須走氏であり、これに対する今川方の最前線が、葛山氏であった。

従って、早雲としては籠坂峠に展開するためには、須走氏を打ち破らねばならない。

七月、かれは、韮山《にらやま》を出発した。

富士東麓街道における先頭部隊は、地元の葛山勢《ぜい》であった。西相模《にしさがみ》からも人数が参加している。松田左馬助《さまのすけ》その他で、当初の期待よりややすくないながら、二百人である。

「総勢二千」

と、やや誇大に、甲州方面に対し、諜者《ちょうじゃ》たちに吹聴《ふいちょう》させた。そのことによって須走氏が戦わずに逃げてくれるだろうという期待もあった。

葛山《かつらやま》氏の当主は備中守《びっちゅうのかみ》を称している。今川家においては早雲と同僚であるため、ことばもぞ

んざいで、早雲がその場にいないときは、単に、

「宗瑞《そうずい》」

とよびすてている。早雲の面前では、やや冗談めかしく「御大将《おんたいしょう》」とか、「入道殿」とかとよぶ。

行軍中、早雲に食ってかかった。

「このさい、須走《すばしり》党を一人のこらず討って、われらの北の憂《うれい》を除《のぞ》きたい」

と、主張した。

富士登山道の東口《ひがしくち》にあたる須走という土地は、この時代、ゆたかに耕作ができた。

はるかなのちの江戸期、宝永四年（一七〇七）十一月の富士山噴火のとき、富士にとってこぶ
のような宝永山ができた。このとき、熔岩《ようがん》流が須走にむかって流れ、かつ火山灰や火山礫《れき》がおび
ただしく降ったため、中世以来の一郷が、家屋・田畑もろともうずまってしまった。

しかし、この時代、須走の村は生きている。古くから、

「須走殿《すばしりどの》」

という者が勢力をもち、地理的には駿河《するが》に属しつつも、甲州の武田氏に後押《あとお》しされて、駿東《すんとう》の
大族葛山氏と対抗し、たがいに仲がわるかった。

「須走を討つなど、なたで豆腐を切るようなものだ」

と、早雲は是非《ぜひ》をいわず、ただ笑い、ある夜、備中守の宿所にゆき、人を払って、

「無用のうらみを買うまい」

と、説いた。殺せといっても、須走の一族をことごとく殺せるわけではない、いずれ生き残った者が武田の応援を得、駿東郡になだれこんで貴殿の館《やかた》を焼くにちがいない、むだなことだ、となだめた。

「国境《くにざかい》は、どこの国でも腫物《はれもの》なのだ。触れれば相手がとびあがる。痛みのあまり、武田勢が攻めてくる。たえずいたわってそっとしておくほうがいい」

次いで、

「それが、葛山家が生き残るただ一つの知恵だとお思いなされよ」

と、理と情をつくして説いたので、備中守も大いに頓悟《とんご》し、それがしがうかつであった、伊勢殿のお言葉、従い奉る、と態度まで変えて承服した。

須走党のひとびとは形ばかり抵抗した。早雲は遠巻きして相手を傷つけず、さらに密使を送り、

「村は焼き給うな、当方もまた、焼かぬ」

と、言わせた。

それをきくと、須走党は早雲の本意を知り、甲州のほうへ去ってゆき、そのあと早雲の軍が村に入り、宿営した。軍の規律はきびしく、一物も掠奪《りゃくだつ》する者がいなかった。

須走からさらに登って籠坂《かごさか》峠付近で兵を展開した。眼下の山中湖畔の武田方の豪族山中《やまなか》太郎左衛門らも、早雲の兵威を見て後退した。

甲斐境《かいざかい》の籠坂峠《かごさか》付近に布陣した早雲は、敵に威圧を加えるだけで、動こうとはしない。

くだると、甲州の山中村である。湖がある。この時代、山中湖といったふうな湖を賞《め》でる趣味は、景観の美学が『古今集《こきん》』ふうにできあがっているこの国にはなかった。ついでながら、湖を、赤い屋根の映《は》えるモダンなものとして感じるようになるのは、明治後のことである。おそらく西洋人好みの景観趣味が入ってからにちがいない。

早雲はときに湖畔に馬を進めて地形を見たりするが、万一、合戦がおこなわれた場合を想定しての地形偵察で、湖畔の美をめでたわけではない。

山中湖から遠からぬところに、河口湖《かわぐちこ》がある。甲斐武田氏の勢力圏《けん》である。その湖の南岸に勝山という村があり、そのちかくに小立《こだち》という集落がある。一村、日蓮宗《にちれん》の宗徒である。

まことに草深い村だが、村内に日蓮宗の小さな寺があって、妙法寺という。この無名の寺が後世、名をのこすのは、この寺に古記録二巻が伝わっていることによる。ふつう、

「甲斐妙法寺年録」

とよばれる。

代々の住職が記録好きで、応仁ノ乱の前年の文正元年（一四六六）から書きおこされ、織田信長の少壮期にある永禄四年（一五六一）までの百年ちかくのあいだ、代々の住職がごく粗々《あらあら》ながら（一年一項程度に）書きしるしてきた。世相、農作物の豊凶、疫病、気候のことなど、その年の重要事項が簡潔に書かれている。江戸期に発見され、印刷されて世にひろまり、『続群書類従《ぞくぐんしょるいじゅう》』

にもおさめられた。

そこに、早雲のことが出ている。記録者である住職は早雲のことを「伊勢入道」とよんでいる。


明応四年乙卯八月、伊豆より伊勢入道、甲州へ打入《うちい》り、かこ山（籠坂峠）に陣を張《はり》しに、和睦《ぼく》にて引返《ひきかへ》す。


ただそれだけである。

和睦とは、西方において信州の諏訪氏と甲州の武田氏が、一触即発の過熱を示しつつ、とりあえず矛《ほこ》をおさめた、ということであろう。つまりは、甲斐武田氏にとってもっとも弱い辺境である富士山の東麓《とうろく》から北麓にかけての地帯が早雲におびやかされたということが外交上の痛点になり、やむなく信州から兵をひきあげたということであった。

諏訪氏はそのことを駿府《すんぷ》の今川氏親《うじちか》に感謝した。氏親も、諏訪氏に恩を売ったことになる。

早雲の生涯にとって籠坂峠《かごさか》の滞陣は、どういう意味をなすのだろう。

この標高一〇〇〇メートルの山上で西方に富士を見つつ七月の暑さをしのいだ。さらには、八月の最初の秋冷を知った。戦いとはいえ、敵を殺すこともなく、馬はつねに湖畔に遊び、草を食《は》んで肥った。

早雲、六十四。

「保養であったわ」

とは、かれは言わない。ながい半生のなかでのふしぎな余暇とはいえ、過ぎ越してきた昔をふりかえって懐しむわけでもなかった。かれはむしろ、ゆくさき、自分が所有するであろう時間があまりにもすくないことに、淡い焦《あせ》りを感じていた。

この滞陣は、個々に寄子《よりこ》（寄騎《よりき》）としてやってきた西相模《にしさがみ》衆にとって意味がふかかった。かれらは大森氏を捨て、大森藤頼の怒りを買うことを覚悟しつつ、早雲に寄騎した。陣中、早雲の人柄のよさを知り、その考え方に親しみを覚え、ついには累代《るいだい》の主《ぬし》のように思うようになった。

「あわれ、この人を相模のぬしにせばや」

という思いが、たれの胸にも満ちはじめた。早雲というのは人の主というより、人の師匠くさい男であったが、行方《ゆくえ》も知らぬこの乱世のなかで、頼るべき男といえば早雲以外にないのではないかと思うようになった。

当然のことでもあったろう。相模にあっては大森藤頼は地下《じげ》の者を人がましく扱わず、三浦道《どう》寸《すん》入道は従四位下陸奥守《じゆしいのげむつのかみ》という肩書をもって、貴族趣味の上に超然としている。また亡き定正の跡《あと》をついだ上杉朝良《ともよし》は論ずる気もおこらない。山内《やまのうち》上杉氏の顕定《あきさだ》は相模人《びと》にとって遠い存在である。となれば、きわだった人物として早雲以外、頼りようがないではないか。

早雲は滞陣中、箱根別当海実《はこねのべつとうかいじつ》とたえず連絡をとっていたが、やがて海実から使いがきた。

「小田原へ行った」

と、いう。城内で藤頼に対面した。海実が、早雲との同盟についてきりだすと、

「おじ上、いつ早雲についた」

と罵倒《ばとう》し、箱根権現《ごんげん》の別当職《しき》など、いつでも首のすげ替えができるのだ、とさえ言いすてた。海実はこれまでと思って箱根にもどったが、腹立ちがおさまらず、すぐさま書状を認《したた》めていっさいを早雲に告げたのである。

それでも早雲は、滞陣をつづけようと思った。いま撤退して解散すれば、ふたたび動員するのによほどの時間が要る。その上、企図を小田原に察せられてしまう。

（小田原を討とう）

と、決心した。敵は、甲斐《かい》の武田ではなく、相模小田原の大森氏であるという肚《はら》が、富士の稜《りよう》線《せん》よりもくっきりと出来あがった。

早雲の胸に、悪謀が湧《わ》いている。

悪謀は、山河湖沼の形をしていた。この甲州境いの籠坂峠《かごさか》にあって、軍勢の顔を甲州に向《む》けながら、そのじつ東方の足柄《あしがら》・箱根の山塊《さんかい》をおもい、さらにはその重畳《ちようじよう》とした山々を越えて小田原を攻めおとそうというのである。

（奇道をもって。それも一挙に。——）

それしか、法はない。世間の慣例どおりの堂々たる合戦のかたちをとっては、とても小田原の

い。

　牙城《がじょう》は抜けない。

　衰えたりとはいえ、大森氏の勢力は大きい。伊豆という田地、人煙《じんえん》のすくない地を基盤にした早雲などが、豊かな相模《さがみ》をもつ大森氏という大勢力に勝つのは容易ではない。

　さらに厄介なことは、大森藤頼は、扇谷《おうぎがやつ》上杉氏の新当主朝良《ともよし》とは、互いに先代からの仲であり、急をきいて上杉朝良が小田原のために急援すれば、早雲の伊豆の兵などはひとたまりもない。

　このために、奇道でもって、一挙におとす。

　籠坂峠では、好天がつづいている。富士も早雲も天の青さで染まるような午後、林間に幕《まく》を張り、早雲は手ずから茶を煮た。茶道といわれるほどの道具も所作もまだ成立していないころで、ただ茶を飲む。

　茶についても、早雲自身、野生化している茶の木をみつけ、数枝を折り、焚火《たきび》にじかであぶって、いきなり煮えたつ茶釜《ちゃがま》に入れただけのものである。それを、ひしゃくでもって茶わんにそそぐ。茶わんだけが、唐物《とうぶつ》であった。塗りの椀《わん》ではどうも茶に適《あ》わないのである。もっとも、その茶わんも一個しかない。

　菓子はある。餅《もち》に甘味をつけたものである。

「茶をふるまおう」

　という名目で、早雲は幔幕《まんまく》のなかに大道寺太郎ら駿河《するが》入り以来の同志六人をあつめた。車座《くるまざ》になったかれらに、ただ一個の茶わんを順次まわした。

「わしは、坂を越えて小田原に入る」

と、いった。単に坂といえば箱根峠のことである。そのことはたれもがわかっている。

「古き世を打ち破る」

ふるき世とは、室町体制ということであろう。足利将軍家から任命された守護と地頭《じとう》でできあがっているこの世を、民政主義をかかげてやぶってしまう、というのである。

「人は、古きになじむ」

と、早雲はいった。

「世をあげて、わしを悪というであろう」

さらに、いう。

「関東は震《ふる》えうごき、いっせいにわしらの胸板《むないた》に矢をそそぐにちがいない」

早雲は、いっさいの手配りを籠坂峠《かごさかとうげ》の天風《てんぷう》のなかできめた。

風は、富士から吹きおろしてくる。神という以外、形容しようのないその山容は、頂《いただ》きからときに息のようにあわい白煙を吐くことで、ことさらに神威を感じさせた。

早雲の手配りとは、いうまでもなく箱根をこえて相模《さがみ》の小田原を討つことについてのものであった。ただ小田原を討つだけではない。これによって戦国という世の幕を切っておとすことになる。

もっとも、早雲自身、そこまで歴史における自分の役割を感じていたわけではない。かれがやろうとしているのは、後世でいう領国制度をつくろうとするにあった。

かれは、大道寺らに、

「相模においてぼろぼろに朽ちたる世をこわす」

と、いった。

ぼろぼろに朽ちたる世とは、農民に対して超然としてきた守護・地頭《じとう》制のことであった。農民自身が実力をもち、その階層から国人《こくじん》・地侍《じざむらい》を出す世になっているのに、大森氏も三浦氏も、気づくことなくその上に立ち、虚位を実質ある支配権だと思っている。早雲の場合、いきなり農民の支配者になる。かつて小グループごとに農民をちまちまと支配していた旧地頭や、国人・地侍を家臣化し、行政と軍事の専門家とする。いわば一国をもって一体のかたちにしようというもので、それ以外に、領地維持ができなくなっている零細《れいさい》地頭を立ちゆかせることもできず、また現実にこの世の中心になりつつある国人・地侍をひき立ててゆくこともできない。

早雲のような者を、のちのことばで、

「戦国大名」

という。かつての守護ではない。

大名は、自立している。室町体制からいえば、いわば恣意《しい》的に広域行政をとりしきる者である。それによって領内の警察権を一本にし、また侵略しようとする外部勢力に対しては士と農を一つにしてこれに当たる。

こういう存在は、室町体制からみれば、世を崩す者であり、下剋上《げこくじょう》のきわみともいえるし、総じていえば大悪党であった。ついでながら悪党とは、室町初期――南北朝時代――の一種の法制用語で、法制による正規の武士でない類似武装者のことをいう。室町初期のこの言葉の意味からいえば、国人・地侍さらには足軽、それらはいっさい悪党であった。

早雲は、その悪党集団の大親玉ともいえなくはない。

それが、小田原で象徴される室町体制に打撃を与えようというのである。

早雲の悪謀は、一つしかない。

「山に入って、鹿狩《しかが》りをしたい」

ということであった。

まず、味方をあざむく必要がある。この時期、山々に鹿が多くなって、木の芽などを食べ、害がはなはだしくなっていた。

ふえすぎた鹿をときに狩ることも、領主のしごとであった。

むろん、狩った鹿は、食用にした。そのやわらかくて強い皮は、武具製作に不可欠のものである。

鹿狩りには、おおぜいの人数が要った。

関東、東国にあっては領主みずからが総大将になり、軍勢のような組織がつくられる。村々からは若い者が参加し、狩りを縁に足軽にとりたてられる者も多かった。

幸い、早雲の軍は戦闘のための形態でいる。これを鹿狩りの組織に変えるのは、きわめて容易なことだった。

かれは軍をめぐらして伊豆の山々に入り、盛大に鹿狩りを催した。

隣国に疑われてはならぬということで、駿府《すんぷ》には大道寺太郎を使いとしたが、問題は、相模《さがみ》小田原であった。早雲は、使いを箱根別当海実《はこねのべっとうかいじつ》に出して、

「伊豆の鹿は、山つづきゆえ、逐《お》われて箱根の山々にあつまります。神域をけがすことをつよくいましめておりますが、勢子《せこ》たちがお山に入ることをお許し願わしく存じます」

と、いわせた。使者は、多目権平《ためごんぺい》だった。

「わざわざのお気遣《きづか》い、かえって痛み入る」

海実は、いった。

箱根山は、伊豆と相模にまたがっている。問題は神域ではなく、相模小田原領の山々に勢子が入ることであった。

「このこと、僧正《そうじょう》（海実）におかせられて、小田原の大森様によしなにお取りなし下されればありがたし、というのが、あるじ早雲庵のねがいでございます」

「わしから言えというのか」

海実は、藤頼に会うのが、おっくうだった。

「ぜひとも」

多目権平は、つよく押した。海実はやむなく権平を供にして、小田原に降りた。

藤頼に会ってそのことを言うと、

「安《やす》き事」

藤頼は、ひとこと言った。

「伊豆の人数が、相模の山々で鹿を逐ってもよろしいということでござるな？」

海実は、念を押した。

「安き事」

藤頼は、くりかえした。藤頼の武運が尽きたといっていい。

早雲自身はいったん三島にくだり、明神《みようじん》社の門前の民家を借り、そこを鹿狩《しかが》りの総指揮所とした。

板敷いっぱいに、絵図がひろげられている。絵図には足柄《あしがら》・箱根山塊が中央にすわっていて、西のほうには早雲が所在する三島明神がえがかれており、ここから鎌倉期に開鑿《かいさく》された箱根道が東にのびている。

ほかに、杣《そま》の通う道がある。多くは尾《お》根《ね》道《みち》で、一人がやっと足を踏みおろせる程度の道だが、勢《せ》子《こ》たちはいくつかの組にわかれ、道という道を塞《ふさ》いで動いていた。

「箱根の水海《みずうみ》（現在の芦《あし》ノ湖《こ》）をめあてにせよ」

と、すべての組の将には言いきかせておいた。

伊豆のほうから登ってゆく者も、箱根の水海をめざしていた。伊豆方面の勢子は、いったんは日《ひ》金山《がねやま》の山頂に集結せよ、といってある。

早雲は、手もとに健脚の伝令を十五人ひきいているにすぎない。やがてそれらをひきい、坂をのぼる支度をし、その前に三島明神に参詣《さんけい》した。

三島明神には、見るからに神寂《かみさ》びた老杉がひともとあり、古来、出陣をする武士は武運を祈ってこの杉に矢を射こむことで知られていた。早雲は綾藺笠《あやいがさ》をかぶり、狩姿のまま騎乗して、この矢立《やたて》の杉のまわりを戛々《かつかつ》とまわり、まわりつつ、

武夫《もののふ》の
ためしに引ける梓弓《あづさゆみ》
矢立の杉や
しるしなるらむ

と吟《ぎん》じ、吟じおわって、ひょうと矢を射、鏃《やじり》をうずめるまでに深く射こんだ。

その矢も見ず、馬首を東にめぐらし、箱根の坂をめざした。

坂にさしかかると、馬はもはや役に立たない。

道といっても敷石があるわけでもなく、ときに崖《がけ》がくずれて道が谷に落ちてしまっており、粗《あら》肌《はだ》の崖そのものをよじのぼらねばならなかった。

駿河《するが》も伊豆も、東国であって、関東ではない。関東に出るには、この難路をよじのぼる以外になく、このことが、早雲の一代にとってもはなはだ象徴に富んでいたといわねばならない。

（京から、遥《はる》けくもきたものだ）

と思い、ふとこの箱根山から西は、駿河も伊豆も遠江《とおとうみ》も三河もみな京の郊外にすぎぬのではないか、と思ったりした。箱根山の東こそ京に対する世界であり、そこに遠くは平将門《たいらのまさかど》が崛起《くっき》し、また源頼朝が興った。以後、よき者がおらぬがゆえに関東がみだれにみだれている、と早雲はおもっている。

早雲は山中で一泊し、夜明け前からさらに登った。岩根《いわね》が重なりあっていたが、存外、騎行が可能だった。早雲は手綱をよくさばいて登りきり、ついに箱根峠に達した。

箱根のふしぎさは、登りつめたところに、青い水をゆたかにたたえた湖のあることだった。この容易ならなさが箱根権現《ごんげん》の神異であるとひとびとに感じさせてきたが、早雲もこのときばかりは、眼下にひろがる長さ二里の芦《あし》ノ湖《こ》の水の青さに感動し、これこそ箱根権現の神の衣《ころも》の色にちがいないと思ったりした。

芦ノ湖は北西から南東に細長く横たわっていて、まわりに、二子山《ふたごやま》、駒《こま》ケ岳《たけ》、神山《かみやま》、冠岳《かんむりだけ》、屏風山《びょうぶやま》などを侍《はべ》らせている。

湖畔に箱根権現があり、早雲は草履とりひとりを従えて、別当寺《べっとうでら》である金剛王院《こんごうおういん》をたずね、海《かい》実《じつ》に会った。

「狩りは、いかように？」

と、海実は獲物《えもの》の多寡《たか》をきいた。しかし、早雲はまだ各方面からの成果の報告をうけとってお

らず、

「おぼつかない」

と、正直にいった。鹿《しか》のむれは伊豆や駿河《するが》の駿東《すんとう》郡の山々から逐《お》われて箱根にあつまっているが、いまいっそう逐いたてねばこの芦ノ湖のほとりまで降りて来ない。

「けさほど、三頭ばかりが、屛風山から駈《か》けおりてこの湖の渚《なぎさ》を北へ逃げてゆくのを見たが、あれはどこの鹿であろう」

海実がいうと、早雲は即座に、

「伊豆の日《ひ》金《がね》山（十国峠）から逐われてきた鹿でござろう」

と、いった。

日金山は伊豆半島の東の付根《つけね》にある。北の箱根山塊が南へ山脈をなして南下して半島の背骨をなしているのだが、日金山はそのうちでも山容の華やかな一峰であった。

そこには、早雲は有力な一隊を置いている。かれらは山上の社寺に宿営し、しきりに鹿を北方の箱根にむかって逐っていた。

「鹿どもは三国の山々を駈けまわっているとみえる」

海実は、早雲の本心を知ってのことか、やや意味ありげにいった。

「人もまた」

早雲は応じた。三国の山々を駈けまわっている。箱根のむこうの海岸にある小田原城のぬしにとっては、おのが頭上の大屋根を人とけものが足もとどろに駈けていることになる。しかし海実のいうところでは大森藤頼は安気に日ごと酒盛りに興じているらしい。

早雲は、芦《あし》ノ湖《こ》のほとりで勢子《せこ》たちのあつまるのを待った。

最後に、伊豆の日《ひ》金《がね》山から鞍掛《くらかけ》山をこえてやってきた部隊が到着した。この方面の大将は、山中小次郎である。

小次郎の隊は、主力部隊とはいえ、侍の数は五、六人しかいない。三百人の人数は、みな農村の壮夫であった。しかも、それと同数の牛をひきいていた。

「牛。——」

湖畔にいた早雲の配下たちは、山林が一頭ずつ黄牛を吐き出しはじめたとき、ひどく気味わるい印象をもった。鹿がとびだしてくるはずのところを、牛が出てきたのである。

黄牛たちはたちまち湖畔にあふれ、草を食《は》みはじめた。

権現《ごんげん》社の社頭で早雲とともに湖をながめていた箱根別当《はこねのべっとう》海実《かいじつ》のおどろきも、ただごとでない。かれは早雲がなにやら幻戯《めくらまし》のようなものを演じているのではないかと疑い、

「あれは何ぞ、あれは何ぞ」

と、せきこんで言った。

「牛ではござる」

「山にいたのか」

海実は、動顛《どうてん》していた。牛が山にいるはずがない。

「伊豆の里の飼牛どもを、山に追いあげて、相模《さがみ》の山々を歩かせてみました」

「鹿を逐《お》うために？」

「僧正《そうじょう》」

早雲は、正直に自分の謀事《はかりごと》を明かすべく覚悟した。

「かの牛どもは、わが家来でござる」

これが、早雲の思想であった。あたらしい領主制にあっては、領主自身が農業を地面十尺下から掘りおこす覚悟でかからねばならぬ。伊豆においては領主は農民の父であり、従って農民の援《たす》けをする牛馬もまた領主の家族のようなものだ、と早雲はいった。

「この考えを、相模の小田原に及ぼします。従って信濃守《しなののかみ》（藤頼）どのは、お気の毒ながら小田原から退去していただきます」

「退去？」

「決して藤頼どののお体に矢を立てるようなことは致しませぬ」

「矢を。――」

「小田原城を攻めるのでござる」

「攻めるのか」

海実は、ぼんやりしている。

「虚をもって攻めます。実をもって攻めれば敵味方ともに死者が出ましょう。虚で攻めまするためには、伊豆の牛どもの援けが必要でござる。すべてを明かしましたる上は、このこと、ご口外遊ばしませぬように」

箱根権現《ごんげん》を統轄する寺が金剛王院《こんごうおういん》であることはすでにのべた。

早雲はこの日から三日のあいだ、金剛王院のいわば客となり、主人である別当海実僧正《べっとうかいじつ》を逆にもてなすようにして酒食を供し、歌を詠んだり、舞を舞ったり、京のはなしをしたり、あるいは海実から真言《しんごん》の教義をきいたりした。

いわば、海実を軟禁したのである。

海実のもとにいる僧俗十余人も別屋に起居させ、戸外に出ぬようにした。

小田原攻めの密計が洩《も》れぬようにするためであった。軟禁といっても扱いは鄭重《ていちょう》で、早雲のほうが海実の坊官《ぼうかん》であるかのようであり、立居振舞なども典雅で、また配下が山の尊厳を傷つけたりせぬよう、こまごまと指示していた。

二日目には、海実のほうが気をつかいはじめた。

「宗瑞《そうずい》（早雲）どの」

と、いった。

「わしとこのように雑談《ぞうだん》のみをしていては戦《いくさ》の指図もできまい」

「痛み入ります」

早雲にすれば、合戦をする以上は海実を軟禁せねばならず、軟禁する以上はみずからこれにあたり、箱根の神に礼をつくそうとしているだけのことで、海実に気をつかってもらうことはない。

「戦のことはそれがし同然の者が六人はおります。六人の者が、それぞれ手分けして山を駈《か》けまわっておりますゆえ、それがしは余分の者でござる」

といって、早雲が手をこまぬいているだけではなく、ときに前線から使いがきて指示を仰ぐのだが、そのときは海実の目の前で指示した。海実はなにやら早雲の陣中にいるような気がして、ときに、思わぬ間道を教えたりした。

箱根権現社では仏式で神を祭るために、朝夕の勤行《ごんぎょう》は寺とかわらない。そういう勤行のときは早雲がかならず末座に控えているため、社前の情景で見るかぎり早雲はここの社僧のようなものだった。

三日目の午後、小田原城下の様子などをもたらした諜者《ちょうじゃ》に会ったあと、海実に、

「あす、箱根権現に早川庄《はやかわのしょう》を献じましょう」

と、いった。

早川庄が頼朝以来の箱根権現の社領でありながら、その後、押領《おうりょう》され、海実が大森氏頼《うじより》や藤頼に返還をたのみこんでもよい結果がえられなかったことは、すでにのべた。

「あす、返してもらえるのか」

海実は、おどろいてしまった。あすというからには、小田原の奪取は明日おこなわれることになるということにちがいない。

芦《あし》ノ湖《こ》のほとりの箱根（こんにちの元箱根）から小田原へむかう道は、二筋ある。ひとつは、渓谷（須雲《すくも》川・早川）沿いの道で、ふつう旅人たちはこの道をとる。鷹巣山を左手に見、畑宿《はたじゅく》や湯本を経る。湯本は、早雲よりも二百五十年ばかり前、京からあずまにくだった旅人が、

湯本といふ所に泊りたれば、深山《みやま》おろし烈しく打時雨《うちしぐれ》て、谷川の漲《みなぎり》増《まさ》り、岩瀬の浪《なみ》高く咽《むせ》ぶ。（『東関紀行』）

と、読むだにおそろしげに書いた山中の宿場《しゅくば》である。須雲川と早川とが合流するところで、古来、急流が押しひろげつづけて、土地はひろい。いうまでもなく湯が湧《わ》く。湯煙りが夜目にも白く騰《あが》るのである。

早雲は夜に入って全軍を二つにわけ、湯本経由の道は小田原への急襲部隊にたどらせた。この部隊には地頭《じとう》・国人《こくじん》・地侍《じざむらい》はおろか、およそ打物《うちもの》が取れる者すべてを参加させた。具足をもたぬ農民はみの一つかぶり、竹槍《たけやり》をかつぎ、ひしめきあって坂をくだった。

「遮二無二《しゃにむに》、小田原をおとせ」

という下知《げち》は、行軍の途中に発せられた。その命令が口から耳へ逓伝《ていでん》してゆくとき、声ともうめきともつかぬどよめきが波のようにゆれた。

一方、三百頭の牛をつれた山中小次郎の部隊は、杣道《そまみち》を踏みつづけていた。尾根の道である。

鞍掛山《くらかけ》を最高所とする長い稜線《りようせん》で、途中、大観山、白銀山、聖岳とすこしずつ低くなり、ついには小田原城の頭上の山ともいうべき石垣山に達して隆起を了《お》える。

小次郎はこの一挙の前、二度この尾根を踏査していたから、夜でも道をまちがえることはない。

「石垣山に達せば、しばらく静かにせよ。城下に火の手があがれば牛のつの二本に二本の松明《たいまつ》をつけ、しきりに山中を往来し、大軍の後詰《ごづめ》あり、として敵をおびえさせよ」

と、早雲から命じられている。

早雲は騎馬で、湯本道の急襲部隊とともにあった。

「松明は十人に一つ」

と、火を節約させた。たとえ小田原の者が山中で火が動くことに気づいたとしても、伊豆衆の鹿狩《しかが》りであると思うにちがいないが、しかし大規模な火の川が坂をくだってくると知れば、あやしむにちがいない。

「伊豆は、関東の吉例《きつれい》ぞ」

と、早雲は言い、ひとびとにも唱和させた。伊豆は関東ではないがつねに関東の世をひらく足場になったという吉例を思え、ということであろう。

小田原城というのは箱根山塊に身をよせている。

しかしまわりは平地《ひらち》である。

というより、沼地というにちかい。

さらにいえば、小田原は、足柄《あしがら》・箱根山塊から流れおちる水の谷にある。それらの水は芦子《あしこ》川、早川《はや》、酒匂《さかわ》川になって、この狭隘《きょうあい》な平地をうるおしているため、沼地が多い。沼地の一角に四十メートルほどの小丘があって、鎌倉のころからここに土肥氏の城館が営まれていた。沼地をもって要害にする程度の防御構造で、城とはとてもいえなかったろう。

室町期のある時期から大森氏がこの城館のぬしになり、多少は城郭をひろげたが、それでもなお室町風の巨大地頭《じとう》の城館というべきで、のちの戦国大名が一国統治の中心として持った城ではない。

城のまわりの集落も、仮りにこの稿で城下といってはいるものの、規模からいえばまことにかぼそく、城館のまわりに田畑や農村が散在しているにすぎない。むろん、侍屋敷も多少あるが、主たる武士は西相模《にしさがみ》一円のそれぞれの領地にいて、小田原の城館のそばに居住しているわけではない。

「小田原」

というこの村が、他の村とちがっている点は、弓矢や具足師、あるいは鍛冶《かじ》が多少多く居住している程度であるかもしれなかった。

こういうことからみると、いざ他から不意の襲撃をうけた場合には、対応がむずかしかった。ふつう、兵を集めるために早鐘《はやがね》を鳴らしたり、国中に人を駈《か》けさせたりして陣触《じんぶ》れするのだが、そういうやりかたで人馬をあつめれば、集結には早くても一日、二日はかかる。その前に陥されてしまう。

室町期は、慢性的な乱世のくせに、こういう点ではまことに不用心《ぶようじん》であった。世間では、互いに軍勢を催して合戦をする。しかし本拠そのものを不意に衝《つ》くという例があまりなく、

「――まさか、そのように不埒《ふらち》な者は」

おらぬ、とおもって安堵《あんど》している気分が、本拠地の不用心を慣例的につくりあげてきた。のちにやってくる戦国時代の城と城下では、兵力を常時城下に駐屯させる。同時に城下は商業の中心にすること、さらには城郭を巨大化するという三つの要素を具備するようになった。それとくらべれば、室町期は正義の規準のない乱世とはいえ、遠いむかしからこの社会に続いてきた駘蕩《たいとう》とした気分が残されていないでもなかった。

大森藤頼という人間については、同時代も後世も、ほとんど理解していない。酒を好んだというが、そのことは人間としての欠陥ではない。どういう酒であったかについても、記録者たちは沈黙している。酒の飲み方だけでなく、藤頼の個性については印象的なうわさなどは存在しなかったのであろう。

むしろ、うわさのたねにもならなかったというあたりに、藤頼の特徴があったのかもしれない。かれは大森家にうまれ、相続者である兄が死んだためにあとつぎになり、やがて当主になった。

「当然のことだ」

と、その現実に疑いもしないたちであったということは、たしかである。その門地の者がその門地を継ぐ、なんのふしぎがあるか。

藤頼は、それだけの男であったにちがいない。

自分に、民を牧《ぼく》してゆく器量があるか、などというようなことは、一度も思わなかったろう。大森氏の歴世がこの西相模《にしさがみ》を統御《とうぎょ》してきたように、自分もそのようにする。自分自身がそれをするのではなく、代々の大森家の威権がそれをするのである。この場合、自分がその器《うつわ》なりやなどということを自問する必要もない。

——家に威信があるという時代はおわった。

ということを、藤頼はむろん気づいてはいなかったろう。

なぜなら、関東のたれもが気づいていないのである。たとえば関東管領《かんりょう》も、扇谷《おうぎがやつ》上杉氏は定正の戦死後、凡庸な朝良が相続したが、朝良も世間もあやしまない。

そのくせ、大地が震《ふる》えつづけている。

ある時代までの地頭《じとう》というものは、農民にとって絶対的な支配者であった。しかし農村の生産力があがり、農民が成長し、五、六町歩ほどの田地持ちが地侍《じざむらい》になり、それより大きいものが国人《こくじん》として勢力をもちはじめると、様子が変ってきた。かれらの結束した状態を、地頭たちは、

「一揆《いっき》」

と呼んで眉《まゆ》をひそめたが、世が進むにつれて、地頭はそれら一揆の鼻息をうかがうようになっ

た。

伊豆の早雲にいたっては、一揆の上に成立した勢力であり、守護・地頭体制以外の者なのである。そういう世がきている。

家門の威信にもたれて領地を支配できるような世ではないのだが、大森藤頼はそういうことも考えたことがなく、ましてこういう世に大森家を保つ道はなにか、ということも考えたこともない。

藤頼は、悪い男ではない。

しかし、時勢はかれのような家門的存在を否定しようとしている。善悪の問題ではなかった。

大森藤頼は、この夜、予兆すら感じずに眠り入っていた。

藤頼の、時勢についての意識も眠っている。

関東だけでなく日本中のこの階級の者の九割以上が、藤頼の意識と同様、旧時代に生きているのに、藤頼のように、一夜にしてつくられた新旧の深い亀裂に転落してゆくことがなかった。藤頼は、眠っているうちに陥ちた。

もっとも、たたきおこされはした。

「夜討《ようち》ぞ、夜討ぞ」

という叫びが、館内をかけめぐり、たまたまこの館《やかた》にとまっていた成田某という者が藤頼の寝所に踏みこみ、

「はや、落ちられ候え」

と、わめいたのである。

「なにごとだ」

藤頼は起きあがり、説明をきこうとした。そのあいだも、矢の立つ音、あるいは遠いながら鯨《と》波《き》のどよめきがきこえてきた。

小田原の南には、山が海岸までせまりつつも、いくつか村がある。

板橋、早川、石橋、米神《こめかみ》といった村がそうだが、それらは団々《だんだん》と炎をあげて燃えているという。

もっとも、早雲が焼かせたのは村ではなく、村のなかの廃屋をあるじの承諾を得て焼いているわけで、一つは小田原をおびやかすためと、一つは夜襲部隊の足もとをあかるくするためであった。

ついに火は小田原の館ちかくの古い民家二つ三つに及んで、はげしく燃え立った。それらの火が巨大な松明《たいまつ》になって、空堀《からぼり》、城戸《きど》、櫓《やぐら》をあかあかと映えたたせた。

その上、山という山におびただしい松明が動き、さらには早川ぞいの風祭《かざまつり》から軍兵が火の帯をなして小田原に入りつつあるという。

「仇《あだ》は、三浦の者か」

「三浦の者が仇ならば、東から寄せて参りましょう。仇は箱根の坂をこえて、一気にくだっております」

「さては、きゃつ……別当海実《べっとうのかいじつ》なるべし」

「さん候わず。別当殿が、かほどの軍勢をお持ち遊ばすびょうもあらず。おそらくは、伊豆の宗《そう》瑞《ずい》（早雲）どのでござろう」

と、いちいち答えているのは、成田某である。成田氏は下総《しもうさ》や武蔵《むさし》の北部にひろがっている大族で、その一族である某が、何かの用で小田原の城館に滞留していたのであろう。

「宗瑞……か」

藤頼は、つぶやいた。

「信じがたいことだ。宗瑞は、かつては扇谷《おうぎがやつ》殿の御陣触《ごじんぶれ》に応じ、わが家の寄騎《よりき》とともに高見原《たかみはら》の陣にも参じたこともあり、いわば好誼《よしみ》があった。かの者が海実を通じて同盟を申し入れてきたのを、口汚なくののしったがためであろうか。……」

「左様のご詮議《せんぎ》は、いまさらご無用でござる」

成田某は、せきたてた。

早雲は、小田原の城館をただ二ヵ所から攻めたてた。梯ひとびとは丘をよじのぼって空堀《からぼり》にとびこみ、さらには土塁をのぼり、塀に梯《はしご》をかけた。梯は、無数に用意した。地に梯をすえ、人数でもってその基部を支え、弓の精兵《せいびょう》がのぼって館内に射こんだ。一方、土塁に梯をかけのぼってゆく者もある。館内の人数はすくなく、応戦する者があちこち駈《か》けまわるが、とても応接しきれない。

「息もつかせるな」

と、早雲は、五、六度叫んだ。かれは最前線にあり、敵にとって十分な矢頃《やごろ》だった。二筋、三筋と飛んできたが、意にも介さなかった。一筋の矢などは、足もとの土中に突きささった。早雲は敵営を見すえたまま、草をぬくようにして矢を抜き、その矢をもって指揮した。

「敵の矢を持ち給うは、ご運よからず」

と、たれかが諫《いさ》めた。敵の矢を持っていると、その矢を慕ってつぎの矢が来る、というのである。

「試してみよう」

というちに二ノ矢が来たから、驚いた。櫓《やぐら》からあきらかに早雲を狙っている者がいた。味方の者も気づき、矢をそろえて射ようとしたのを、

「放《はな》つな」

と、押しとどめ、櫓の者に、

「藤頼どのは、東へ落ち給うぞ。ここで命をおとすより、付き随って御先途《ごせんと》をたしかめよ」

と、よばわった。

その者は、櫓のむこうに消えた。

早雲は声の大きな者をえらび、

「こなたは伊豆の北条に住む宗瑞《そうずい》入道にて候。藤頼どのはいずくなりとも立ち退《の》かせられ候え。あとは宗瑞うけたまわるべし。その上は、伊豆・相模《さがみ》はおろか、関東の治所になすべく候」

と、よばわらせた。

館内には、客人の成田某がいる。

かれは西ノ口があいていることに気づき、藤頼を落去させてから、みずからは早雲方の攻め口にひきかえし、手勢六人で長刀《なぎなた》をふるって斬《き》りこんだ。

この方面の早雲方の大将は多目《ため》権平《ごんぺい》であったが、成田ら六人に斬りたてられて崩れ、権平の同心栗田六郎などは成田の長刀の一撃で斃《たお》れた。しかしほどなく成田らも討たれ、城館は一角ずつ陥ち、ついに敵影を見なくなった。

東方にのがれた藤頼は、相模真田城の縁戚《えんせき》を頼ったが、その後、扇谷《おうぎがやっ》上杉氏の朝良を頼ったりした。しかし、性来、復讐《ふくしゅう》心が薄いのか、どこで世を終《お》えたか、世間に知られることがなかった。

早雲は夜があけるとともに、小田原一帯の士民を諭《さと》し、かつ自分の志を知らしめ、さらに城郭の拡大工事を開始した。とりあえずは、敵のゆりかえしをふせぐためであった。

早雲庵

箱根を越えて小田原を奪取したものの、早雲はこのあと華やかであったわけではない。かれは本拠を相変らず伊豆韮山《にらやま》に置き、生涯そうだった。伊豆衆や駿河《するが》の東部の興国寺衆、あるいは葛山《かつらやま》衆をはなれて、早雲は存在しがたい。

ただ、たえず小田原にきては、普請《ふしん》（土木）や作事（建築）の監督をした。関東第一の堅城をつくるためであった。

といっても、豪華な城ではない。城域を拡張し、旧城館を本丸とし、幾重にも堀をうがち、その土を掻《か》きあげて土塁をつくり、四方に柵《さく》を植え、多数の櫓《やぐら》を組みあげた。宏大《こうだい》な外堀（総構《そうがまえ》の堀）には、いくつかの城門を設けた。早川口、板橋口、荻窪口、酒匂《さかわ》川口、井細田口、山王口……といったふうであり、総構のなかには籠城《ろうじょう》にそなえて田畑まである。むろん、侍屋敷は本丸をかこんでびっしり建てならべ、いざというときの城内での砦《とりで》になるばかりか、侍どもをその領地に置かず、城内に常駐させるという点で、あたらしい思想をうち出していた。

それまで地頭《じとう》・国人《こくじん》・地侍《じざむらい》は、山野の中の木のようにかれの村落に住んでいたが、それを根ぐるみひきぬいて城内に移し植えたといっていい。

そのかわり、侍どもが不在になった村落は、伊豆方式で、早雲が任命する行政官的な地頭が広域にわたって統治した。

早雲が小田原城に入るとともに、西相模《にしさがみ》の多くのひとびとは賀《が》を述べにきて、臣従を誓った。近代的な概念でいえば大森時代は多分に大森氏と地頭たちは契約の関係に似ていたが、早雲の方式ではそれ以上につよい関係になり、文字どおり主従といってよかった。早雲はかれらの面倒を丸抱えで見るかわり、かれらも早雲を絶対の主人として仕えるというぐあいになったといっていい。

といって、早雲の勢力がにわかに強大になったわけではなく、相模の東半分を三浦道寸《どうすん》が持っており、早雲の小田原奪取によって、三浦氏とは断交になった。三浦氏の勢力のほうがはるかにつよかった。

(道寸入道とは、正面から戦えぬ)

と、早雲はおもっており、このためもあって小田原城の規模を大きくし、侍という侍は城内に常住させたのである。

三浦道寸は、鈍重だった。

もしかれが軽快な戦法をとる男なら、早雲が小田原奪取をしたときに急襲してきたであろう。そうすれば道寸は勝ったにちがいないが、しかしそれをせず、軍勢が多数あつまるまで気長に待った。そのうちに小田原城の工事は急速に進んだ。

早雲が小田原城を手に入れたのは、六十四歳のときである。

かれがその死によって現役を終えるのは八十八歳だから、小田原奪取のときにはまだ二十四年の人生が残されている。尋常な長命ではない。

若いころは、どこかひねこびたところがないでもなかったが、かつて駿河《するが》で今川氏親《うじちか》の相続を阻《はば》む今川範満《のりみつ》を討ったときは五十六歳であり、そのころから顔つきや身動きが少年のようになってきた。

六十四歳になっても、その特徴のある切れ長の目は涼しさをうしなわず、なにか可笑《おか》しいことがあると、

「くっ」

と、声を出さずに口もとだけで笑う。その上、自分が何歳であるかをあまり考えず、

「城の普請《ふしん》だけはいそげ。あとはなにごともゆるゆるとやる。無理は禁物と心得よ」

というのが常だった。ゆるゆるやれば自分の一生がおわってしまい、氏綱がまだ幼くて九歳であるため伊豆のことも相模《さがみ》小田原のこともすべて瓦解《がかい》してしまうと考えるのがふつうだが、早雲は自分の天寿の長さを知っているかのように頭からそういうことは考えないようであった。

その顕著なあらわれは、合戦である。

三浦道寸《どうすん》が、相模の三浦郡と中郡の兵をこぞって攻めよせてきたのは、早雲の小田原奪取の翌年の初夏である。おりから、麦の秋であった。

小田原城の普請は、すでに総構《そうがまえ》だけはできていて、防御《ぼうぎょ》にはほぼ十分であった。早雲は兵をひきしめて合戦を避けた。さらには城内くまなく歩き、ひとびとに悪戯《いたずら》っ子のような笑いをうかべながら、

「出るなよ」

と、幾度も言った。

三浦勢は、戦おうとしない城内にむかってあらゆる嘲罵《ちょうば》を投げつけただけでなく、城外の麦畑に入って、すでに熟している麦を刈りはじめた。麦と米とが、この時代の経済の基礎なのである。小田原方は、城の前でそれを刈られているにもかかわらず、早雲は動ぜずに城内を見廻《みまわ》り、

「出るなよ」

と、なだめて歩いた。

「いくさというものは、勝つためにやるのだ」

ともいった。敵は数倍の人数であり、城戸《きど》から打ったところで、勝目はない。

「逸《はや》るな。血気にまかせて飛びだしたところで、負ければ土塀が崩れたのと同じだ。ただの土になる」

といったり、あるいは、

「十年、堪えよ」

といったりした。みな、十年も堪えるのか、と驚いたが、堪えることによって早雲への信頼はかえって強まり、士気は衰えなかった。

年を経《ふ》るにつれて、元来痩身《そうしん》の早雲は、奇妙なほどに清らかな姿になった。韮山《にらやま》のあぜ道を歩いているときは、農夫たちは神を見るような思いで頭をさげた。ときに小田原にゆく。箱根から降りてくる早雲の姿をみて、たれもが、この人は権現《ごんげん》の使いではないか、と思ったりした。

小田原城には、城主として年少の氏綱をすわらせている。小田原のひとびとは氏綱を、

「お屋形様」

とよんだ。ふつう地頭《じとう》を殿といい、守護をお屋形と敬称する。しかし近ごろは、国人《こくじん》も地侍《じざむらい》も殿とよばれる世の中であるために、幕府の任命によらざる存在である氏綱をもってお屋形とよぶのは僭称《せんしょう》ながら、そういう下剋上《げこくじょう》はもはや世の常になっている。

下剋上とは、後世の造語でなく、この時代の口語になっていた。戦国期に日本で活躍したイエズス会が、一六〇三年に刊行した『日葡辞書』にも、このことばは Guecocujǒ という表記で出ている。意味は、

シモ　ウエ　ニ　カツ

とある。下が上に剋《か》つというより、下が実力をもってしまい、敬称までがいわば安売りの状態になった。

しかしながら、早雲その人については、ひとびとは、単に、

「早雲庵様」

とよんだ。庵号でよぶなど、浮世の外の人のあつかいだが、早雲はそういうよばれ方をよろこんだ。

「早雲庵様は、いくさには一度もお負け遊ばされたことがない。合戦のことは、早雲庵様の御胸の奥におまかせするほうがいい」

という気分が、小田原衆に共有されていた。

このため、三浦勢《ぜい》の再三の挑発に早雲が乗らなかったことを、ひとびとは腰抜けとは思わなかった。

早雲は西相模《にしさがみ》の村々を歩いて農民を撫育《ぶいく》する一方、小田原城内で新軍制を布き、とくに足軽をよく調練した。

三浦勢《ぜい》は、毎年収穫時分になると攻めてきて、麦や稲を刈りとった。

早雲は百姓の損に対しては、何かと償《つぐ》ない、暮らしの立つようにした。また百姓の代表ともいうべき国人《こくじん》・地侍《じざむらい》にときどき、

「われをなさけない地頭《じとう》と思うか」

と、いったりした。

早雲に対してはたれもそうは思わなかったが、ただ三浦勢のやり方のえぐさを呪《のろ》い、反感がは

なはだしく高まった。

「早雲庵様、なぜ城を打って出よとお下知《げち》をなしくださいませぬ。この屈辱をすぐために命も要りませぬ。疾《と》く疾く陣貝《かい》をお吹き下さりませ」

という者が多かったが、早雲はおさえた。

「いくさに勝つには、潮がある。わしはそれを待っている」

これが口癖のようになってしまったが、清らかな痩身《そうしん》の早雲の口から出ると、どこか神韻を帯び、ひとびとの心に頼もしさを感じさせた。

信じがたいほどのことだが、早雲は八十一歳の永正九年まで待った。六十四歳で小田原城と西《にし》相模《さがみ》を手に入れてから十七年待っている。

十七年の歳月は、三浦勢にとっても長かった。毎年、暑いころになると、小田原に寄せてゆく。

——小田原寄せ。

といえば、祭礼のようになった。小田原衆が決して城を出て戦おうとしないため、もはや、気分までが物見遊山《ものみゆさん》になった。ただ暑いのがかなわなかった。

このため、例年のことだが、引きあげるときは酒匂川《さかわ》で甲冑《かっちゅう》をぬいで馬を洗ったり、泳いだりした。それでも早雲は手を出さなかった。

永正九年の初夏、いつものように三浦勢がやってきたが、この年も早雲は戦わず、固く城門を閉じていた。

三浦勢はさんざんに嘲罵《ちょうば》し、刈りとった麦を荷車に積んでひきあげた。恒例どおり酒匂川までくると、盛大に水浴びをした。

早雲は、すでに前夜から準備している。士卒にも、

「積年のうらみを晴らせ」

と、言いきかせた。かれはいっせいに城門をひらかせ、ありったけの兵を突出させた。弓組が段々をなして前進してひきもきらずに矢を射かけ、敵の混乱に乗じて長柄《ながえ》の組どもが突入し、さらに騎馬部隊が自在に斬《き》り、突き、また河中にとびこむ者を追い、追いあげて全軍がむこう岸についたときは、三浦勢はほとんど潰滅《かいめつ》してしまった。残りの者は物具《もののぐ》をすてて逃げたが、

「追え」

と、容赦せず、追撃していよいよ戦果をひろげ、遠く国境線ともいうべき馬入川《ばにゅう》に達したが、ここでも手をゆるめず、河中に敵を追いおとし、勢いを駆って、三浦道寸《どうすん》の居城である岡崎城を攻め、二度、三度寄せゆさぶって、半日でおとしてしまった。道寸は、逃げた。

岡崎城攻めのときの早雲の軍勢の苛烈《かれつ》さは未曾有《みぞう》のものだった。

この城についてはすでにのべた。いまは神奈川県伊勢原市の市域にある。まわりは水田地帯で、そのなかにうかぶ島のように、最高所が三十メートルほどのナマコ形のひくい丘陵が南北に横たわっている。岡崎城はその最高所にあり、まわりの水田を要害にしていた。このあたりの水

田は田植には田舟をつかうほど深い。

三浦道寸《どうすん》は関東随一の武勇の人という評判があり、事実そうだった。しかしかれの最前線の要《よう》塞《さい》である岡崎城の構造は、中世の城館を出ない。いまは本丸跡に浄土宗の寺が建っているが、本丸のほかは土塁と空堀《からぼり》を組みあわせつつ、二ノ丸、三ノ丸を設けただけのもので、さほどに強靱《きょうじん》なものではない。

しかも、三浦勢《ぜい》はこぞって野戦に展開していたため、城の守りは小人数だった。

それでも野戦軍が健在なら、この砦《とりで》めいた城でも十分に防御力は発揮できるが、早雲の軍によって野戦における三浦の大軍は四散してしまっていた。

早雲軍は一ノ城戸《きど》をたちまちにおとし、二ノ城戸にむらがり、力攻めに攻めて一挙に破った。三浦道寸は本丸に追いつめられ、やがて日没とともに東方へ落ちた。

「追え」

と、早雲は軽騎隊を放ち、一方では岡崎城に軍を集結させ、新占領地である中郡をかためた。

「年貢《ねんぐ》は、十《とお》のうち四」

という伊豆方式をすぐさま発した。

「農民はもはや地頭《じとう》に遠慮することはない。苦情があれば早雲庵自身に申し出よ」

と、中間搾取機構を廃した。

「旧来の地頭にして三浦を思う者は遠慮なく退転せよ。さもなくて心を改めたくばすぐさま馳走《ちそう》せよ」

駈《か》けつけて来い、という。

本来、中郡のひとびとは三浦半島を本拠とする三浦氏のいわば外様《とざま》であったため、きのうまで早雲に敵対しながら、本心から早雲を憎んでいるわけではなかった。かれらは争って早雲に従った。

理由は、他にもあった。

早雲が、国人《こくじん》・地侍《じざむらい》・農民とじかに結びついたため地頭層は土地の支配権をうしない、農民たちとともに早雲のもとにゆくしかなかったのである。

早雲軍の勝ち方があざやかすぎたことも大きい。

さらにはかねて相模《さがみ》一円にまでひびいていた早雲の徳望ということも大きかった。旧三浦領の者たちは、かねがね、

——早雲どのがわが住む処まで来ないものか。

と思っていたという。

八十一歳の早雲には、騎馬はつらかった。

むしろ、徒歩をこのんだ。笠《かさ》一つかぶった軽装でかるがると歩いた。坂道で息が切れると、壮夫たちのかつぐ輿《こし》に乗った。

やがて早雲は、馬入川《ばにゅう》（相模川《さがみ》）を東へ渉《わた》った。

このあたりは、広濶《こうかつ》な野である。『太平記』の新田義貞の鎌倉攻めのくだりに出る茅崎《ちがさき》、相模

の一宮《いちのみや》のある寒川《さむかわ》、鎌倉時代以来の由緒の地である大庭《おおば》（小出《こいで》付近）や辻堂《つじどう》、あるいは沙丘《さきゅう》の多い地で江ノ島を望む鵠沼《くげぬま》、さらには時宗《じしゅう》の本拠地である藤沢など、早雲軍が進むにつれ、吸いよせられるように人々はかれの領域に入って行った。早雲たちは、ただ進むだけでよかった。

「常勝」

というあざやかさが、世の心理に与えたことの大きさであろう。沿道、寺々の住職や神社の神主などがあらそって戦勝を賀《が》した。かれらにまじり、いかにも神妙な様子をして地頭《じとう》や国人《こくじん》・地侍《ざむらい》もやってきて、

――お陣屋のお端《はし》をお貸し下されば。

と、懇願した。みな、三浦党の外縁にいたひとびとで、連年、小田原の城外にきては、小田原衆の臆病をからかってきた連中だが、早雲は頓着《とんじゃく》せず、

「世は、変った。往事は忘れた」

と、品よく小首をかしげ、かれらの賀を受けてやった。

当面は、追撃であった。三浦道寸《どうすん》の逃げ足は意外なほど速かった。早雲としては、相手に息をつかせては、再起の準備をさせることになる。

「ともかくも、駈《か》けよ。たとえ五、六人でも、百人の敵を追え」

と、先鋒《せんぽう》へ申し送った。

早雲は腰越《こしごえ》から七里ケ浜を経、由比ケ浜の坂ノ下で軍兵のととのうのを待ち、鎌倉の様子をうかがった。

三浦道寸は、鎌倉の南方の小坪《こつぼ》（現・逗子市《ずし》）付近にある住吉という城に逃げこんでいた。この城は三浦半島の北部の砦《とりで》で、道寸の弟の道香《どうか》という者が守っていた。

早雲は、この一戦で三浦氏を殲滅《せんめつ》したかった。それにしてもことしの初夏まで十七年、小田原にこもりきっていたことから思うと、この早雲軍の展開は、夢のようであった。海上には伊豆水軍が満ちみちていて、帆をはらんでいっせいに小坪にむかっていた。

早雲は浜づたいに鎌倉を過ぎ、山側と浜側から住吉城を攻めると、一日で陥ちた。夜、道寸は逃げ、殿軍《でんぐん》をつとめた道香は兄を逃がすべく途中、逗子で早雲軍と奮戦し、全滅した。

道寸は、最後の拠点である新井城（油壺《あぶらつぼ》）に逃げこんだ。早雲は、早期に対三浦戦をおわらせることに失敗した。

三浦道寸《どうすん》が三浦半島南端の新井城（油壺《あぶらつぼ》）に逃げこんだということは、早雲にとって栄螺《さざえ》にふたをされてしまったのと同然であり、早雲の失敗だった。

「また、生きつづけねばならないか」

八十一歳の早雲はおもった。

短兵急《たんぺいきゅう》に南端の要害新井城を攻めることは、兵を損ずるばかりで効果はない。

早雲は、細い三浦半島のさきのほうを糸で縛り、血流をとめ、新井城が立ち腐れてしまうようにした。

陸上には厳重な柵《さく》を設け、海上には伊豆水軍の軍船をうかべ、城そのものを牢屋《ろうや》のようにし、外部からの兵糧が入ることを不可能にした。この封鎖作戦のために兵二千をあて、残りの四、五千を野戦軍とした。かつて三百の兵にもこまっていた早雲の規模からいえば、いかにかれの勢力が大きくなったかがわかる。

この間、かれは、三浦氏からの救援依頼をうけて出勢《しゅつせい》してきた扇谷《おうぎがやつ》上杉氏の当主朝興《ともおき》（朝良《ともよし》の子）の軍勢を玉縄《たまなわ》（大船西方）において小気味よく打ち破った。早雲という、いわば卑《ひ》賤《せん》の成り上りが、関東管領《かんりょう》という、関東における正規の室町体制の軍を破った最初のできごとであった。この意味で、玉縄合戦は中世の関東史における時勢の変り目をあらわす出来事として記憶さるべきものであろう。

早雲はこの合戦のあと、東相模の鎮台として玉縄城を築くべく着手した。

いまの地図では、単に、

「城山」

とある。

城の規模はよほど大きい。この城の目的は、一つには武蔵へのにらみをきかせ、一つには東相模の軍事安定をはかり、いま一つは三浦氏への封鎖作戦の根拠地にするためのものであった。

さらに早雲は、東相模一円を歩き、抗《あらが》う者は討ち、従う者は容れ、かつ農民を綏撫《すいぶ》した。

たとえば北相模の当麻《たいま》（相模原市）はこの当時市《いち》の立つ殷賑《いんしん》の地であったが、ここに制札を立て、軍勢《ぐんぜい》甲乙人が濫妨《らんぼう》してはいけない。もし違犯があるにおいては速かに厳科に処するものである。

という旨をひとびとに示した。ついでながら、この制札は同地の無量光寺にのこされているが、署名は「宗瑞《そうずい》」となっている。

当麻の地の民政官としては、土地の出身である関山隼人を任命し、市の売買から旅人の宿泊のことまでつかさどらせた。

早雲は似たような行政処置を相模の各地でもおこなった。

以後、早雲は、ひとりの事務執行者として生きた。

たとえば、三浦半島についてはその先端に三浦氏を封鎖したまま、自滅するにまかせようとした。

早雲は自分の感情を、飼い犬のように統御できる男になっていたのだろうか。

ときに感情が激発して無理攻めしたくなる衝動も当然ながらつきあげてきた。またしばしば老《おい》を感じ——なにしろ八十をすぎているのである——さきが短く、そのあとにあせって早く攻めて後顧《こうこ》の憂いを断ちたくなることもあったが、しかしおだやかに仔犬《こいぬ》の頭をなでるように自分の感情をなだめた。

早雲は、三浦道寸《どうすん》らが、兵糧攻めにあいながらなぜ生きているかを知っている。三浦半島の南端の新井城は陸つづきながら天然の深い空堀《からぼり》があって孤島のような小地形であることはすでにふれた。そこに巨大な岩窟《がんくつ》があって、土地では千駄蔵《せんだぐら》とよばれていた。千駄の米俵を積んで保存することができたし、げんに保存していた。

三浦道寸父子らは、これを食っていた。

――千駄蔵の米が尽きれば、かたがつく。

と、早雲はおもっていた。

三浦道寸父子にしても、ただむなしく岩窟の米を食って生きていたわけではなかった。武運の名誉のためにぜひ御馬を柵外《さくがい》にお進めあそばしますように、とすすめる一族の者や、譜代《ふだい》の臣も多かった。武者としての名をあげ、身は玉砕しようというのである。

「わしを一介の武者と思うか」

と、道寸は、その程度の武門というものの解釈者を嘲笑《ちょうしょう》した。その名誉というのは一騎駈《が》けの武者の名誉である、三浦家の家名を考えよ、王朝の末期《すえ》よりこの三浦半島に蟠踞《ばんきょ》し、非力なる流人《るにん》頼朝に応援して天下を得さしめ、鎌倉期には一族の多くが天下の栄爵をうけ、足利の世になっても将軍家は内々足利の家を卑《ひく》く見、この三浦家を貴《たか》しとおもっている。その三浦家はどこにあるか。汝《なんじ》らでもなく、この地（三浦半島）でもなく、つきつめたところ、わしと息子のからだにある、その血肉《からだ》こそ三浦家である、最後の米の一粒を食いつくすまで生きるのだ、汝らには、えわかるまじ、生きることこそこの道寸にとっての武門の名誉というものだ、といった。

ひとびとの多くは道寸の自ら誇ることの病的な高さに興を醒《さ》ましたが、しかし衰亡してゆく武家貴族のなかにあって、道寸のこの病的な感情こそ最後の貴族らしい態度といえなくはなかった。

その上、道寸にも、十分な希望があった。

「あの老いぼれにも、死が来るだろう」

早雲が死ねば、巻きかえすことも不可能ではないのである。

この間《かん》の歳月はみじかくない。

早雲はただすわって閑日月を楽しんでいたわけではなかった。室町体制のなかに領国制という新思想を入れたかれは、その基礎ともいうべき検地をした。一村ごとに、その水田耕地の面積をはかり、また畑地、屋敷地、山林、沼沢を数字として出してゆくのである。

後年、領国主義の総仕上げの選手として織田信長と豊臣秀吉が出、かれらは検地をもってその政治思想の基礎としたが、早雲がその思想の遠祖というべき存在だった。

ほかに、あらたな政治思想による民政上の課題——貫高《かんだか》制や貨幣政策など——が多く、早雲は晩年になればなるほど多忙だった。

その上、たえまなく士民の教育をした。かれがさだめた生活規範として、

「壁書《へきしょ》二十一条」

というものがあることはすでにふれた。のち「早雲庵殿廿一箇《か》条」などとよばれたが、人たるものは何時に寝て何時に起きよ、とか、目上によばれれば、まずいちはやく「あっ」と返事をせ

よ、あるいは夕方になると火の用心のために家中を見てまわれ、とかというようにこまごましている。
いかにも口喧《くちやかま》しげな老人が目に見えるようである。が、平素の早雲は無口で寛容な男だった。
たとえば、晩年、馬泥棒を警吏がつかまえた。法を確立するために、早雲一代においてはそうい
う者までかれ自身が裁いた。馬泥棒はみずからの非をみとめたが、しかし、
「わしが盗んだるはたかが馬じゃ。国をお盗み遊ばしたお方があれにおわす」
と、早雲を指さしたとき、かれはあかるく笑い、いかにもそうだ、といってその盗人を放して
やったという。

そういう男が、士民の生活上の身ごなしから心得にいたるまでさとしつづけたというのは、む
しろそういう規範がかれ以上の地下《じげ》（貴族以外の層）には存在しなかったか、薄くしかなかった
ことをあらわすものだと考えていい。

「じつをいうと、大汗を掻《か》いてそれを教えにきたのだ」

と、早雲は馬泥棒に言いたかったかもしれないが、弁解するのもおかしく、ただ苦笑するにと
どめたのにちがいない。早雲の性格には、欲深さがなかった。欲望のあまり、国を盗んだという
わけではなく、かといって人に行儀を教えるために国をとるという大汗仕事をしたというわけで
もあるまい。もしそうだとすれば、早雲の生涯はまことに御苦労きわまりない。

早雲は、奇妙な男だった。かれの情熱とは何だろうということについては、ながい枚数をつい
やして見つめつづけてきたから、いまひとことで結論づけることは憚《はばか》りたい。が、馬泥棒をゆる

したというところに、早雲が自分の矛盾に気づいていたことだけは察しうる。

早雲の晩年の多忙には、戦いも入っている。

多くは、遠征だった。

それも西方の駿河《するが》の今川氏親《うじちか》からの要請によるもので、早雲にとって西方は利害と無関係だった。しかしどういう場合でもことわったことがなく、さらには老齢ながら、みずから兵をひきい、遠さを厭《いと》わず、出費も頓着《とんじゃく》しなかった。

早雲の氏親への義理固さは、かれ一代のめだたぬ美しさというべきだった。氏親が、おいであるということより、氏親自身が早雲を心ゆるせるおじとして接しつづけてきたということで、早雲は可愛いかったにちがいない。むろん、早雲が、自分が苦心して氏親を駿河守護職の跡目につけたということもあり、内実、妹ではなかった千萱《ちがや》——北川殿——への愛ということもあったろう。

小田原を手に入れてその死まで二十四年のあいだ、早雲は自分自身の戦いを、三浦氏との戦い以外はしておらず、すべて駿河の今川氏のための援軍としての戦いばかりをした。

駿河は、東方に早雲の伊豆があり、かつ早雲の小田原があるためにじつに安全だった。西方の遠江《とおとうみ》と三河がつねに不安定で、しばしば攻められた。氏親はむしろこれを併呑《へいどん》しようとした。

遠州では氏親のために国人の一揆《いっき》と戦った。

さらにその西の三河では、三河の古くからの守護職である吉良《きら》氏と戦い、つねに勝った。

「軍神のようだ」

とさえ、早雲はいわれた。

ただ一度だけ敗けた。

三河の山間部に松平郷《まつだいら》という、ほとんど米のとれぬ山地があるが、この山林のなかで松平氏という国人が早くから成長していた。

初代親氏は素姓もわからぬ時宗《じしゅう》の遊行《ゆぎょう》僧で、山中に土着し、勢力をたくわえた。かれらは川筋の水田地帯にあこがれ、数代、武を練った。親氏のつぎは泰親、そのつぎは信光、また親忠、さらには長親である。

この松平長親が、安祥城《あんじょう》を根拠地とし、吉良の衰弱後、三河に威を張った。かれは、その子孫で徳川と改姓した家康からかぞえると四代前になる。

今川氏親は、西方の安泰のためにこの長親をつぶそうとし、早雲にたのみ、総指揮を依頼した。早雲は永正五年（一五〇八）七十七歳、みずから駿《すん》・遠《えん》・伊・相の大軍をひきいて三河に入った。まず今橋（吉田・豊橋）を席捲《せっけん》し、大平川をわたって支隊をもって岡崎城をおさえ、主力は大樹寺付近に展開した。

松平長親は小勢《こぜい》ながら安祥城を出て矢作《やはぎ》川をわたって戦い、早雲の軍に痛手をおわせ、ひきあげて河畔に滞陣した。

このとき、早雲は後方の渥美《あつみ》郡田原の城主戸田憲光が松平氏と気脈を通じているという諜報《ちょうほう》を得、それ以上は戦わずに全軍を撤退して駿河にもどった。早雲は、勝たなかった。

早雲が、三浦父子を追って三浦半島の南端に閉塞《へいそく》させて以来、四年を経てようやくそれを討つべく兵をおこした。

ときに八十五歳の七月で、老いの衰えのはなはだしさを感じたからにちがいない。が、三浦勢《ぜい》は頑強に戦い、滅亡までまる二年を要した。最後の血戦をすべく城をひらいて打って出た道寸《どうすん》父子の戦いぶりは、鎌倉武士を見るようにみごとだったとされる。七月、三浦氏は滅亡した。

早雲は八十七歳にしてようやく相模《さがみ》全円を得たことになる。

その翌年八月、伊豆の韮山《にらやま》で病没した。

すでに長子氏綱は三十三歳という成熟した年齢にあった。その人柄は重厚で心やさしく、しかもつねに勇気を蔵し、さらには聡明《そうめい》さは比類ないといわれた。ついでながら氏綱から北条氏を称する。鎌倉の北条氏と区別するため、こんにちの研究者は後北条《ごほうじょう》氏とよんでいる。

氏綱の一代は、父早雲がかためた基礎の上に壮大な構造物をつくったといえる。関東八ヵ国を平定し、小田原に城下町を創設し、商業と文化を栄えさせた。後北条氏五代の治績は、早雲と氏綱がその素地をつくったといっていい。

氏綱は死の前、その子氏康のために置文《おきぶみ》というものをつくった。氏綱はよほど子の氏康の人物の出来のよさに感じ入っていたらしく、

「其方儀《そのはうぎ》、万事我等より生《うま》れ勝《まさ》り給ひぬ」

と、書いている。置文では、そなたの資質がいいと私は見ているから、以下のことはわざわざ言わずともわかっていると思うが、念のために、という。本旨は、

古今の金言各（名の誤）句は、聞《きき》給ひても失念《しつねん》之儀あるへく、親の言置事《いひおきしこと》とあらは、心に忘れがたく可在哉《あるべきや》と、如此《かくのごとく》候。

古今の雑多な金言名句などは、たがいに矛盾していて役に立ちにくいものだ、聞いても忘れやすいものである。この氏綱のいうことならば、忘れることはないだろう、ということである。人《にん》間通《げんつう》らしい氏綱のやさしさと自信をこめたことばである。

氏綱の思想は、早雲のそれに似ている。というより、早雲を継承したものかと思えるために、『氏綱遺訓五箇条』をここに抜きがきしてみたい。(句読点、および改行は筆者)

大将によらず、諸侍迄《まで》も義を専《もっぱ》らに守るべし。

義に違《たが》ひて仮令《たとへ》一国二国切取《きりと》るとも、後代の恥辱《ちじょく》、如何に候。

天運尽果《つきはて》、滅亡をいたす共、義理を違間敷《たがへまじく》と心得なば、末世に後指《うしろゆび》をささる恥辱はあるまじく候。昔より天下をしろしめす上とても、一度《ひとたび》は滅亡の期《ご》あり。人の命は僅かの間なれば、むさき心底、努々《とど》有《ある》べからず。

古き物語を聞きても、義を守りての滅亡と、義を捨《す》ての栄花《えいぐわ》とは天地格別にて候。

氏綱は、北条家のいわば第一義の倫理は「義」であるとした。このことは大名として、ときに白刃を手づかみするほどに危険な思想であるともいえる。『孟子』には、しきりに義が説かれている。孔子が言いつづけてきた仁を、当然、孟子も説きつづけたが、かれはむしろ仁は人間の本《ほん》然《ねん》の情のなかに自然に含有している、とした。それよりも義を思うべきだ、とするのである。孟子は、一方で仁が自然の情であるといいつつ、他方で、人間はもし倫理的自律性をもたねば利を思う、ともいう。利はしばしば他人のものを奪う。ついには、みずからをも損《そこな》う、という。「上《しよう》下《か》交〻《こもごも》利を征《と》れば、国危《あやう》し」といい、「義をあとまわしにして、まず利を追い求めれば、ついに人は他人のものを奪いつくさねば満足しなくなる」ともいう。孟子は利を悪《にく》み、義をたかくかかげた。氏綱のこの思想には、孟子の思想のはげしさがつよく影響しているように思える。

義という倫理は、仁のように人の自然の情の中に含有されておらず、人にとって外に存在している。義の字義には、道理・すじみちという意味もあれば、同時に「外から仮《か》りたもの」という意味もふくむ。善きものである仁や悪しきものである利とはちがい、義は人が、いわば私情を殺して意志力で外《そと》からひきよせ、行動目標もしくは、ばねとするもので、義をおこなうのは情としてはつらく、しばしばわが身を危《あやう》くもする。しかしながら、義がなければ国家にも個人にも美しさがない、と氏綱はいう。さらに、美しさがなくて繁栄をえたところで仕方がないものだ、と氏綱は痛烈にいうのである。孟子は、利をきそいあう戦国の諸侯たちに仁・義を説きまわってついに容れられることがなかった。書生論であるとも思われた。が、氏綱は、この置文《おきぶみ》という家憲により、本気で息子に義を相続させようとしているのである。
逆算すれば、早雲の思想を、氏綱が継ぎ、氏康に相続させようとしたともいえる。

早雲の一代は、どこか『孟子』に偏しているか、すくなくとも愛読者だったという形跡が濃い。

かれの時代、明国に対する官貿易も私貿易も、もっぱら書物を輸入した。ただ『孟子』だけは危険書で、もちかえる者があれば「舟輒《ふねすなは》ち覆溺す」——船が沈んだ（明の謝肇淛《しゃちょうせい》の『五雑俎《ござつそ》』）——といわれ、酒精分のつよい思想の本とされてきた。たとえば、孟子は、殷の最後の王である紂《ちゅう》を臣であった周の武王が誅《ちゅう》したことは当然だという。王は天下の民を安んずべきものであるのに、殷王紂は、「仁を賊《そこ》なひ、義を賊なつ」た。である以上、すでに王ではなく、一匹夫《ひっぷ》にすぎない、と孟子ははげしくいう。周の武王は民のために、この単なる匹夫を誅しただけで、君を弑《しい》したわけではない、というのである。早雲において、そういう「義」についてのよりどころがなければ、かれの行動があれほど痛快なものにはならなかったにちがいない。自分の生涯をつらぬいているものを早雲は、

「義」

であるとし、子の氏綱にも言いきかせたのにちがいない。

孟子はしきりに義をいったが、しかし書生論ではない部分が多量にある。たとえば、

「大人は、言《げん》必ずしも信ならず」

というくだりである。大人――理想的政治家――の言行には時に、倫理的にどうかとおもわれる点があるにしても、めざすところは義であるために、しばしば権《かり》の方法もとるのだ、と孟子はいう。義がつらぬかれていさえすれば、小さないかがわしさはかまわない、というのである。『孟子』のこのくだりを読むと早雲の眼裂《きれ》のながい両眼から、ときに発する異様な光が、あわせて感じられてくる。

早雲は、本来、書生であった。

とはいえ、書生という規格からもすりぬけている。野心家とみるには、自分について清潔すぎ、理想家とみるには、理想への行動に、いらだちたくなるほどゆるやかに足踏みしている。決定的には行動の人であったが、反面、行動だけをたどっていると早雲を見うしなってしまう。かれは、孟子の文章をよりどころにしたかわりに、行動をもってその倫理と美学を書き、論理をとおし、修辞までほどこした、ということができる。ふりかえってみると、早雲ほど単純な典型にあてはまりにくい人物もいない。

早雲の遺骸は韮山で火葬に付され、虚空にもどった。骨は遺言により、箱根湯本の古寺《ふるでら》の境内にうずめられた。その寺は、それまで真覚寺とよばれていたが、子の氏綱が臨済禅《りんざいぜん》にのっとって菩提寺とし、早雲寺とあらためた。

墓碑は、骨になったこの人物の生前の好みと思想をあらわすかのようにささやかである。ながめていると、小気味よさまでただよう。人は、墓石などをのこすために生きるのではない、などと早雲がつぶやいているようにも感じられる。

氏綱の死後も、その末弟幻庵《げんあん》は箱根別当《べっとう》としてながく生き、早雲の哲学の講述者のようになって代々の当主をいましめた。

ここまでこの人物にふれつづけてきて、ふと、

「早雲」

という法名の意味を、あらためて考えてみた。「早」という漢字には、速度がはやい、という意味はわずかしかない。ふつう時間のはやさをいう。一日じゅうでもっともはやい時間は、いうまでもなく暁である。たとえば、暁の朝焼け雲のことを早霞《そうか》という。

早雲という熟語は古典に存在しないが、かれはみずから造語して、暁の雲というイメージでもって、早雲としたのではなかろうか。

事実、かれは時代の暁をなした。ただ、古来、朝焼けは降雨のきざしといわれてきた。まぎれもなく、早雲以後、戦国の世がはじまる。その存在だけでなく、その法号までが、きたるべき風雲の世をみごとにさし示しているのである。歴史における自分の役割を自覚しての命名だったのではないかとさえおもわれる。早雲は、そこまで自他が見える男ではあった。

あとがき

早雲には、ふつう北条姓を冠せられる。ただ、かれ自身、北条を称した形跡がないばかりか、どうも自分の姓名に無頓着《むとんちゃく》だったにおいがある。

この奇妙人について重要なことは戦国の幕を切っておとしたことである。さらには室町体制という網の目のあらい統治制度のなかにあって、はじめて「領国制」という異質の行政区をつくったこともあげねばならない。日本の社会史にとって重要な画期であり、革命とよんでもいい。

この制度は、同時代の西洋における絶対君主制（十六、七、八の三世紀間）の成立と重要な点で似ている。西洋のその場合、農奴状況から脱した自営農民層（早雲の時代でいえば国人・地侍層）と都市の商工業者（小田原でいえば城下の町人）の上にじかに君主が乗り、行政専門職をつくって領国を運営した。さらには常備軍を置いた。北条氏もまた小田原城下に兵を常駐させた。

西洋の絶対君主制時代は、絶対という用語のまがまがしさによって毛嫌いされかねないが、しかしいい点もある。この体制によってひとびとは自主的に、あるいは組織的に働くことを知り、また商品の流通を知り、説く人によっては、日常の規範（朝何時に起き、何時に食事をし、何時に寝るといったような）ものまでひとびとは身につけたとされる。いまとなれば何でもない能力だが、そんなものがひとびとに準備されていなければ、その後にくる近代的市民国家などは成立しえない。第一、市民はビジネスという絶対制以前になかったものを身につけることができなかったろう。ビジネスという空気のような、しかし結局は社会をうごかすものが無ければ、近代は成立しえないのである。

早雲の小田原体制では、それまでの無為徒食の地頭的存在をゆるさぬもので、自営農民出身の武士も、行政職も、町民も耕作者も、みなこまごまと働いていたし、その働きが、領内の規模のなかで有機的に関連しあっていた。早雲自身、教師のようであった。

士農に対し日常の規範を訓育しつづけていた。このことは、それまでの地頭体制下の農民にほとんど日常の規範らしいものがなかったことを私どもに想像させる。早雲的な領国体制は、十九世紀に江戸幕府体制が崩壊するまでつづくが、江戸期に善政をしいたといわれる大名でも、小田原における北条氏にはおよばないという評価がある。

「箱根の坂」は、そういう気分をまじえつつ書いた。

ただ、早雲の前半生がわからない。

かれが、室町幕府の官僚であった伊勢家の傍流に属していたらしいことは、ほぼまちがいない。

伊勢氏の本家では「つくりの鞍《くら》」というブランド商品的な鞍を手作りする技術が相続されていて、早雲自身、その技術をもっていたこともたしかである。かれ自身その子氏綱に製鞍《せいあん》の技術を伝えていることで想像できるし、また鞍をキーにすると、早雲の前半生が、伊勢氏の本家に密着した存在だったこともうかがえる。ついでながら、中国・朝鮮という儒教文明国では伊勢氏のような君子（高級役人）は身を労さないという伝統があるが、その点伊勢家における製鞍は日本がいかに儒教文明から遠い存在であったかをおもわせる。

「箱根の坂」における早雲の前身については、実際の早雲のさまざまな小さな破片をあつめ、おそらくこうであったろうという気分が高まるまで待ち、造形した。この作業ほど、ひめやかな悦びはない。

政治史的には応仁ノ乱が早雲を生んだといえなくはない。同時に、かれは室町期という日本文化のもっとも華やいだ時代の産物でもあった。伊勢家はその頂点にあり、早雲はその室町的教養を持って東国にくだった。かれが土地のひとびとの敬意をかちえた大きな要素はそこにあったにちがいなく、その意味において早雲は世阿弥や足利義政、あるいは宗祇、骨皮道賢たちと同様、室町人としての一つの典型だったともいえる。

「箱根の坂」という題は、さまざまな象徴性をこめてつけたつもりであった。連載の最後のくだり、早雲がようやく箱根の坂を越えてあずまに入ったときには、書いている作者自身まで足腰の痛みをおぼえた。早雲は越えがたき坂を越えたのだと思った。

司馬遼太郎

乱世とは何か

赤祖父哲二

この『箱根の坂』を改めて読み直したとき、私はすぐ黒沢明の映画『乱』を思い起こした。そして、乱世とよくいうが、それはいったい何か、戦国時代の実態はどうであったか、二十世紀は乱世だったのか、今後はますます乱世となるのか、など答えが簡単に出そうもない問題にとりつかれてしまった。

右の映画のタイトルは「乱」であって「乱世」ではない。だが、劇中に乱世や末世という言葉が何回か出てきて、骨肉相食むおぞましき地獄絵巻が展開し、阿弥陀如来への信仰がかすかな光明として示唆されている。しかし、当時はそれがほんとうの状況だったのだろうか。野外における戦闘場面は目を見張るほど鮮烈であるが、人物たちは舞台の上にいるかのように演劇的なふるまいをしていた。過去は現代の投影としてしか再現されないのだろうか、というのが私の感想であった。

私たちの多くは、白けながら平穏そうに見える今日の世相も、一皮むけば乱世あるいは末世の爆弾を抱えていると実感している。だが、乱世と末世はまったく同義であろうか。

辞書によれば、乱世とは治世（太平の世）の反義語で、「乱れた世、戦乱の世」と平凡に解説されており、がっかりさせられる。太平の世にも頽廃がしのび寄っているのと対照的に、乱れながらも前進の気風をはらむ時代があり、単純な二分を許さないものである。たとえば、新製品や新発見の競争に狂奔する技術者や科学者にとって、時代は乱世として映り興奮をひき起こし、この乱世という言葉に独特のニュアンスと幅を与えてくれる。つまり、活力ある乱世と頽廃の末世という対照も可能であろう。

では、私たちの現代は乱世と呼ぶべきか、それとも末世なのか。近年とみに昭和の歴史がふり返えられ、「激動の時代」などというキャッチフレーズの下に歴史ブームの延長が企てられてきた。もし高度成長期前後が乱世なら、昭和のはじめ二十年は「乱乱世」とでも呼ばなければならない。労働運動、小作争議、大恐慌、十五年間の大戦争と続き、次の戦後十年もさまざまな改革と逆コースという波乱にみちていた。ところが、高度成長を成し遂げ経済大国に成り上がってしまってからのほうが不安感を生み、乱世あるいは末世だと思わせているのは、いったいなぜだろう。

なるほど、若者の心の荒廃とか白け病とかいわれて久しい。彼らこそある予感を先取りしていたのかもしれない。改めて考えれば、いわゆる科学文明の将来も不透明であるばかりか、日本の政治・経済・教育すべて国際化という潮流に投げ込まれ、今度こそ黒船到来後ほんとうに世界とのかかわり方を験めされているのだといえる。

もし現代人の予感が正しいとすれば、乱世とは現象的な乱れではなく、はるかに奥深い変動の時代を指すといってよい。すなわち、方向がほぼ定まって歴史が驀進する時代は、いろんな悲劇を生むけれど、意外に明るい雰囲気に包まれているのではないか。たとえば、足利将軍の跡目争いから生じた応仁の乱の頃、政治は惨状を呈していたが、銀閣寺が造営されるなど、日本文化の形成期であったともいえる。

この応仁の乱と戦国時代を含む室町時代約二百三十年は、没落した公家に代わった足利幕府の内部崩壊、守護・地頭の進出、次にはこれを追い落とした地侍の登場があり、ともかく下剋上という一語に尽き、混乱の連続であった。そこで、この混乱の開始を応仁の乱（一四六七年）でなく鎌倉幕府の滅亡（一三三三年）におくと、乱世の幅は一挙に三百年近くにまで広がる。日本の歴史にヨーロッパ的区分の古代・中世・近代をあてはめるのではなく、南北朝時代を大きな境界として、それ以前とそれ以後昭和三十年頃までを分ける史観がある（網野善彦）。つまり、昭和三十年（一九五五年）以来の高度成長期を南北朝時代と同じく一大転換点とみなすのである。第一の境界は古代的土地所有の崩壊、第二のそれは農本社会への決定的訣別を意味する。

そこで、もしこの新区分が有効ならば、最近における乱世の予感は、静かにして不気味なそれとして、確かな裏付けをもっていることになろう。しかも、来つつあるとされる脱産業社会のハイテク時代が、バラ色の夢でなく大きな陣痛をもたらすとき、いったいどんな指導者が輩出してくるのか。これが最大の関心事とならざるをえない。

指導者は生まれるのではなく、国民が育成するのだという意見が正論であろう。だが、梟雄や今太閤は別にして、力強い指導者が草をかき分けかき分け出てきてくれることを望むのは、危険なロマンチシズムであろうか。

かつて司馬遼太郎氏は名作『坂の上の雲』において、国際政治のリアリズムに徹し勝利のロマンに酔うことも功を誇ることもなかった日露大戦の指導者たち――秋山兄弟、大山巌、児玉源太郎、山本権兵衛――らを描いた。これを読むと、私たちは戦後の経済復興を導いた者は誰であったか、英雄はいなくとも、一人一人の平凡な才能の集合によったのか、とすれば今後もこの方式が通用するのか、改めて考えることを求められる。そのためにも、もう一度じっくりと乱世の典型たる戦国時代をふり返ることが必要となる。この意味から『箱根の坂』の刊行は時宜を得ている。

当然のこと、この作品は生々しい人間ドラマにみちあふれている。主人公北条早雲こと伊勢長《なが》氏《うじ》（晩年は早雲庵宗瑞《そうずい》と名乗る）は、加賀の守護富樫政親《まさちか》が一向一揆に殺される（一四八八年）という時代の変化のなかで、伊豆に寄生していた関東公方《くぼう》の一人を滅ぼし（一四九一年）、さらに小田原城主におさまり、門閥の支えもなく自分の才能だけで一国一城の主として戦国大名と呼ばれる先駆者となる。ただ彼は単なる武将でも策謀家でもなく、地侍を直接の家臣として服従させ、百姓を支配する領国制という新しい政治体制の創始者となったのであり、このことを除いて小説の主人公に収る資格はないとさえいえる。

驚くことに、当時は人心をつかみ機さえ熟し戦術が巧みならば、早雲のようにたった数百の兵で一国を切り取ることは可能であった。今日では、たとえば地方においてなら、たった(?)数万の票を集めれば代議士になれるし、さらに四、五十名ほどの手勢を糾合できるなら派閥の長、いわば戦国大名格として天下を狙うことも夢ではない。もちろん、戦国時代とちがって無名の新人の登場はむずかしい。代議士には官僚出身者が多い。ということは、日本が受験戦争を勝ち抜いてきた秀才によって統治されていることを意味する。もし日本がこれからの技術革新において独創性を発揮できないときは、教育制度が改めて問い直されるであろう。いや、受験も戦争の一種なのだから、生まれにかかわらず答案書きの能力だけで生き残れる、まさに乱世にふさわしい制度だという反論があるかもしれない。それとも、秀才では二十一世紀は乗り切れないという正論が勝つか。

いずれにしても、日本人は門閥出身者や学校秀才型よりも地から這い上がってきた人物のほうに親近感をもってきた。相も変わらず史上の英雄譚がTVドラマ化され、これに人気が集まっているのはその証拠である。しかし、今後はどうか。興味の的というよりは、死活問題だといわなくてはならない。

では、われらが主人公早雲は、いったいどんな人物であったのか。私の第一の驚きは、早雲が意外なほど控え目な人物であり、かつ古典的教養と行儀作法をしっかり身につけた人格者だったことである。若い頃に臨済禅ばかりか本草学や医術まで学んだことがあるし、弓術の達人でもあった。司馬氏独特の言葉でいえば、眼の「すずやかな」器量人であって、そのさまが生き生きと劇的に描き出されている。

それ以前、百姓たちは虫けら同然の扱いを受けていた。地侍もそうで、鞍作りの番匠であった早雲は、地頭になってからも、足利一族から地面に平伏させられたほどである。ところが、早雲は百姓の日常生活を細々と規正する二十一箇条を作成し、小さな犯罪までみずから裁く。あるとき馬泥棒を審問する。泥棒は居直り、自分はたかが馬一匹盗んだにすぎないが、あそこにいる早雲は国を盗んだではないかと指さす。早雲は明るく笑って、その男をすぐ釈放したという。

まず何より、司馬史観の根幹は、人間と人間を結ぶ信頼関係こそ乱世を突き動かす原動力だった、という主張にあると強調したい。戦国時代を麻のごとく乱れた世として見下す現代人がいるならば、それほど傲慢なことはないといえる。「頼《たの》うだる人」――人の悲しみをわが事のように泣き、敵にたいして生命を賭けて立ち向かう人間、敵ばかりか自己の弱点をも見抜き、「胸三寸に深い湖のように水をたたえた」心の持主――にたいしてならば、地下《じげ》の武士たちは喜んで「馳走」(与力、与騎=加勢)し、その人物を触頭《ふれがしら》あるいは寄親《よりおや》として奉り、生命を捧げたのである。これこそ源頼朝以来の伝統であり、戦国時代の終りまで生き続けた政治の力学であり倫理だった、と司馬氏は力説してやまない。

もちろん、「頼うだる人」も多くの足利将軍のように、権力につくと私欲にふけり下位への情を失うばかりか、相続をめぐり世を乱して恥じぬとなれば、虫けらに等しくなる。これは早雲口を通して激しく弾劾されている。司馬史観によれば、それは権力が公のものだという観念の欠如による。この作品では、早雲は応仁の乱の戦塵のなかで義憤の涙を流し、公のために志を立て、新しい政治体制を確立した先駆者として描かれている。

冒頭における「乱世とは何か」に戻ってみよう。早雲の時代は今までの通念とは異なり、単に乱れた世ではなかったといわなくてはならない。なぜなら、「頼うだる人」をめぐる信頼関係を基調として世が動いた以上、どうして末世といえるか。現代人が公の精神を喪失し利害だけで離合集散にふけるなら、それこそ末世にほかならない。今日では、目立たぬようにという「身のふるまい」「人柄の肉の厚さ」「人格の総量」「気分すずやかな男」といった司馬流の言葉が、もはや死語と化しているのではないか。

この作品には、早雲の人柄を語る挿話が当然のこと多い。ただし、とくに彼の前半生は史料の不足から、司馬氏の創作になる部分が少なくない。だが、それこそ作家冥利に尽きる領域だといえる。たとえば、小田原に注ぐ酒匂《さかわ》川の中流にある松田庄の松田左馬助は、早雲を頼るべく修善寺へひそかにやって来て湯治をしている。一介の牢人であった早雲を頼るには名家意識が強すぎ、早雲にたいしてどういう礼をとったらよいか迷う。ある日、川原の湯に行くと、僧形の老人がすでに入っている。「そちはこのあたりの者か」とか「宗瑞と申される人はどんなお人か」などと聞くと、その老人は自分が当人だと名乗る。松田左馬助はあわてて湯から出、衣服をつけてかしこまる。修善寺から早雲のところまで連絡がいっていたのはいうまでもない。こうして松田の一党は早雲に心服する（ただし、この作品には出ていないが、この松田の一党が後年における秀吉の小田原攻めのとき、秀吉に内報し、結果は処刑される）。

また、人と人との信頼関係といっても、漠然とした心情のみによったのではなかった。早雲が傍流とはいえ、小笠原家とともに足利体制を支えた礼法の家元伊勢氏の出であったことは重い。京で学んだ行儀作法によって早雲がどれほど人びとをひきつけたか、きわめて生彩ある筆で活写されている。ここにも、「乱世」を見下す誤りが示唆されている。たとえば、「二人の鍛冶が一本の熱い鉄を打ち合う」ような、早雲と太田道灌の会見、自信がないため早雲にわめき散らして滅亡の遠因を作る今川新五郎との会見などは、全三巻のなかでもひときわ輝く。人と人との出会いは、まさに呼吸そのものだと思い知らされ、この種の心構えが現代の日本人から失われてしまったことを痛切に感じさせられるのである。

早雲が身をもって示した出処進退の妙についても、まったく同じ感銘を与えられる。彼は今川氏親《うじちか》の守護擁立に成功した最大の功労者であったにもかかわらず、「名簿の筆頭人」であることを遠慮し、国境の小地頭に甘んずる。ただし、これが後年における早雲の伊豆進出の基礎をなすのだから、深慮遠謀には舌を巻くほかはないのであるが。ともかく、江戸時代になっても「今川」といえば初等の修身書を指したという事実は、早雲が今川氏親に及ぼした影響の大きさを示してあまりある。

この作品の魅力はまだいくつかある。最後にもう三点だけあげておこう。第一には、早雲の武術と戦術の天才ぶりの描写であり、これこそ歴史小説の魅力そのものといってよい。流鏑馬《やぶさめ》の名手であったことが、何度か早雲の危機を救う。暗殺を仕向けてきた洞弾正次《ほらだんしょうじ》に一騎打ちを申し入れ一発で仕留めた例、今川新五郎に奇襲をかけ、その家来の小鹿孫五郎のノド笛を射抜いた例などあざやかである。さらに、鞍作りの身分であった頃、応仁の乱の立役者で足軽大将の骨皮道賢を助け、たった三人で敵将を倒したことにはじまり、小田原城の攻略や三浦道寸の討伐に天賦の才を発揮し、北条軍学の基礎を作る。

第二に、戦乱の世における民衆の生活ぶりが、どんな歴史書よりも生彩ある筆によって描かれているのは、まったくこたえられない魅力といってよい。そもそも、この作品は京の在にある田原郷の地侍荒木兵庫と山中小次郎から語りはじめられていて、下剋上の実態を知らせてくれる。また、当時の時宗《じしゅう》の猛烈なエネルギーが願阿弥という遊行僧とともに活写されているばかりか、その頃の流行歌今様《いまよう》がふんだんに引用されるなど、作品に生気と厚みを与えている。

第三に、日本歴史のキーワードが実に生き生きと肉付けされ説明されている点も、他の司馬作品と同じく重要な要素となっていることをつけ加えたい。「行儀、一味《いちみ》、惣村、足軽、馳走、厄介、冠者《かじゃ》、国人《こくじん》、下知、遁世《とんぜ》、草莽《そうもう》、御家門《ごかもん》衆、寄親《よりおや》、寄子《よりこ》、器用、年寄、普請、人気《じんき》、名人、料簡《りょうけん》、綺羅《きら》」など、当時のモダン語をも含め、国語辞典や歴史辞典では十分わからない意味合いが、血の通った語感によって解説されている。とくに、これらの語のうちいくつかは今日の日常語として残っているが、俗化して元の生きた意味を失っている。日本語の活性化にも役立つにちがいない。

ともかく、これから二十一世紀にかけて乱世が到来するか、すでに足元で地鳴りがはじまっているか重大な局面を迎えようとしている今日、日本人は新時代を啓いた早雲をふたたびもつことができるであろうか。それとも、多くの足利将軍のように私闘の乱をひき起こすだけの指導者しか生み出せないか。昭和のはじめの二十年間が、いわゆる三代目の悲劇に終わったことをよくよく嚙みしめなくてはならない。こういうことをつくづく考えさせてくれる人間ドラマの結晶こそ、この『箱根の坂』にほかならないと思う。

年譜

大正十二年　一九二三年
八月七日、大阪市浪速区西神田町八七九に生まれる。本名、福田定一。父是定は薬剤師。母直枝は奈良県北葛城郡竹の内村のひと。

昭和十一年　一九三六年　十三歳
難波塩草小学校修了後、私立上宮中学校へ進学。中学三年頃から、御蔵跡町の大阪市立図書館へ通いはじめ、これが出征までつづく。

昭和十六年　一九四一年　十八歳
四月、国立大阪外国語学校・蒙古語科に入学。

昭和十八年　一九四三年　二十歳
九月、学生の徴兵猶予停止のため、仮卒業で学徒出陣。兵庫県加古川の戦車第十九連隊に入営。初年兵教育をうける。

昭和十九年　一九四四年　二十一歳
十二月、満州、四平の陸軍戦車学校を卒業。牡丹江省石頭の戦車第一連隊に見習士官として赴任。

昭和二十年　一九四五年　二十二歳
八月、栃木県、佐野で敗戦を迎え、復員。大阪の家は空襲で焼失していたので母の実家へ帰る。

昭和二十一年　一九四六年　二十三歳
新日本新聞（京都支社）に入社。京都大学記者クラブに配属される。

昭和二十三年　一九四八年　二十五歳
二月、新日本新聞社倒産のため失職。五月、産経新聞（京都支局）に入社。大学・宗教関係を担当。

昭和三十年　一九五五年　三十二歳
産経新聞大阪本社文化部に勤務中、講談社の懸賞募集に応募した小説「ペルシャの幻術師」で、第八回講談倶楽部賞を受賞。

昭和三十二年　一九五七年　　三十四歳

五月、「戈壁《ごび》の匈奴《きょうど》」を同人誌「近代説話」(創刊号)に、九月、「丼池界隈」を「面白倶楽部」に、十二月、「兜率天《とそつてん》の巡礼」を「近代説話」(第二号)に発表。

昭和三十三年　一九五八年　　三十五歳

一月、「伊賀源と色仙人」、四月、「大阪醜女伝」を「小説倶楽部」に、七月、「壺狩」を「近代説話」(第三号)に発表。『白い歓喜天』を凡凡社より刊行。

昭和三十四年　一九五九年　　三十六歳

一月、松見みどりと結婚。七月、「間男裁き」を「講談倶楽部」に発表。九月、『梟の城』(前年中、日刊宗教紙「中外日報」に連載した「梟のいる都城」の改題)を講談社より刊行。十月、「盗賊と女と間者」を「面白倶楽部」に発表。十二月、大阪市西区西長堀に転居。同月、「下請忍者」を「講談倶楽部」に発表。『大坂侍』を東方社より刊行。

昭和三十五年　一九六〇年　　三十七歳

一月、『梟の城』により第四十二回直木賞を受賞した。同月、「上方《ぜいろく》武士道」を「週刊コウロン」(八月完結)に、三月、「風の武士」を「週刊サンケイ」(三十六年二月完結)に、四月、「黒格子の嫁」を「オール読物」に、「庄兵衛稲荷」を「面白倶楽部」に、「花妖譚」を「別冊週刊サンケイ」に発表。六月、「けろりの道頓」を「別冊文芸春秋」に、八月、「戦雲の夢」を「講談倶楽部」(三十六年十二月完結)に、十一月、「朱盗」を「オール読物」に、「壬生狂言の夜」を「別冊週刊朝日」に、「ある不倫」を「小説中央公論」に発表。『豚と薔薇』を東方社から、『最後の伊賀者』を文芸春秋新社より刊行。十二月、「牛黄加持」を「別冊文芸春秋」に発表。

昭和三十六年　一九六一年　　三十八歳

一月、「飛び加藤」を「サンデー毎日特別号」に、

「八咫烏」を「小説新潮」に、三月、「雑賀の舟鉄砲」を「別冊文芸春秋」に発表。五月、出版局大阪駐在編集部長を最後に産経新聞を退社し、十五年にわたるジャーナリスト生活に終止符をうつ。同月、「忍者四貫目の死」を「週刊新潮」に発表。『風の武士』を講談社より刊行。六月、「風神の門」を「東京タイムズ」(三十七年四月完結)に、七月、「売ろう物語」を「小説新潮」に、「言い触らし団右衛門」を「別冊文芸春秋」に、八月、「弓張嶺の占師」を「講談倶楽部」に発表。同月、『戦雲の夢』を講談社から、十月、『おお、大砲』を中央公論社より刊行。十一月、「伊賀の四鬼」を「サンデー毎日特別号」に、「古寺炎上」を「週刊サンケイ」(三十七年一月完結)に、十二月、「雨おんな」を「講談倶楽部」に、「魔女の時間」を「主婦の友」(三十七年十一月完結)に発表。短編集『果心居士の幻術』を新潮社より刊行。

昭和三十七年　一九六二年　三十九歳

一月、「京の剣客」を「別冊週刊朝日」に、二月、「狐斬り」を「別冊週刊サンケイ」に、「一夜官女」を「講談倶楽部」に、三月、「越後の刀」を「別冊文芸春秋」に、五月、「信九郎物語」を「小説新潮」に、「新選組血風録」を「小説中央公論」(三十八年十二月完結)に発表。六月、「軍神・西住戦車長」を「オール読物」に、「竜馬がゆく」を「サンケイ新聞」(四十一年五月完結)に、八月、「理心流異聞」を「文芸朝日」に、十月、「若江堤の霧」を「文芸春秋」に、「おれは権現」を「オール読物」に発表。同月、『古寺炎上』を角川書店より刊行。十一月、「燃えよ剣」を「週刊文春」(三十九年三月完結)に発表。『真説宮本武蔵』を文芸春秋新社より、十二月、『風神の門』を新潮社より刊行。

昭和三十八年　一九六三年　四十歳

一月、「伊賀者」を「週刊読売」に、「幕末暗殺史」を「オール読物」(十二月完結)に、五月、「上総の剣客」を「小説現代」に、六月、「軍師二人」を「小説新潮」に、「千葉周作」を「別冊文芸春秋」に、七月、「尻啖え孫市」を「週刊読売」

（三十九年七月完結）に連載。『竜馬がゆく』（立志編）を文芸春秋新社より刊行。八月、「国盗り物語」を「サンデー毎日」（四十一年六月完結）に、十月、「功名が辻」を地方紙（四十年一月完結）に、「大阪物語」を「婦人生活」（三十九年九月完結）に発表。同月、『花房助兵衛《すけのひょうえ》』を桃源社より、十二月、『幕末』を文芸春秋新社より刊行。

昭和三十九年　一九六四年　四十一歳

一月、「斬ってはみたが」を「小説現代」に、「英雄児」を「別冊文芸春秋」に、二月、「鬼謀の人」を「小説新潮」に、「慶応長崎事件」を「オール読物」に、「実説・幕末青春伝」を「文芸春秋」に発表。『竜馬がゆく』（風雲編）を文芸春秋新社より刊行。三月、布施市（現東大阪市）中小阪一七三に転居。『燃えよ剣』を文芸春秋新社より刊行。四月、「五条陣屋」を「小説新潮」に、「薩摩浄福寺党」を「オール読物」に、「人斬り以蔵」を「別冊文芸春秋」に発表。『新選組血風録』を中央公論社より、五月、『燃えよ剣』（完結編）を文芸春秋新社より刊行。六月、「侠客万助珍談」を「オール読物」に、「喧嘩草雲」を「小説新潮」に、「肥前の妖怪」を「別冊文芸春秋」に、エッセイ「私の小説作法」を「毎日新聞」に、七月、「関ヶ原」を「週刊サンケイ」（四十一年八月完結）に発表。『鬼謀の人』を新潮社より刊行。十月、「天明の絵師」を「オール読物」に、「愛染明王」を「小説現代」に、十一月、「伊達の黒船」を「日本」に発表。『竜馬がゆく』（狂瀾編）を文芸春秋新社より、十二月、『尻啖え孫市』を講談社より刊行。

昭和四十年　一九六五年　四十二歳

一月、「蘆雪を殺す」を「オール読物」に、「北斗の人」を「週刊現代」（十月完結）に、二月、「きつね馬」を「文芸春秋」に、三月、「加茂の水」を「別冊文芸春秋」に発表。『酔って候』を文芸春秋新社より刊行。四月、評論「清沢満之と明治の知識人」を「中央公論」に、五月、「絢爛たる犬」を「小説新潮」に、エッセイ「なぜ、私は歴史小説を書くか？」を「日本読書新聞」に発表。六月、「倉敷の若旦那」を「オール読物」に発表。『功名が辻』（上）を、七月、『功名が辻』（下）

を、八月、『竜馬がゆく』（怒濤編）を、それぞれ文芸春秋新社より刊行。九月、「王城の護衛者」を「別冊文芸春秋」に、「アームストロング砲」を「小説現代」に、十月、「十一番目の志士」を「週刊文春」（四十一年十一月完結）に発表。『城を取る話』を光文社より、十一月、『国盗り物語―斎藤道三』（前編）を新潮社より、『司馬遼太郎選集』（全六巻―四十一年四月）を徳間書店より刊行。

昭和四十一年 一九六六年 四十三歳

一月、『北斗の人』を講談社より、『国盗り物語―斎藤道三』（後編）を新潮社より刊行。二月、「新史・太閤記」を「小説新潮」（四十二年三月完結）に、「九郎判官義経」を「オール読物」（四十三年四月完結）に発表。三月、『国盗り物語―織田信長』（前編）を新潮社より刊行。春、沖縄を講演旅行。五月、エッセイ「竜馬がゆく―余録」を「サンケイ新聞」に発表、「国盗り物語―あとがき」を「サンデー毎日」に発表。六月、『司馬遼太郎集』を東都書房より、七月、『俄―浪華遊俠伝』を講談社より、『国盗り物語―織田信長』（後編）を新潮社より、八月、『竜馬がゆく』（回天編）を文芸春秋社よりそれぞれ刊行。九月、「権謀の都」を「別冊文芸春秋」に、「豊臣家の人々」を「中央公論」（四十二年七月完結）に、「夏草の賦」を地方紙（四十二年五月完結）に発表。十月、『竜馬がゆく』『国盗り物語』で第十四回菊池寛賞を受賞。同月、「美濃浪人」を「別冊小説現代」に発表。『関ヶ原』（上）を、十一月、『関ヶ原』（中・下）を新潮社より、『司馬遼太郎傑作シリーズ』（全七巻―四十二年四月）を講談社より刊行。「峠」を「毎日新聞」（四十三年五月完結）に発表。

昭和四十二年 一九六七年 四十四歳

三月、『最後の将軍―徳川慶喜』を文芸春秋社より刊行。五月、古都飛鳥をたずねる。六月、「要塞」を「別冊文芸春秋」に、「妖怪」を「読売新聞」（四十三年四月完結）に、「日本剣客伝―宮本武蔵」を「週刊朝日」（十月完結）に発表。九月、「腹を切ること」を「別冊文芸春秋」に、エッセイ「軽薄へのエネルギー」を「朝日新聞」に発表。『司馬遼太郎集』(国民の文学)を河出書房新社から、十一月、『殉死』(「要塞」と「腹を切ること」を併せたもの)を文芸春秋より刊行。十二月、「小室某覚書」を「別冊文芸春秋」に発表。『豊臣家の人々』を中央公論社より刊行。

昭和四十三年　一九六八年　四十五歳

一月、『殉死』により第九回毎日芸術賞受賞。「歴史を紀行する」を「文芸春秋」(十二月完結)に、「英雄たちの神話」を「小説現代」(四十四年十一月完結)に発表。『夏草の賦』を文芸春秋より、三月、『新史・太閤記』(前・後編)を新潮社より、『日本剣客伝』(上)を朝日新聞社より刊行。四月、「坂の上の雲」を「サンケイ新聞」(四十七年八月完結)に連載。五月、『王城の護衛者』を講談社より、『義経』を文芸春秋より、『喧嘩草雲』、六月、『一夜官女』を東方社より刊行。「故郷忘じがたく候」を「別冊文芸春秋」に、エッセイ「某月某日」を「小説新潮」に、七月、「大盗禅師」を「週刊文春」(四十四年九月完結)に発表。

同月、『司馬遼太郎集・I』(現代長編文学全集)を講談社より刊行。八月、「斬殺」を「オール読物」に、十月、「胡桃に酒」を「小説新潮」に発表。『司馬遼太郎集・II』を講談社より、『峠』(前・後編)を新潮社より刊行。十一月、エッセイ「防衛のこと」を「小説エース」に、十二月、「馬上少年過ぐ」を「別冊文芸春秋」に発表。

昭和四十四年　一九六九年　四十六歳

二月、『歴史を紀行する』を文芸春秋より刊行。これにより文芸春秋読者賞受賞。同月、「世に棲む日日」を「週刊朝日」(四十五年十二月完結)に発表。『坂の上の雲』(第一巻)を文芸春秋より、三月、『日本剣客伝』(下)を朝日新聞社より、五月、『妖怪』を講談社より、六月、『手掘り日本史』を毎日新聞社より刊行。七月、「城塞」を「週刊新潮」(四十六年十月完結)に、八月、「日本史から見た世界」を「諸君」に発表。『歴史と小説』を河出書房新社より刊行。「花神」を「朝日新聞」(四十六年十一月完結)に発表。十一月、『坂の上の雲』(第二巻)を文芸春秋より、

『歳月』(「英雄たちの神話」改題)を講談社より刊行。

昭和四十五年　一九七〇年　四十七歳

一月、「覇王の家」を「小説新潮」(四十六年九月、第一部完結)に、エッセイ「はなしのくず籠」を「オール読物」(〜四十六年二月)に発表。『日本歴史を点検する—対談』を講談社より刊行。五月、一九七〇年万国博覧会開催にちなんでおこなわれた大阪芸術祭で「事実と真実」と題して文芸講演を行う。六月、『坂の上の雲』(第三巻)を文芸春秋より、八月、『馬上少年過ぐ』を新潮社より、十月、戯曲『花の館』を中央公論社より刊行(十一月、文学座公演)。なお、対談シリーズとして、一月、「日本は〝無思想時代〟の先兵」を、三月、「西洋が東洋に学ぶ時代」を、四月、「政治家のタブーを破れ」を、五月、「日本の繁栄を脅かすもの」を、六月、「政治に〝教科書〟はない」を、七月、「『日中交渉』は屈辱外交か」を、八月、「〝公害維新〟の志士出でよ」を、九月、「アメリカとつきあう方法」を、十月、「若者が集団脱走する時代」を、十一月、「日本人は〝臨戦体制〟民族」を、十二月、「下士官に政治は任せられぬ」を、それぞれ「文芸春秋」に発表。

昭和四十六年　一九七一年　四十八歳

一月、「街道をゆく」を「週刊朝日」に連載開始。「日本人にとって、天皇とは何か—対談」を「諸君」に、「歴史のなかの狂と死—対談」を「朝日ジャーナル」に発表。四月、『坂の上の雲』(第四巻)を文芸春秋より、五月、『世に棲む日日』(一)を、六月、『世に棲む日日』(二)を、七月、『世に棲む日日』(三)を文芸春秋より刊行。八月、エッセイ「日本的権力について」を「オール読物」に発表。九月、『街道をゆく』(一)を朝日新聞社より刊行。同月、『司馬遼太郎全集』(全三十二巻)を文芸春秋より刊行開始(四十九年四月完結)。十一月、『日本史探訪・I』(角川書店刊)中に、「新選組」、「坂本竜馬」、「関ケ原」、「織田信長」〈共著〉を発表。十二月、『城塞』(上)を新潮社より刊行。前年よりひきつづき、対談シリーズとして、一月、「サルが背広を着る時代」を、二月、

「天皇・武士道・軍隊」を、三月、「〝人工日本語〟の功罪について」を、四月、「毛沢東につきあう法」を、五月、「東京・大阪〝われらは異人種〟」を、六月、「人類を救うのはアフリカ人」を、それぞれ「文芸春秋」に発表、『司馬遼太郎短編総集』を講談社より刊行。

昭和四十七年　一九七二年　四十九歳

一月、『城塞』(中)を、二月、『城塞』(下)を新潮社より刊行。『日本史探訪・Ⅲ』(角川書店刊)中に「楠木正成」、「緒方洪庵」〈共著〉を、「大楽源太郎の生死」を「小説新潮」に発表。四月、『世に棲む日日』を中心とした作家活動に対して、第六回吉川英治文学賞受賞。同月、『街道をゆく』(二)を朝日新聞社より刊行。「私の雑記帳①―大正生まれの『故郷』」を「小説新潮」に発表。五月、『花神』(第一巻)を新潮社より刊行。「私の雑記帳②―戦車・この憂鬱な乗り物」を「小説新潮」に発表。六月、『花神』(第二巻)を新潮社より、『坂の上の雲』(第五巻)を文芸春秋より、『日本人と日本文化』〈中公新書―共著〉を中央公論社より刊行。「私の雑記帳③―戦車の壁の中で」を「小説新潮」に発表。七月、『花神』(第三巻)を新潮社より刊行。「私の雑記帳④―石鳥居の垢」を「小説新潮」に発表。八月、「サンケイ新聞」連載「坂の上の雲」完結。『花神』(第四巻―完)を新潮社より、九月、『坂の上の雲』(第六巻―完)を文芸春秋より刊行。十月、『日本史探訪・Ⅳ』(角川書店刊)中に、「新世界―蝦夷開拓史」〈共著〉を、「私の雑記帳⑤―人間が神になる話」を「小説新潮」に発表。十一月、『日本人と朝鮮文化』〈中公新書―共編〉、『日本の朝鮮文化』〈座談会〉を中央公論社より刊行。「翔ぶが如く」を「毎日新聞」(五十一年九月完結)に連載。エッセイ「日露戦争の世界史的意義」を「文芸春秋臨時増刊号」に、「私の雑記帳⑥―権力の神聖装飾」を、十二月、「私の雑記帳⑦―長州人の山の神」を「小説新潮」に発表。前年よりひきつづき、対談シリーズとして、一月、「競争原理をもちこむな」を、二月、「現代日本に『文明』はない」を、三月、「日本人よ〝侍〟に還れ」を、七月、「日本人はどこからきたか」を、八月、「日本人はいかに形成されたか」を、それぞれ「文芸春秋」に発表。

昭和四十八年　一九七三年　五十歳

一月、ＮＨＫより『国盗り物語』（十二月完結）を放映。「『空海』の風景」を「中央公論」に連載開始（五十年九月完結）。「私の雑記帳⑧―見廻組のこと」を「小説新潮」に、「日本の歴史と日本人」〈対談〉を「別冊小説新潮」に、「日本宰相談」〈対談〉を「諸君」に、「絵巻『国盗り物語』」を「週刊読売」（六日号―二十七日号）に発表。二月、『街道をゆく』（三）を朝日新聞社より刊行。「私の雑記帳⑨―馬齢と犬齢と猿」を、四月、「私の雑記帳⑩―黒鍬者《くろくわもの》」を「小説新潮」に、「敗北者の風景」〈対談〉を「オール読物」に発表。五月、「播磨灘《はりまなだ》物語」を「読売新聞」に連載開始（五十年二月完結）。『日本史探訪・Ⅶ』（角川書店刊）中に「幕末遣欧使節」を、「私の雑記帳⑪―豊後の尼御前」を「小説新潮」に、七月、『日本史探訪・Ⅷ』（角川書店刊）中に「源義経」を、「日本人の世界構想」を「諸君」に発表。同月から翌月にかけて、モンゴル方面へ海外旅行。九月、『人間の集団について』をサンケイ新聞社より刊行。『日本史探訪・Ⅸ』（角川書店刊）中に「斎藤道三」を発表。十月、『覇王の家』（上・下）を新潮社より刊行。

昭和四十九年　一九七四年　五十一歳

一月、『街道をゆく』（四）を朝日新聞社より刊行。「昭和国家と太平洋戦争」〈対談〉を「文芸春秋」に、「身辺風土―アラビアと錠前」を「週刊読売」に、二月、「近代化の推進者明治天皇」を「文芸春秋」に発表、『古典と現代』〈対談〉を中央公論社より刊行。三月、『日露戦争』（カラー・ドキュメント―読売新聞社刊）にエッセイ「《旅順》と日本の近代の愚かさ」を、「江崎玲於奈・司馬遼太郎〈対談①〉」を「週刊朝日」に（四回完）、「服従について」〈時評〉を「週刊読売」に発表。五月、『歴史の中の日本』を中央公論社より刊行。『日本史探訪・Ｘ』（角川書店刊）中に「大村益次郎」を、「土佐の女と酒」を「小説新潮」に、六月、「琉球で日本人を考える―対談」を「潮」に、七月、「漢字と孔子」を「週刊読売」に発表。

関西テレビより「北斗の人」放映（七月〜九月）。八月、「東夷北狄と農耕中国の二千年」を「オール読物」に、「公家と武家—対談」を「歴史と人物」に発表。九月、『古代日本と朝鮮』〈座談会〉を中央公論社より刊行。「富士と客僧」を「週刊読売」に発表。十月、『歴史と視点—私の雑記帳』を新潮社より、『街道をゆく』（五）を朝日新聞社より刊行。「薩摩坊津まで」を「小説新潮」に、十二月、「ある会津人のこと」を「オール読物」に、「ある『太平洋戦争への道』」を「週刊読売」に発表。

昭和五十年　一九七五年　五十二歳

一月、『考える愉しさ—梅原猛対談集』（新潮社刊）中に「西洋が東洋に学ぶ時代」を、「我らが生きる時代への視点—対談」を「潮」に、「日本語・その起源の秘密を追う—特別企画・対談」を「週刊読売」に、二月、「日本がアジアで輝いた日—対談」を「オール読物」に、「現代国家と天皇制をめぐって—対談」を「潮」に、三月、「戦国の根来衆」を「小説新潮」に、四月、「『京都国』としての京都」を「太陽」に、「取材について—対談」を「文芸」に発表。五月、『街道をゆく』（六）を朝日新聞社より、六月、『播磨灘物語』（上）を講談社より、『日本の渡来文化』〈座談会〉を中央公論社より刊行。「日露戦争とベトナム戦争—座談会」を「文芸春秋」に、「日本海圏文明を考える—座談会」を「歴史と人物」に発表。七月、『播磨灘物語』（中）を、八月、『播磨灘物語』（下）を講談社より刊行。九月、「霍去病の墓」を「オール読物」に発表。十月、『空海の風景』（上・下）を中央公論社より、『余話として』を文芸春秋より刊行。「中国の旅」を翌年七月まで「中央公論」に連載。十二月、「鬼灯—摂津守の叛乱」を「中央公論」に発表して中央公論社より刊行。

昭和五十一年　一九七六年　五十三歳

一月、『司馬遼太郎集・現代日本の文学・II 9』を学習研究社より刊行、「日本人と方言—対談」（二回完）を「週刊読売」に、「日本の中の南方文化—対談」を「サンケイ新聞」に発表。二月、

『翔ぶが如く』(三)を文芸春秋より、三月、『街道をゆく』(七)を朝日新聞社より刊行。四月、「しぐさで表現する日本人―対談」(二回完)を「週刊読売」に発表。『翔ぶが如く』(四)を文芸春秋より刊行。五月、「地球の裏から日本文化を考える―対談」(三回完)を「週刊読売」に、七月、「日本における『公』と私―対談」を「中央公論」に発表。八月、『日本史探訪16』(角川書店刊)中に「江藤新平」を発表、『翔ぶが如く』(五)を文芸春秋より、『土地と日本人―司馬遼太郎対談集』を中央公論社より、『日中歴史の旅―対談』を「オール読物」に発表。九月、『翔ぶが如く』(六)を文芸春秋より、『古寺巡礼・京都Ⅰ』を共著で淡交社より刊行。「帝国陸軍の思想について―対談」を「文芸春秋」に、「木曜島の夜会」を「別冊文芸春秋」に発表。十月、『翔ぶが如く』(七)を文芸春秋より、『長安から北京へ』を中央公論社より刊行。『日本史探訪17』(角川書店刊)中に「朱印船」を発表。十一月、「胡蝶の夢」を「朝日新聞」に連載。(五十四年一月完結)「法人資本主義と土地公有論―対談」を「潮」に、「毛沢東のいる風景―対談」を「展望」に発表。

昭和五十二年　一九七七年　　五十四歳

一月、「漢の風　楚の雨」を「小説新潮」に連載開始。「長州藩　革命の系譜」を『NHK大河ドラマ・ストーリー』に、「南方古俗と西郷の乱」を『特集「翔ぶが如く」と西郷隆盛　文芸春秋デラックス』に、「田中角栄と日本人―対談」を「文芸春秋」に、「若い日本の不思議な性格―対談」を「中央公論」に発表。二月、「日本に聖人や天才はいらない―対談」を「文芸春秋」に、三月、「西郷隆盛―その虚像と実像の間―対談」を『西郷隆盛・その偉大なる生涯』(学習研究社刊)に、「外来文化と日本民族―対談」を「波」に発表。四月、『街道をゆく』(八)を朝日新聞社より刊行。『天下大乱を生きる』を共著で潮出版社より刊行。「新都鄙問答　大礼服と縁台将棋の間で―対談」を「中央公論」に発表。五月、「日本文化史の謎―対談」を「文芸春秋」に、七月、「新日本人論」(三回完)を「週刊読売」に、「いま日本をどう表現していくか」を「中央公論」に発表。十一月、『司馬遼太郎集』（昭和国民文学全集35　増補新版）を筑摩書房より、『街道をゆく』（九）を朝日新聞社より刊行。

昭和五十三年　一九七八年　五十五歳

一月、「シルクロード歴史と魅力―対談」を「オール讀物」に発表。三月、『対談―中国を考える』を文芸春秋より刊行。四月、『日本人の内と外』〈中公新書―共著〉を中央公論社より刊行、「対談―竜馬の魅力」を「歴史と人物」に発表。五月、「対談―日本人よ何処へ行く」（三回完）を「週刊朝日」に、「私の文章作法」を「潮」に発表。七月、「対談―武士と商人」を「現代」に発表。十月、『日本語と日本人―司馬遼太郎対談集』を読売新聞社より刊行。十一月、『街道をゆく』（十）を朝日新聞社より刊行。十二月、『朝鮮と古代日本文化』〈座談会〉を中央公論社より刊行。

昭和五十四年　一九七九年　五十六歳

一月、「対談―鎌倉武士と一所懸命」を「文芸春秋」に発表。二月、「近所の記」を「オール讀物」に、『胡蝶の夢』の連載を終えて」を同月二日の「朝日新聞」に発表。四月一日より五十七年一月三十一日にかけて「菜の花の沖」を「サンケイ新聞」に連載、同月十六、十七日の「毎日新聞」に「敦煌学の先人」を発表。七月、「対談―さいはての歴史と心」を「週刊朝日」（増刊号）に、「対談―〝敗戦体験〟から遺すべきもの」を「諸君」に発表。八月より五十六年の二月にかけて「ひとびとの跫音」を「中央公論」に連載。九月、『街道をゆく』（十一）を朝日新聞社より刊行、「『胡蝶の夢』雑感」を「波」に発表。十月、「対談―天下分け目の人間模様」を「歴史と人物」に発表。十二月、「私の関東地図」を「別冊文芸春秋」に発表。

昭和五十五年　一九八〇年　五十七歳

一月、「千石船」を「小説新潮」に、同月十一日の「週刊朝日」に「対談―イラン革命の文明的衝撃度」を発表。四月、「なぜ〝近くて遠く〟なったか―座談会」を「諸君」に発表。五月、「対談―『項羽と劉邦』の時代」を「波」に発表。七月十一日の「週刊朝日」に「大型歴史対談―日本を動かしたスーパースター・慈覚大師（円仁）」を、同月十八日の「週刊朝日」に「大型歴史対談―西欧型社会の基礎をつくったアイデアマン・頼朝」を、同月二十五日の「週刊朝日」に「大型歴史対談―デッカイことが好きだったハイカラな革命家・秀吉」を発表。八月、『対談集―日本人の顔』を朝日新聞社より刊行、「『項羽と劉邦』雑感」を「波」に発表、同月一日の「週刊朝日」に「大型歴史対談―日本人の秩序感覚と地方自治を礎いた徳川家康」を、同月八日の「週刊朝日」に「大型歴史対談―ゴタゴタ自民党にいれば、機敏な指導力を発揮するだろう・伊藤博文ら明治の群像」を発表。九月、『街道をゆく』（十二）を朝日新聞社より刊行。十月二十七日の「週刊朝日」に「対談―現代を乗りきれるか、初めて開国する〝世界の宗家〟中国」を発表。十一月、『歴史の世界から』を中央公論社より刊行。

昭和五十六年　一九八一年　五十八歳

三月、『風の武士』を講談社より刊行。四月、『街道をゆく』（十三）を朝日新聞社より刊行、「イリナ日記―天山北路の諸民族たち」を「中央公論」に発表。六月、『街道をゆく』（十四）を朝日新聞社より、『愛蔵本　項羽と劉邦』を新潮社より刊行。七月、『街道をゆく』（十五）を朝日新聞社より刊行。九月十八日の「週刊朝日」に「対談―ジバガンの黄金が大月氏国の謎を解く」を発表。十月、『戦雲の夢』を講談社より刊行、「昭和五年からの手紙―長沖一とその世代」を「中央公論」に発表、『歴史への招待17』（日本放送出版協会刊）中に「バルチック艦隊来たる・対馬沖の二十時間」を発表。十一月、『街道をゆく』（十六）を朝日新聞社より、『愛蔵本　竜馬がゆく』（第一巻）（第二巻）を文芸春秋より刊行。十二月、『愛蔵本　竜馬がゆく』（第三巻）（第四巻）を文芸春秋より刊行、この月、芸術院会員に選ばれた。

昭和五十七年　一九八二年　五十九歳

一月、『愛蔵本　竜馬がゆく』（第五巻）（第六巻）を文芸春秋より刊行、「対談―新科学時代のうねり迫られる意識改革」を同月一日の「東京新聞」に、「遊牧文化と古朝鮮」を「文芸春秋」に発表、同月一日、十八日合併号の「週刊朝日」に、「対談―日本人のこの旺盛な知的好奇心―これからの日本―、江戸期を見直しつつ」を発表。二月、『愛蔵本　竜馬がゆく』（第七巻）（第八巻）を文芸春秋より刊行、「役人道について」を「文芸春秋」に発表、同月一日の「サンケイ新聞」に「『菜の花の沖』余談―連載を終えて」を発表。この月、『ひとびとの跫音』で読売文学賞を受賞。三月、『街道をゆく』（十七）を朝日新聞社より刊行。「対談―青春と未来・初めて語りあった『過ぎし日の私』と『日本人論』」を「週刊サンケイ」の三月十八日号に、「対談―我が『青い山脈』時代の郷愁と『これからの日本』」を「週刊サンケイ」の三月二十五日号にそれぞれ発表。四月、「日本仏教と迷信産業」を「文芸春秋」に発表。五月、『軍師二人』（新装版）を講談社より刊行、「中央と地方―いわゆる都鄙意識について」を「文芸春秋」に、「男子の作法」を「新潮45＋」に発表。六月、『菜の花の沖』（第一巻）を文芸春秋より刊行。同月十五日より五十八年十二月九日にかけて「箱根の坂」を「読売新聞」に連載、「対談　歴史の跫音を聴け」を「オール読物」に、「ロシアの特異性について」を「文芸春秋」に、「六三郎の婚礼」を「新潮45＋」に発表。七月、『菜の花の沖』（第二巻）を文芸春秋、『街道をゆく』（十八）を朝日新聞社よりそれぞれ刊行、七月七日から七月二十八日にかけて「日韓座談会　理解への道」を「読売新聞」に発表、「シビル汗の壁」を「文芸春秋」に、「武四郎と馬小屋」を「新潮45＋」に発表。八月、『菜の花の沖』（第三巻）を文芸春秋より刊行、同月二日号の「週刊朝日」に「日韓特別対談　教科書にリアリズムのない国は滅ぶ―日本人は古来『幻の危機』に脅えてきた」を、同月二十七日号の「週刊朝日」に「日韓特別対談　今世界中が無原則日本人の正体を追求している―大衆社会の抑制をぶち壊した元首相」を発表、「海のシベリア」を「文芸春秋」、「鋳三郎と揚子」を「新潮45＋」に発表。九月、『菜の花の沖』（第四巻）を文芸春秋より刊行、「カムチャッカの寒村の大砲」を「文芸春秋」に、「芥舟のこと」を「新潮45＋」に発表、十月、『菜の花の沖』（第五巻）を文芸春秋より、『街道をゆく』（十九）を朝日新聞社よりそれぞれ刊行、「湖と高原の運命」を「文芸春秋」に、「左衛門将の手紙日記」を「新潮45＋」に発表。十一月、『菜の花の沖』（第六巻）を文芸春秋より刊行。十二月、『大坂侍』（新装版）を講談社より刊行。同月一日増刊号の「週刊朝日」に「司馬遼太郎が語る関西の不思議な魅力」を発表。

昭和五十八年　一九八三年　六十歳

一月、『街道をゆく—中国・蜀と雲南のみち』（二十）を朝日新聞社より刊行。この月、歴史小説の革新という業績で昭和五十七年度朝日賞を受賞。二月、「対談—ノモンハン一兵卒と将校・下士官」を伊藤桂一著『静かなノモンハン』の「特別付録」に、「鼎談—日本・朝鮮・中国」を「季刊三千里」に発表。四月より五十九年九月にかけて『司馬遼太郎全集』（第二期全十八巻）を文芸春秋より刊行。『日韓理解への道』を読売新聞社より刊行。五月、『街道をゆく—芸備の道と神戸・横浜散歩』（二十一）を朝日新聞社より刊行、「文明論への重要な資料」を「中央公論」に発表。六月、「対談—二十一世紀の危機〈少数者〉の反乱が地球をおおう」を「現代」に発表。七月、『ガイド・街道をゆく—近畿編』を朝日新聞社より、『人間について』（山村雄一と共著）を平凡社よりそれぞれ刊行、「思いだすのがつらい」を「日中文化交流」の七月十五日号に発表。八月、『伊賀の四鬼』（新装版）を講談社より刊行。九月、『ガイド・街道をゆく—東日本編』を朝日新聞社より刊行。十月、「対談—宇宙飛行士と空海」を「文芸春秋」に、「鮮やかな光度をもつ北方文化」を「日中文化交流」に発表。十一月、『ガイド・街道をゆく—西日本編』を朝日新聞社より刊行、「特別歴史対談—中世の歌謡を見直す—「嘘は厭よ」という庶民の気分」を「週刊朝日」の十一月十一日号に、「特別歴史対談—中世の歌謡を見直す—大衆文化のルーツは室町時代にある」を「週刊朝日」の十一月十八日号にそれぞれ発表。十二月、「文学としての登場」を『広瀬武夫全集』（上巻）に、「『箱根の坂』連載を終えて」を同月九日の「読売新聞」（夕刊）に発表。

昭和五十九年　一九八四年　六十一歳

一月より「韃靼疾風録」を「中央公論」に連載開

始、同月、『美濃浪人』（新装版）を講談社より刊行、「対談―東と西の文明の出会い・詠嘆文化の日本人に浸透した西欧リアリズムの目」を「週刊朝日」の一月十三日号に、「対談―昭和の時代と人間・その原型を問う」を「円卓会議」にそれぞれ発表。三月、『微光のなかの宇宙―私の美術観』（限定版）、『歴史の舞台―文明のさまざま』をそれぞれ中央公論社より刊行、『街道をゆく―南蛮のみちⅠ』（二十二）を朝日新聞社より刊行、「対談―日本人にとっての奈良」を「新潮45＋」に発表。四月、『箱根の坂』（上巻）、『歴史の交差路にて―日本・中国・朝鮮』（陳舜臣、金達寿と共著）をそれぞれ講談社より刊行。五月、『箱根の坂』（中巻）を講談社より刊行、『街道をゆく―南蛮のみちⅡ』（二十三）を朝日新聞社より刊行、「奈良法蓮時代・仄聞」を『安田章生文集』に発表。六月、『箱根の坂』（下巻）を講談社より、『ある運命について』を中央公論社よりそれぞれ刊行、この月、『街道をゆく―南蛮のみちⅠ』（朝日新聞社刊）で第十六回日本文学大賞（学芸部門）を受賞。八月、「街道をゆく―南蛮のみちⅠ」（抜粋）を「新潮」に発表。九月、『司馬遼太郎全集』（第二期全十八巻）完結、「対談―瀬戸の手ざわりと、海の豊饒―海の交通をめぐって」を「ゼピロス」に発表。十月、「サンペイさん発達史」を「波」に、「対談　各代の文明の風の面白さ」を「アサヒグラフ」の十五日増刊号にそれぞれ発表。十一月、『街道をゆく―近江散歩・奈良散歩』（二十四）を朝日新聞社より刊行、「『季刊三千里』十年によせて―概念、この激烈な」を「季刊三千里」に発表。十二月二十五日から翌年三月十一日にかけて「日韓ソウル座談会、続理解への道」を「読売新聞」に連載。

昭和六十年　一九八五年　　六十二歳

一月、『写真集　南蛮のみち（写真　長谷忠彦）』を朝日新聞社より刊行、「東洋と西洋のはざま　上―訴えるべき相手がないまま」を「週刊朝日」の四日・十一日合併号に、「東洋と西洋のはざま　下―人類は巨大科学産業は誇れない」を「週刊朝日」の一月十八日号に、「大垣ゆき」を「日本近代文学館（館報）」にそれぞれ発表。四月、『日韓座談

会　日韓ソウルの友情――理解への道 part Ⅱ』を読売新聞社より刊行、同月一日から五月十九日にかけて「アメリカ素描　第一部」を「読売新聞」に連載。五月、『街道をゆく―中国閩のみち』（二十五）を朝日新聞社より刊行、「日韓断想」を「季刊三千里」に発表。七月、『歴史の夜咄―林屋辰三郎との対談』を小学館より刊行。八月、『慶応長崎事件』（新装版）を講談社より刊行。九月二十八日より「アメリカ素描　第二部」を「読売新聞」に連載開始。十月、「対談　師弟の風景」を「別冊文芸春秋」に発表、「対談―都市・京都の位置を測る　白川の水は歴史の流れ」を「週刊朝日」の十月二十日臨増号に発表。十一月、『街道をゆく―嵯峨散歩、仙台・石巻』（二十六）を朝日新聞社より刊行、同月二十八日、「私の古代像」を「サンケイ新聞」に、「なぜ、いま―日本の古代―か」を「中央公論」に発表。

昭和六十一年　一九八六年　　六十三歳

一月、『新潮日本文学アルバム㉑　正岡子規』（新潮社刊）中に「一枚の写真―書生の兄貴―」を発表、同月、「東洋と西洋のはざまで」を「週刊朝日」の一月四日、十一日合併号に発表。二月、「裾野の水」を「小説新潮」に発表、同月、日中共同制作番組「シルクロード」の企画監修で第三十七回NHK放送文化賞を受賞。三月、『日本歴史文学館⑬　播磨灘物語』を講談社より刊行。四月、『アメリカ素描』を読売新聞社より刊行、同月より、「この国のかたち」を「文芸春秋」に連載開始。五月より、「風塵抄」を、毎月一回、「サンケイ新聞」に掲載（五月八日、六月二日、七月一日、八月五日、九月一日、十月七日、十一月四日、十二月一日）、同月十九日、「司馬遼太郎・雑談〝昭和〟への道」第一回「何が魔法をかけたのか」（ノモンハン編）、二十日、第二回「〝脱亜論〟私の読み方」、二十一日、第三回「帝国主義とソロバン勘定」をそれぞれNHK教育テレビで放映。六月、『ロシアについて―北方の原形』を文芸春秋より、『街道をゆく―因幡・伯耆のみち、檮原街道（脱藩のみち）』（二十七）を朝日新聞社より刊行。七月二十八日、「司馬遼太郎・雑談〝昭和〟への道」第四回「教育勅語」、二十九日、第五回「明治政府のつらさ―軍人勅語」、三十日、第六回「ひとり歩きすることば―軍隊用語」をそれぞれNHK教育テレビで放映。九月、「樹木と人」を「世界」に発表。九月、財団法人・大阪国際児童文学館理事長に選出された（任期は六十四年六月まで）。十一月、『街道をゆく―耽羅紀行』（二十八）を朝日新聞社より刊行。十二月、「鮮《ソ》于《ヌ》煇《ヒ》さんのこと」を「世界」に発表。

昭和六十二年　一九八七年　六十四歳

一月一日、「新春対談――日本人と国際化」を「サンケイ新聞」に、「対談　日本の選択」を「週刊朝日」の二十九日号にそれぞれ発表。「風塵抄」を毎月一回、「サンケイ新聞」に掲載（一月五日、二月一日、三月二日、四月六日）。

（昭和62・4）

本書は、昭和五十九年六月、小社より刊行されたものです。

箱根《はこね》の坂《さか》（下）

司馬遼太郎《しばりようたろう》

1987年6月15日第1刷発行
1996年5月20日第22刷発行

発行者——野間佐和子

発行所——株式会社 講談社

東京都文京区音羽2-12-21 〒112-01

電話 出版部 (03) 5395-3510
販売部 (03) 5395-3626
製作部 (03) 5395-3615

Printed in Japan

講談社文庫

定価はカバーに
表示してあります

デザイン——菊地信義

製版——豊国印刷株式会社

印刷——凸版印刷株式会社

製本——株式会社国宝社

落丁本・乱丁本は小社書籍製作部あてにお送りください。送料は小社負担にてお取替えします。なお、この本の内容についてのお問い合わせは文庫出版部あてにお願いいたします。 （庫）

ISBN4-06-184000-2

講談社文庫刊行の辞

二十一世紀の到来を目睫に望みながら、われわれはいま、人類史上かつて例を見ない巨大な転換期をむかえようとしている。

世界も、日本も、激動の予兆に対する期待とおののきを内に蔵して、未知の時代に歩み入ろうとしている。このときにあたり、創業の人野間清治の「ナショナル・エデュケイター」への志を現代に甦らせようと意図して、われわれはここに古今の文芸作品はいうまでもなく、ひろく人文・社会・自然の諸科学から東西の名著を網羅する、新しい綜合文庫の発刊を決意した。

激動の転換期はまた断絶の時代である。われわれは戦後二十五年間の出版文化のありかたへの深い反省をこめて、この断絶の時代にあえて人間的な持続を求めようとする。いたずらに浮薄な商業主義のあだ花を追い求めることなく、長期にわたって良書に生命をあたえようとつとめるところにしか、今後の出版文化の真の繁栄はあり得ないと信じるからである。

同時にわれわれはこの綜合文庫の刊行を通じて、人文・社会・自然の諸科学が、結局人間の学にほかならないことを立証しようと願っている。かつて知識とは、「汝自身を知る」ことにつきていた。現代社会の瑣末な情報の氾濫のなかから、力強い知識の源泉を掘り起し、技術文明のただなかに、生きた人間の姿を復活させること。それこそわれわれの切なる希求である。

われわれは権威に盲従せず、俗流に媚びることなく、渾然一体となって日本の「草の根」をかたちづくる若く新しい世代の人々に、心をこめてこの新しい綜合文庫をおくり届けたい。それは知識の泉であるとともに感受性のふるさとであり、もっとも有機的に組織され、社会に開かれた万人のための大学をめざしている。大方の支援と協力を衷心より切望してやまない。

一九七一年七月

野間省一

1996年3月15日現在